Andres Männer

17

trauma

MIX
Papier aus verantwortungsvollen Quellen
Paper from responsible sources
FSC® C105338

Bibliografische Information der Deutschen Nationalbibliothek:
Die Deutsche Nationalbibliothek verzeichnet diese Publikation in der Deutschen Nationalbibliografie; detaillierte bibliografische Daten sind im Internet über http://dnb.dnb.de abrufbar.

TWENTYSIX
Eine Marke der Books on Demand GmbH

Herstellung und Verlag:
BoD – Books on Demand, Norderstedt

ISBN: 978-3-740-71065-1

Illustration: **Andres Männer, Larissa Wittfot**

… trotz allem bin ich ein Mensch geblieben.

Dieses Buch ist all jenen gewidmet,
die darin nach einem Sinn suchen.

Mögen wir gemeinsam diese Welt
verbessern.

1

Sieg

Wenn ich jetzt sterbe, so wisst ihr, dass ich Recht hatte.

Gedanken eines Valandar,
Band 1, Kapitel 2

Saschas Augen flogen über scheinbar endlose Listen mit den Daten der von ihm ausgewählten Personen, Orten und Zeiten. Obwohl er bereits körperlich erschöpft war, trieb ihn noch immer sein Ehrgeiz, dieses Rätsel zu lösen. Manche Computerspiele machten einfach süchtig.

Komm schon, wo bist du?

Sascha konnte nicht verstehen, warum einige Menschen E-Sports belächelten. Es fühlte sich an, als hätte er bereits einen Marathon hinter sich, könne jedoch trotz Erschöpfung einfach nicht anhalten und müsse immer weiter rennen. Seine Augen waren trocken und brannten wie Feuer. Mit einer Hand scrollte er durch die Bildschirmseiten, während seine andere Hand nach einer Dose Cola griff.

Es musste doch noch einen verborgenen Hinweis geben. Nur welchen? Wenn er wüsste, wonach er suchen sollte, dann könnte er seine Suchfilter weiter anpassen und die Listen an Daten würden kürzer werden.

Sascha spielte CaD. Das tat er immer, wenn er sich entspannen wollte – wobei ihm bewusst war, dass das Argument *Entspannung* nur als eine billige Ausrede herhielt. Es war der Ehrgeiz, der ihn antrieb. Er wusste das nur zu gut.

CaD stand für *Catch and Destroy*, eine Art modernes Rätselspiel im Gewand einer Geheimdienst-Simulation zur Terrorismusbekämpfung. Im Spiel bekam man einen fiktiven Terroranschlag geschildert und sollte dann die Hintermänner aufspüren. Dazu bot einem das Spiel eine Kombination aus verschiedensten Systemen an. Man konnte Verbrecherdatenbanken durchsuchen, Geldtransfers verfolgen und sogar Bewegungsprofile von Verdächtigen erstellen lassen. Alles über eine einfache Textkonsole.

Ein Spiel für echte Nerds.

Bisher hatte Sascha noch nie einen Fall gelöst. Immer war irgendjemand schneller als er. Doch dieses Mal war es anders. Er stand kurz vor der Lösung. Er wusste es einfach.

Sascha hatte bereits eine Serie von Anschlägen gefunden, deren Ablauf zu dem jetzt gesuchten Fall identisch war. Aber zu dieser Serie waren die Täter bereits gefasst und die Fälle abgeschlossen worden. Trotzdem war er sich sicher, dass diese offiziellen Täter eine Ablenkung waren. Denn auch wenn sie gefasst wurden, die Anschläge gingen weiter. Es musste also einen weiteren geben … oder sie hatten die Falschen.

Oder?

Neben ihm lagen Zettel mit wilden Vermutungen. Die Striche und Kreuze, welche er darauf gezeichnet hatte, stellten Verbindungen zwischen Ereignissen und Personen dar. Wahrscheinlich würde er dieses Gekrakel morgen selbst nicht mehr verstehen.

Vielleicht stand noch jemand dahinter und zog im Verborgenen die Fäden. Vielleicht gab jemand diese Anschläge in Auftrag. Konnte das sein? Einen Versuch war es wert.

Sascha stellte die Cola weg und verfeinerte seinen Filter. Er suchte nach Zahlungen, die jeweils vor diesen Anschlägen an den gefassten Täter gingen und verglich sie mit jenen, welche vor seinem jetzigen Anschlag geflossen waren.

Bingo!

Tatsächlich erhielt einer seiner Verdächtigen eine Zahlung aus derselben Quelle. Sogar die Summe war identisch.

Ganz schön clever, diese Spieldesigner.

Hektik brach aus. Diesmal wollte Sascha der erste Spieler sein, der dieses Rätsel löste. Er wusste, dass seine Reaktion voreilig sein konnte ... aber er suchte jetzt schon so lange. Die Wahrscheinlichkeit, dass ein anderer Spieler schneller war als er, stieg mit jeder Minute. Hoffentlich hatte er nichts übersehen.

Er klickte auf **<Verdächtigen melden>**, und das Spiel zeigte ihm die Warnung, welche er schon im Stream von anderen Spielern gesehen hatte.

›*Wenn Sie einen Verdacht äußern, gibt es kein Zurück mehr. Sind*

Sie sicher?‹

Nein, natürlich war er sich nicht sicher.

Er klickte auf **<Ja>**.

Nachdem er seinen Verdächtigen gemeldet hatte – da nur ein Verdächtiger gewählt werden konnte, nannte er nicht den verdächtigten Attentäter, sondern die Quelle des Geldes – erschien ein Ladebalken. Anschließend folgte ein Textfeld in dem er aufgefordert wurde, seinen Verdacht zu begründen.

Seltsam. Damit hatte er nicht gerechnet. Hektisch tippte er die Zusammenhänge ein und nannte dabei auch die Empfänger der anderen Zahlungen, die Verbindung zu den anderen Anschlägen sowie seinen verdächtigten Attentäter. Seine Finger überschlugen sich auf der Tastatur. Rechtschreibung und Ausdruck waren egal. Nur schnell lösen.

<Enter>

Endlich kam die ersehnte Meldung.

›DarkCrow hat einen Verdächtigen gemeldet.‹

Sascha wusste, dass diese Meldung nun auch bei allen Spielern gezeigt wurde. Mit einem langen Seufzer lehnte er sich in seinem Stuhl zurück. Sein Gesicht zierte das zufriedene Lächeln eines Gewinners. Er war der Erste. Wenn er richtig lag, so war diese Runde nun für die anderen Spieler vorbei.

Dann folgte ein Ladebalken.

›Bitte warten. Der Verdacht wird geprüft...‹

Er bemerkte, dass er seine Finger vor Nervosität in die Stuhllehnen gekrallt hatte, und versuchte, sich mit ein paar tiefen Atemzügen zu entspannen. Wahrscheinlich war Sascha der einzige Mensch auf Erden, dessen Nebenniere bei der Analyse von Datenbanken in einer einfachen schwarzen Textkonsole Adrenalin ausschüttete. Egal. Vielleicht würde dies die erste Runde CaD sein, welche er für sich entschied. Dadurch würde er in den Rang eines Analysten aufsteigen.

CaD war ein solch schweres Spiel, dass es bereits einige Arbeitgeber gab, welche am Markt direkt nach CaD Spielern suchten, welche mindestens den Rang eines Analysten trugen. Dieses Spiel war besser als jeder Intelligenztest. Der Rang des Analysten in CaD war also durchaus eine Auszeichnung, welche man in seinen Lebenslauf schreiben konnte. Wie viele Computerspiele konnten das schon von sich behaupten?

Sascha rieb sich die Augen. Wie spät war es eigentlich?

Seit jener Woche in Leipzig konnte er nicht mehr schlafen. Er hatte Angst die Augen zu schließen. Jedes Mal wenn er sie schloss, überschwemmten ihn die Bilder des furchtbaren Kellers voller gequälter Kinder. Die dunklen Gänge, die feucht-kalte Luft.

Es waren Tage des Grauens gewesen, welche sich wie Jahre angefühlt hatten. Nun lagen diese Tage schon fast einen Monat in der Vergangenheit, doch das leise Schluchzen, welches ihn damals in seiner Zelle begleitet hatte, während er sich dort versteckte und in den Schlaf weinte ... dieses Schluchzen verfolgte ihn noch immer. Deshalb brauchte er Ablenkung. Viel Ablenkung.

Sascha rieb sich das Gesicht. Der Ladebalken kroch elend langsam weiter. *Fast wie ein mp3 Download per Modem*, dachte er. Bei diesem Tempo schien noch genügend Zeit für einen weiteren Kaffee zu bleiben.

Er drehte sich auf seinem Drehstuhl und gönnte sich einen Espresso aus der Maschine hinter sich. Das Zimmer war eng und wurde vom Anblick mehrerer Computer und Monitore dominiert. Genau genommen handelte es sich gar nicht um ein Zimmer. Vielmehr saß Sascha in einem kleinen, höhlenartigen Kellerraum unter der Gartenlaube.

Damals, als die Jungs der Nachbarschaft begonnen hatten Baumhäuser zu bauen, wollte auch er ein eigenes Versteck. Anders als die Anderen zog es ihn jedoch eher in die Tiefe. Eine Höhle! Für einen Zehnjährigen klang das viel cooler als ein paar Bretter in einem Baum.

Damals war Sascha in der fünften Klasse gewesen. Sein Vater war froh gewesen, dass sich sein Sohn an der frischen Luft beschäftigen wollte, und so reichte er ihm lächelnd einen Spaten.

Schon nach einer Stunde unbeholfenen Grabens und den ersten Blasen an seinen Fingern, hatte sich Sascha für diese Idee verflucht. Ein Baumhaus wäre doch um einiges einfacher gewesen. Aber er hatte sich entschieden, eine Höhle zu bauen. Er hatte genau gewusst, wie sie werden sollte. In seinem Kopf war sie bereits fertig.

Nachdem er sich ganze zwei Wochen lang mit Spaten und Spitzhacke im Garten abgemüht hatte, nahm sich sein Vater ein Herz und sie schlossen einen Deal. Saschas Vater würde ihm bei seinem Projekt helfen. Jedoch nur bei den Dingen, bei denen Sascha direkte Aufträge erteilte. Sascha sollte der Bauleiter sein und sich das nötige Wissen selbst aneignen.

»Der beste Lehrmeister ist der eigene Fehler.« hatte sein Vater lächelnd gesagt.

Diese weisen Worte hatten Saschas Tatendrang keineswegs bremsen können. Also lautete der erste Auftrag an seinen Vater, einen Bagger anzumieten.

Das frisch ausgehobene Versteck existierte genau eine Woche. Dann bekam Sascha ein Gefühl von dem, was sein Vater ihm beibringen wollte. Beim ersten Regenguss brachen die Seitenwände ein und begruben Saschas alten Sessel im Schlamm.

»Siehst du?«, hatte sein Vater lächelnd gefragt. Er lächelte in dieser Zeit sehr viel, was Sascha damals unendlich wütend machte.

»Es sind die Details, die über den Erfolg entscheiden.«, hatte er gesagt, wobei er seinem Sohn gegen die Stirn getippt hatte.

»Ihr Meistern entscheidet, ob man über dich lacht oder staunt. Alles was du erreichst, kann man dir auch wieder wegnehmen. Du kannst in deinem Leben alles verlieren. Aber diese Erfahrung gehört für immer dir. Was du gelernt hast, nimmt dir keiner wieder weg. Wissen ist das Einzige, was dir bleibt.“

Vom Zorn über diese Belehrung angestachelt, war Saschas Projekt in die nächste Runde gegangen. Über die kommenden Jahre hangelte er sich von Fehler zu Fehler. Während der Chronik seines Scheiterns lernte er einiges über Statik, die Macht von drückendem Grundwasser, Drainage und Belüftung. Er lernte auch ganz triviale Dinge, zum Beispiel, dass Topfpflanzen ohne Licht nicht lange überleben. Vor allem aber erkannte er die Weisheit in den Worten seines Vaters. Eine Weisheit, die er seit dem Tod seiner Eltern jeden Tag vermisste. Einen Tod, den er durch seine Dummheit verschuldet hatte.

Dunkle Gedanken.

Immer wieder nichts als Dunkelheit, die ihn nach unten riss und ihn lähmte, wie ein viel zu schwerer Rucksack.

Der Computer gab den ersehnten Bestätigungston von sich. Der

Ladebalken war verschwunden. Er war durch die Meldung *›Auftragsbestätigung‹* ersetzt worden.

Sascha vergaß die Tasse in seiner Hand und sprang begeistert aus seinem Stuhl. Seine Tasse füllte sich dabei mit Leere. Der eben noch frische Kaffee bildete nun frische braune Flecken auf den massiven Holzbohlen, welche Boden und Wände des Raumes ausmachten. Sascha fluchte und wischte einige Spritzer von seiner Tastatur. Schade um den Kaffee.

Auf den sägerauen Bohlen würden die Flecken auf ewig sichtbar bleiben. Sie ergänzten dort eine stolze Ansammlung von Überresten diverser anderer Flüssigkeiten. Doch anstatt das Holz zu schleifen und mit Lack und Farbe zu behandeln, ließ Sascha die Flecken einfach trocknen. Wenn es doch einmal zu ekelig werden sollte, wie sein Unfall mit der Tomatensoße, dann tackerte Sascha einfach einen Fetzen Stoff über diese Stelle. Mittlerweile sahen Teile seiner Wände aus, wie eine Art moderner shabby chic. Sascha mochte keine sterile Sauberkeit. Diese Flecken erzählten die Geschichte seines Raumes und verliehen ihm Leben; wie eine Art Tagebuch. Ein Mosaik aus Missgeschicken.

Die Technik hatte wenig vom Kaffee abbekommen, also konnte er sich wieder um die wichtigeren Dinge kümmern.

Er hatte es geschafft!

Nun folgte der actiongeladene Teil des Spieles. Wer die Lösung gefunden hatte, durfte in einer simulierten Luftschlacht eine Drohne steuern und die verdächtigte Zielperson ausschalten. Dies sollte für die Spieler so eine Art Belohnung darstellen. Sascha fand solche Shooter jedoch langweilig. Er konnte diesem Genre nichts abgewinnen. Dementsprechend schlecht spielte er solche Spiele.

Die schwarze Konsole, über welche er seine Kommandos eingegeben hatte, wurde durch das überraschend gut animierte Cockpit einer Drohne ersetzt. Auf einem Kompass war die Richtung markiert, in welche Sascha fliegen sollte, wobei er während seines Flugs einigen Hindernissen ausweichen musste.

Es war ihm unbegreiflich, wie man ein solch gut durchdachtes Computerspiel mit diesem 90'er Jahre Arcade Spieldesign versauen konnte. Auch wenn die Grafik zugegebenermaßen umwerfend war. Vor allem im Kontrast zu der schlichten Konsole, welche sie ersetzt hatte.

Trotzdem ... einfach nur albern.

Sascha krachte die Drohne bereits in das erste Hindernis. Erstaunlicherweise ohne Konsequenzen. Er bemerkte, dass ein Ausweichen während des Fluges gar nicht nötig war. Die animierten Hindernisse spielten keine Rolle und konnten einfach durchflogen werden. Seltsamer Humor. Vielleicht war dies wirklich nur eine Art Abspann für den Gewinner. So wie ein Bildschirmschoner... oder ein Ladebalken. Diese Sinnlosigkeit war ihm bei den anderen Spielern nicht aufgefallen. Das lag wohl daran, dass diese viel besser auswichen und keines der Hindernisse trafen.

In der Ferne erschienen einige Gebäude. Eines der Gebäude war mit einem leuchtenden Kreuz markiert. Dort musste sich die Zielperson befinden.

Als die Drohne näherkam, wurde die Ansicht umgeschaltet, und Sascha blickte nun direkt auf die Landschaft unter der Drohne. Ein wahnsinnig gut aufgelöstes Satellitenbild glitt unter ihm dahin.

Sascha konnte die Ansicht vergrößern und erkannte unglaublich viele Details. Er blickte auf eine trockene, felsige Landschaft in sandigem Gelb. Sie wurde von Straßen aus zerbrochenem Asphalt durchzogen. Neben den Straßen lag vereinzelter Müll. Sascha bildete sich ein, sogar ein paar Plastiktüten fliegen zu sehen. Man konnte fast glauben, dass dies die Aufnahme einer echten fliegenden Kamera war. Faszinierend.

Als die Drohne die Häuser erreichte, sah man Kinder auf der Straße spielen. Sie standen im Kreis und warfen abwechselnd Steine in ihre Mitte. Ein Spiel, welches Sascha nicht kannte.

Er steuerte die Drohne auf ein eingezäuntes Gebäude zu. Das Fadenkreuz der Drohne erfasste dieses Haus, und es wurden weitere Informationen angezeigt. Höhe, Fluggeschwindigkeit,

Windstärke und so weiter. Ein grüner Rahmen legte sich um das Grundstück und zeigte den Namen seines Verdächtigen.

Daneben erschienen zwei Schaltflächen:

<Ziel bestätigen> und **<Feuer>**.

Sascha musste zugeben, dass er aufgeregt war. Die Grafik des Spieles war einfach zu real. Er zögerte.

»Bitte bestätigen Sie das Ziel!«

Aus dem Lautsprecher seines Computers ertönte eine menschliche Stimme im Befehlston. Ein Counter begann, rückwärts zu zählen.

Diesen Teil von CaD kannte Sascha noch nicht. Alle Videos die er im Internet gesehen hatte, endeten vor der Zielerfassung der Drohne. Es hieß, dass die Belohnung des Spiels unter Urheberrecht stand und nicht öffentlich gezeigt werden durfte. Nur die Gewinner einer Mission durften sie sehen. Er hatte schon von Anwälten gehört, welche Streamer mit Unsummen verklagten, wenn sie ihren Stream nicht rechtzeitig beendeten.

Sascha blickte sich auf der Karte um. Das Spiel war so clever aufgebaut, dass er vermutete, auch hier noch Fallen zu entdecken. Könnte er nun doch noch verlieren? Was übersah er? Er vergrößerte die Karte und sah sich die nähere Umgebung des Hauses an. Keine Kinder, keine Haustiere, keine Menschen. Nur das

Haus.

Noch 10 Sekunden.

In der Einfahrt des Hauses sah er keine Fahrzeuge, Fahrräder oder sonstiges, was auf Besucher hindeutete.

Okay, keine Kollateralschäden zu erwarten.

Noch 5 Sekunden.

Wäre dies echt, würden die Kinder, welche er vor wenigen Momenten auf der Straße gesehen hatte, durch den unmittelbar erlebten Angriff einer Drohne wahrscheinlich zur nächsten Generation von Attentätern werden.

Vielleicht baute das Spiel ja genau darauf auf und erschafft so eine Geschichte für den nächsten Auftrag?

Noch 2 Sekunden.

Sascha hatte keine Zeit mehr. Er klickte die Schaltfläche **<Ziel bestätigen>** und das Fadenkreuz wurde rot.

Saschas Herz raste. Er musste zugeben, dass er seine Einstellung zu Shootern überdenken musste. So viel Adrenalin konnte ihm die Konsole nicht bieten.

Noch eine Sekunde.

<Feuer>

Sascha schloss die Augen.

»Ziel getroffen. Auftrag ausgeführt.«, hörte er die Stimme sagen.

Als er die Augen wieder öffnete, war der Bildschirm schwarz. Nur zwei Worte standen in der linken oberen Ecke.

DarkCrow – Analyst

2

Lüge

Weisheit kann man nur erlangen, wenn man aufhört nach der Wahrheit zu suchen.

Weisheit entsteht nicht aus **Wissen**, sondern aus der Suche nach dem Warum.

Wenn du nicht die richtige Frage stellst, hilft dir auch die Antwort nicht.

Geist und Seele -
eine wissenschaftliche Betrachtung
{X}

Sascha

»Wie geht die Entwicklung voran?«

»Gut soweit. Ich sitze gerade daran, die Verwaltung der Nutzerrechte an die hierarchische Struktur der Gruppen anzupassen. Ist komplizierter als gedacht, aber ich bekomme es hin.«

Sascha hakte den betreffenden Stichpunkt auf seinem Zettel ab. Sie besprachen sich bereits seit drei Stunden, doch seine Liste war noch nicht einmal zur Hälfte abgearbeitet.

»Vergiss bitte nicht, den Code gut zu dokumentieren. Was du programmierst versteht immer kein Mensch. Wenn wir das später als Opensource freigeben sollten, möchte ich, dass die Leute da draußen damit etwas anfangen können.«

Stöhnen am anderen Ende der Leitung. »Du weißt, wie ungern ich dokumentiere. Das stört mich beim Denken. Kann das nicht jemand Anderes tun?«

Sascha lachte und hielt drohend einen Schokoladenkeks in die Kamera. »Mach es, Richi! Wenn du hier wärst, würde ich dich für diesen Kommentar bewerfen, du fauler Sack.«

»Bin ich aber nicht. Ein Hoch auf die Digitalisierung.«

»Ich unterbreche euch nur ungern beim Flirten«, meldete sich eine andere Stimme zu Wort, »aber wir müssen noch über Marketing, Vertrieb und Finanzen sprechen.«

Das war Marcel, der Dritte im Bunde. Gemeinsam hatten sie vor zwei Jahren begonnen, an einer neuen Communty – oder genauer gesagt: an einem dezentralen, menschzentrierten Kommunikationssystem – namens EarthConnect zu arbeiten. Ursprünglich war es dazu gedacht gewesen, die einzelnen Klassen, AGs und Projekte in einer Schule miteinander zu vernetzen. Für jede Form der Zusammenarbeit wurde eine Arbeitsgruppe angelegt, welche für sich genommen eine eigene kleine Community darstellte. Diese Arbeitsgruppen wurden wiederum thematisch in eine Baumstruktur einsortiert, um somit ein besseres Teilen und Auffinden von Informationen zwischen ihnen zu ermöglichen.

Mittlerweile jedoch hatten Sascha und seine Freunde so viele Ideen entwickelt, dass sich EarthConnect fast zu einer neuen Form des Internet gewandelt hatte. Nun ermöglichten sie, eine Arbeitsgruppe an jede beliebige Webseite zu knüpfen, wodurch diese Webseite dann ebenfalls in der thematischen Baumstruktur einsortiert wurde. Dadurch entstand ein globaler Index über das Internet.

Aber das war noch nicht alles: Für jede einzelne Webseite sollte, sobald man sie betrachtete, automatisch eine solche Gruppe angelegt werden; und zwar, mit allem, was eine vollwertige

Community ausmachte. Somit wurde es möglich, sofort zu sehen, welche anderen Nutzer sich gerade die gleiche Seite ansahen. Navigierte man beispielsweise online einen Zeitungsartikel an, so konnte man zu diesem Artikel Dateien und Bilder teilen, Kommentare hinterlassen, mit anderen Lesern chatten und dergleichen. Und zwar ohne dass der Zeitungsbetreiber etwas dagegen tun konnte. Um nämlich die Kontrolle in die Hände der Nutzer zu legen, speicherte Sascha die anfallenden Daten nicht auf zentralen Servern, sondern verteilte diese Communities dezentral über das gesamte Netzwerk – in einem sogenannten Peer to Peer System. Das bedeutete, dass jeder Anwender auch gleichzeitig ein Server war, welcher die Daten wiederum an Andere weiterleitete. Die Daten existierten also nur auf den Geräten der Nutzer selbst, nicht aber auf dem Server der Zeitung. Nicht regulierbar. Nicht zensierbar. Ein freier Meinungsaustausch zu allem, was das Internet zu bieten hatte. Sascha gab den Menschen die Hoheit über das Internet zurück. Zumindest theoretisch.

Marcel hatte durchaus Recht. Es gab noch sehr vieles zu besprechen, was nichts mit Technik zu tun hatte. Doch jetzt wollte Sascha erst einmal seinen eigenen Aufgabenzettel abarbeiten, daher stöhnte er genervt über Marcels Unterbrechung. Mittlerweile hatte er drückende Kopfschmerzen. Sein Mund war staubtrocken und der Schlafmangel der letzten Wochen tat sein Übriges.

»Später. Lass uns bitte erst einmal bei der Technik und dem Rechtemanagement bleiben. Ich möchte die wesentlichen Anwendungsszenarien noch einmal technisch durchspielen. Ich denke, wir haben noch einige Details übersehen.«

»Na dann schieß mal los.«

Richi, ihr fähigster Entwickler, lehnte sich vor seiner Kamera zurück.

»Also. Wir haben gesagt, dass ich als Nutzer in verschiedenen Arbeitsgruppen mitarbeiten kann. Die Gruppen können untereinander vernetzt sein, müssen sie aber nicht. Und wir wollen in unterschiedlichen Gruppen unterschiedliche Nutzerprofile anbieten. Richtig?«

»Diesen Aufwand verstehe ich noch immer nicht.« Marcel ging schon wieder dazwischen.

»Machen wir es dadurch nicht unnötig kompliziert? Warum brauchen wir verschiedene Nutzerprofile für die selbe Person?«

»Das hatten wir doch schon. Anonymität ist unser Kern. Dieses Netz würde die Nutzer ansonsten komplett transparent machen. Stell dir vor, du hast alle deine Interessen mit Arbeitsgruppen abgedeckt. Jeder aus deinem Katzenclub kann sehen, was du beruflich machst, wer zu deiner Familie gehört und so weiter. Das wird doch keiner verwenden. Nein, wir haben ein Hauptprofil, und es steht dir frei, in jeder Gruppe ein anderes öffentliches Profil anzulegen. Damit kannst du selbst entscheiden, wer wie viel von dir weiß, wer welches Profil sehen kann, und welche schräge Community du lieber aus deinem öffentlichen Leben fernhältst. Vielleicht trägst du in deiner Freizeit gerne rosa Flügel? Dein Chef muss ja nicht alles wissen.«

»Hey! Mein Chef war das mit den rosa Flügeln. Und er hat sie jedem gezeigt. Außerdem ... ich habe Blaue.

Ach und noch was: Sag bitte nicht immer Arbeitsgruppe. Das klingt sowas von Neunzehnhundert. Das ist eine Community!«

»Und du bist ein Penner.«

»Ich lieb' dich auch, du Spast.« Richi schnippte irgendetwas in Richtung seiner Kamera und kicherte.

»Okay, Jungs!« Marcel ging dazwischen. »Immer wenn ihr euch belegt ist es Zeit für eine Pause.«

»Nein, warte! Ein Problem möchte ich noch ansprechen.« Richi war immer sehr hektisch, wenn er noch unbeantwortete Fragen hatte. Ihn zu vertrösten würde schwer werden, und dafür war Sascha ihm insgeheim dankbar.

Seit Leipzig wirkte die Ankündigung einer Pause auf Sascha wie eine Drohung. Seither stand er ständig unter Strom und versuchte, jede Minute Freizeit zu vermeiden.

Denn Pause bedeutete Zeit.

Zeit für Erinnerungen.

Und mit den Erinnerungen kam die Angst zu ihm zurück.

Marcel schnaufte. »Nur eins? Ich habe hier noch Tausend Probleme auf meiner Liste. Aber mein Kopf brummt schon.«

»Zuerst kommt meine Liste«, sagte Sascha und hob drohend den Finger Richtung Kamera.

»Okay. Also...«, unterbrach Richi und holte sich somit ihre Aufmerksamkeit zurück. »Anonymität ist schön und gut. Aber wie lösen wir in einem Peer to Peer System, ohne zentrale Kontrolle und ohne Zensur, das Problem von Kriminalität, Mobbing und dergleichen?«

Das war eine Frage, über die auch Sascha schon sehr lange nachgedacht hatte. Immerhin wollte er nicht das nächste Darknet bauen. Aber er hatte bereits eine vage Idee, wie sie dieses Problem lösen konnten.

»Naja,«, setzte er an, »ich glaube an das Gute im Menschen. Und an Demokratie.«

Richi und Marcel schauten ihn verstört an.

»Wie meinst du das? Das klingt nach: Augen zu und hoffen. Du widersprichst dir.«

»Nein, ganz und gar nicht. Verdächtige Kommentare oder Profile können gemeldet werden. Wenn dies eine gewissen Anzahl von

Leuten tun, dann werden die Beiträge unsichtbar geschaltet. Wir geben somit jedem Beitrag einen Vertrauensindex. Das ist Demokratie. Die Gesellschaft entscheidet über ungeliebte Inhalte.«

»Ja, aber dann hast du doch wieder eine Zensur. Dann bekommst du einen Haufen Lobbyisten-Trolle, die dafür bezahlt werden, gegen kritische Beiträge zu stimmen. Oder gegen die Konkurrenz. Ich dachte, wir wollten die freie Meinungsäußerung auf jeden Fall gegen solche Interessen schützen? Deshalb ja das dezentrale Netz. Demokratie, Anonymität und Zensurfreiheit ... das passt einfach nicht zusammen.«

»Doch, das passt. Dass wir das Netz den Konzernen entreißen und den Nutzern zurückgeben wollen heißt nicht, dass wir nicht kompromissbereit sein können. Was haltet ihr davon, wenn wir die Option bieten, dass sich Nutzer mit ihrem Ausweis authentifizieren? Wenn ich auf der Straße meine Meinung sage, dann sieht ja auch jeder mein Gesicht, kann mich festhalten und wegen Beleidigung anzeigen. Diese nicht anonyme Meinungsfreiheit der Straße ... die will ich haben. Also. Beiträge von solchen mit Ausweis registrierten Nutzern können nicht gemeldet werden. Um gegen ihre Aussagen vorzugehen, muss man dann schon vor die Behörden ziehen und einen Rechtsstreit anstreben. Ein Richter entscheidet dann über den Inhalt des Anstoßes. Dadurch können Lobbyisten-Trolle nur noch gegen anonyme Kommentare vorgehen. Vielleicht finden wir ja eine Architektur, die nicht jedem deinen Namen verrät, sondern dich als seriös markiert und dir trotzdem ein anonymes Profil gestattet. Wir könnten zum Beispiel die Ausweisdaten verschlüsselt in einer Blockchain speichern. Du bist dann für die Community anonym, aber dennoch haftbar.«

»Alter!«, Richi stöhnte auf. »Wann willst du damit fertig sein? Vielleicht könnte das ja sogar klappen. Aber erkläre das mal verständlich einem Juristen? Vergiss es. Und um einmal den paranoiden Nutzer zu spielen: wie willst du denn Daten in einem Peer to Peer Netz verstecken? Wir haben ja dieses Netz gerade deshalb gewählt, weil es eben nicht zentral gesteuert werden kann. Und überhaupt: wer soll das entwickeln? Wir sind nur zu dritt!«

»Hey, Chef!«

Susi kam in das Büro gestürmt. Ihr Gesichtsausdruck verriet nichts Gutes, aber das war bei ihr nicht unüblich. Selbst die kleinsten Probleme konnten Susi aus der Fassung bringen.

»Okay, machen wir Pause.«

Pause. Schon wieder dieses schlimme Wort. Sascha schrak jedes mal zusammen, wenn er es hörte. Sogar, wenn er es selbst sagte. Es durchzuckte ihn wie ein finsterer Blitz aus Angst. Der Stress der Arbeit und die vielen Projekte, an welchen er parallel arbeitete, halfen ihm, sich von dieser Angst abzulenken. Daher freute er sich, dass Susi mit neuen Problemen auf ihn zukam, welche ihn beschäftigen würden, während er seinen Freunden ihre verdiente Pause gönnte.

»Es hat Mustafa erwischt!«, platzte es aus ihr heraus. Sie war ganz außer Atem. »Heute Vormittag. Bei dem Amoklauf.«

»Ist nicht wahr! Schon wieder ist jemand durchgedreht?«

Es war wie immer: Sascha bekam mal wieder nichts vom Leben vor der Tür mit.

Mustafa war einer seiner liebsten Kunden. Er betrieb einen Laden namens Nerds Club in der Münchner Innenstadt. Dort tat er viel für die Jugend. Er sagte, er lehre sie das Denken, so wie es die hiesigen Schulen derzeit nicht vermögen. Der Laden lief gut, warf aber kaum Gewinne ab. Für viele war er zu einer Art Jugendclub geworden, wo sie ihre Freizeit verbringen konnten.

Susi schabte nervös mit den Füßen. »Auf RTV laufen gerade die Nachrichten. Sie müssten davon berichten.«

Sascha suchte nach dem Livestream des Fernsehsenders und schaltete die Lautsprecher ein.

»Heute fand die Trauerfeier für den Rapper Hashtag statt, welcher vergangene Woche tot in seiner Wohnung aufgefunden wurde. Die Todesumstände sind noch immer unklar. Derzeit geht die Polizei von Selbstmord aus. Da der Rapper seine Fans jüngst mit skurrilen Aussagen aus extremistischen Kreisen verwirrte, hatte die Familie Angst vor Demonstrationen und führte die Feier

an einem geheimen Ort durch.«

Die Sprecherin legte einen Zettel beiseite und ging zum nächsten Beitrag über.

»Heute kam es erneut zu einem Amoklauf, bei welchem mindestens 5 Menschen verletzt wurden. Diesmal traf es die Münchner Innenstadt. Der Täter wurde von der Polizei erschossen und starb noch vor Ort. Verteidigungsminister Fischer drängt unterdessen weiter auf den Einsatz medizinischer Hirnimplantate. ›Nur mit einer frühzeitigen Erkennung krimineller Ideologien können wir solche Ereignisse in Zukunft effektiv verhindern.‹, sagte er in einer Pressekonferenz. ›Es geht um die Sicherheit unserer Bürger. Wir können es uns nicht leisten, dass die digitale Phobie Einzelner, das Leben Aller gefährdet.‹ Er kritisiert damit den Kanzler, welcher jüngst verkündete, dass es mit seiner Partei keine Entmenschlichung geben werde.«

Sascha schaltete wieder aus. Das übliche Geschwafel des politischen Kabaretts musste er sich nicht ansehen. Diese heuchlerische Kritik einer längst beschlossenen Agenda war einfach zu offensichtlich. Das Ereignis wird von der Politik für die eigenen Zwecke instrumentalisiert. Keiner interessierte sich wirklich für die Opfer. Wer einmal im Werbegeschäft gearbeitet hatte, der erkannte sofort, wenn er manipuliert werden sollte. Egal, welchen Fachbegriff man dafür verwendete: Marketing, Manipulation, Lüge, Täuschung, Politik – alles Begriffe für dieselbe Sache. Es ging nur darum, ein Bild im Zuhörer zu erschaffen. Eine Vision von dem, was er glaubt gehört zu haben. Er sollte an dieses Bild glauben, und nicht an das, was man wirklich gesagt hat. Er soll daran glauben, dass sich intelligente Experten selbstlos darum kümmern, dass es ihm gut geht. Und wenn es dann anders kommt, so hatte trotzdem niemand gelogen. Dann hat es eben einfach nicht funktioniert, oder man war eben nur gezwungen gewesen, seine Meinung zu überdenken.

Der Begriff *Wahrheit* war zu einem Kunstwort verkommen, welcher allein ausdrückte, woran man glauben *sollte*. In diesem Spiel gab es keine Wahrheit, nur Geschichten. In der Werbung ging es einzig und allein darum, dass deine Geschichte nicht widerlegt werden konnte. Wenn dann Andere diese Geschichte ihren Freunden erzählen, um sich mit ihrem neuen *Wissen* zu schmücken, dann wird diese Geschichte zur Wahrheit und du hast gewonnen. Geschichten werden Wissen und Wissen wird Zukunft. Wenn man es einmal verstanden hatte, war dieses Spiel ziemlich einfach.

In der Politik spielten sie dieses Spiel sehr offensichtlich. Sie täuschten eine kritische Diskussion vor; eine strikte Ablehnung genau jener Themen, welche in Wahrheit genau ihrem politischen Ziel entsprachen. Sie erzeugen damit den Eindruck, als wären sie gezwungen worden, diese umstrittenen Gesetze zu erlassen. Als hätten sie keine andere Wahl gehabt. Also wusste Sascha bereits, dass demnächst ein Gesetz zum Einsatz von Hirnimplantaten entschieden werden würde. Ihm schauderte vor dieser Vorstellung.

Aber darum ging es jetzt nicht. Es ging um Wichtigeres als Politik. Es ging um die Opfer, auf deren Schultern dieses politische Schauspiel stattfand. Es ging um einen Anschlag. Und es ging um Mustafa. Der Amokläufer war gestorben, aber über weitere Todesopfer hatte der Beitrag nichts erwähnt. Komisch.

Im Kopf ging Sascha die Liste seiner Kontakte durch, welche Mustafa kannten. Ihm fiel auf, dass es niemanden gab. Wann hatte er ihn zum letzten Mal gesehen? Das musste ewig her sein. Wie immer war er viel zu beschäftigt gewesen, um seine Kontakte auch außerhalb des Geschäftlichen genügend zu pflegen. Und nun gerade Mustafa.

Nur die Besten sterben jung.

Diese verdammten Amokläufe. Es war schon seltsam, wie schnell es gehen konnte, bis sich die gesamte Welt nur noch um ein einziges Thema drehte. Vor drei Monaten war noch alles in Ordnung. Doch plötzlich, ganz unerwartet, misstrauten sich die Menschen gegenseitig. Als wäre vorher alles nur eine Scheinwelt gewesen. Eine oberflächliche Maskerade aus Freundlichkeit. Nun behaupteten die Rechten, die Ausländer trügen die Schuld an dieser neuen Spirale der Angst. Die Linken meinten, es seien soziale Ungerechtigkeit und wachsender Extremismus, welche diese Gewalt auslösten. Dieser Bruch ging selbst durch Familien und Freundschaften. Jeder versuchte, den Anderen in eine dieser beiden Schubladen zu stecken. Gemäßigte Meinungen schien es nicht mehr zu geben. Doch Sascha glaubte an keine dieser Theorien. Er hielt die politische Entwicklung, welche die Gewalt zum Anlass nahm, um allerlei überzogene Überwachungsgesetze voranzutreiben, für die größte Bedrohung. Sie sagten: der Zweck der Sicherheit heiligte diese Mittel. Doch Sascha wusste: der Zweck würde sich über die Zeit ändern, die Mittel jedoch würden bleiben. Diese Amok-Vermeidungs-Gesetze hatten einen negativen Einfluss auf ihr aller Leben. War denn dieser Gedanke extremistisch? Die Menschen schienen ihren Verstand verloren zu haben. Sie ließen sich von ihrer Angst versklaven.

Angst…

Sascha wusste, wie sie sich anfühlt. Dabei war es die Angst, und nicht irgendwelche willkürlichen Amokläufe oder terroristischen Anschläge, von der die eigentliche Gefahr ausging.

Schon wieder diese dunklen Gedanken… Sascha musste sich zusammennehmen und seine Gefühle unterdrücken. Nur nicht zu wenig nachdenken…

Es war leicht, sich über die Angst der Anderen zu wundern. Doch hinter diesen Gedanken versteckte er seine eigene Angst – und die sollte tief vergraben bleiben.

Warum *wusste* Susi eigentlich von Mustafas Tod? Jetzt schon? Wenn er so darüber nachdachte, ergab das überhaupt keinen Sinn. Wieso wurde denn ausgerechnet *er* jetzt schon informiert? Immerhin erledigte Sascha nur das Marketing für den Nerds Club. Er war nicht gerade der erste Kontakt, den man in so einem Fall anrufen würde.

»Wie hast du es erfahren? Hat er denn schon einen Nachlassverwalter?«

»Nachlassverwalter?« Susi schaute verwirrt. Dann lachte sie auf.

»Nein, er hat selbst angerufen. Ihm geht's gut, er hat nur eine kaputte Scheibe. So ein irrer Polizist hat ihm ins Schaufenster geschossen.«

Sascha stöhnte erleichtert auf. Susis frische Art war doch immer wieder für eine Überraschung gut. Trotzdem dauerte es noch eine Weile, bis Sascha sich wieder im Griff hatte. Die Angst war einfach zu gewaltig. Warum sah er überall nur noch den Tod?

»Ich rufe ihn nachher mal an.«, sagte Sascha und versuchte dabei, erheitert zu grinsen. »Was hat er dir erzählt?«

»Naja, die selbe Szene, wie wir sie in den letzten Wochen schon oft gehört haben. Da rennt wer durch die Stadt und greift wahllos Leute an. Die Polizei hat auf den Typ geschossen, und damit wohl auch das Fenster getroffen. Wobei... diesmal war es ja scheinbar eine Frau. Verrückte Welt.«

»Hmm. So ein Mist. Was ist bloß los mit den Leuten? Diese Amok-Läufe sind schon zum Trend geworden. Wie kann man so verrückt sein, um das nachzumachen? Bis jetzt hat es keiner von denen überlebt. Also ... was soll das? Ich versteh es nicht.« Sascha erwartete keine Antwort auf diese Frage. Er sprach oft laut vor sich hin, wenn er nachdachte.

»Ich schaue mal im Deepweb, ob ich was zu München finde.«, murmelte er und drehte sich wieder zum Rechner.

»Ach, und ich soll ausrichten, dass die Kampagne einschlägt wie eine Bombe. Die Leute rennen ihm die Tür ein. Er will dich nächsten Monat mit doppeltem Satz buchen.«

»Hmm«

Sascha war schon in die Recherche vertieft und hörte Susi daher gar nicht mehr zu. Immer wenn er als Antwort nur brummte, wusste sie schon, dass sie ihm später noch einmal das Gleiche erzählen musste.

»Und der Hund des Nachbarn hat dir in die Stube gekackt. Ich schneide die Stelle jetzt aus dem Teppich heraus.«, sagte sie grinsend.

»Hmm«

Okay, Sascha hörte wirklich nicht mehr zu. Susi setzte noch einen drauf und schnappte sich die Schere vom Schreibtisch.

»Dann geh ich mal.«, zirpte sie fröhlich und verließ das Zimmer.

»Hmm«

Saschas ehrgeiziges Projekt EarthConnect litt vor Allem an einem: Geld. Bisher entwickelte er mit seinen beiden Freunden seit fast zwei Jahren, ohne dafür die finanziellen Mittel zu haben. Ein Unternehmen würde für ein Projekt dieser Größe wahrscheinlich dreißig Entwickler für mehrere Jahre finanzieren. Er und seine Freunde erledigten diese Arbeit neben ihrem Beruf... und das vor allem nachts, an Wochenenden und in jeder anderen freien Minute.

Dabei hatten sie es versucht. Fast sechs Monate hatten sie mit der Suche nach Investoren vergeudet. Sie hatten dabei jedoch schnell bemerkt, dass diese Suche an zwei wesentlichen Faktoren scheiterte: Erstens lief es immer darauf hinaus, dass sie für vergleichbar geringe Mittel die Hälfte ihres Unternehmens an den Investor abgeben sollten. Das hätte geheißen, für nur ein wenig Geld ihre Seele und ihre Leidenschaft an jemanden zu verkaufen, der ihre Ziele nicht teilte. Ein Investor sah nur das Geld, nicht die Vision. Was würde ihn daran hindern, das Unternehmen meistbietend weiterzuverkaufen? Und zweitens lässt sich die Idee für ein freies, unreguliertes Internet ganz schlecht in einem Geschäftsmodell ausdrücken. Es gab zwar einige Ansätze, die durchaus erfolgsversprechend waren, aber diese für Geschäftsleute verständlich auszudrücken war eine Kunst, welche sie alle nicht beherrschten.

Nachdem dann auch noch ein angeblich interessierter Investor ihre Gott sei Dank unverständlich beschriebene Idee geklaut und als eigenes Produkt angekündigt hatte, hatten sie die Suche nach Geldgebern aufgegeben und begonnen, EarthConnect selbst zu entwickeln.

Die Marketingkampagnen, welche er nun für seine Kunden betrieb, waren ursprünglich nur eine Idee gewesen, um kurzfristig an Geld für diese Entwicklung zu kommen. Sie sicherten vor allem seinen Freunden so viel Einkommen, dass es ihnen möglich war, sich auf die Entwicklung des gemeinsamen Projektes zu konzentrieren, ohne dabei zu verhungern. Richi studierte noch, konnte sich jedoch durch Saschas Unterstützung die zahlreichen Nebenjobs sparen, welche er vorher benötigt hatte, um sein Studium zu bestreiten. Marcel hatte seinen alten Job an den Nagel gehangen und arbeitete nun neben EarthConnect nur noch für 20 Stunden in einem schlecht bezahlten Nebenjob als Pizzabote. Trotzdem lebten die Beiden von der Hand im Mund. Sascha war bewusst, dass es nicht mehr lange so weitergehen konnte.

Mittlerweile war Saschas kleine Marketingfirma so erfolgreich geworden, dass sie enorm viel Zeit fraß. Selbst die Einstellung von Susi als Helferin brachte kaum Entlastung. Den Erfolg konnte Sascha selbst kaum verstehen und er war auch nicht sonderlich stolz darauf. Andere Marketingfirmen verkauften ihr Angebot als eine Art Magie. Sie waren Zaubermeister, welche auf wundersame Weise das Geld Ihrer Kunden verschwinden ließen und diesen dann wunderschöne Grafiken und Statistiken über den Erfolg der durchgeführten Kampagnen präsentierten. Diese Firmen konnten vor allem eines: sich selbst verkaufen.

Aber Sascha war ein Hacker und kein Blender. Er ging den Dingen auf den Grund und verstand die kleinen Zusammenhänge. Wenn man die Dinge im Detail verstand, konnte man bereits durch winzige Änderungen großes bewirken. Anders als viele dachten, war Hacking die Kunst des Erschaffens, nicht die Kunst des Zerstörens. Ein Hacker war jemand, der versuchte, mit einer Kaffeemaschine Toast zu rösten. Vielleicht war Saschas Art zu denken auch eine Eigenschaft, welche sein Vater bei ihm gefördert hatte.

Und vielleicht war auch genau das der Grund für seinen Erfolg. Er verkaufte sich immer weit unter Wert. In seinen Augen war Marketing keine akademische Wissenschaft. Es benötigte keine hochgebildeten Experten, welche unantastbar und erhaben über jegliche Kritik in ihrem Elfenbeinturm saßen. Nein, in Saschas Augen war Werbung nichts weiter als das Hacken der menschlichen Wahrnehmung. Emotional manipulative Tricks, um Bedürfnisse zu simulieren und Wünsche zu erschaffen. Es war die Kunst, die Menschen zu belügen. Und genau dies verkaufte er seinen Kunden auch. Ganz offen und ohne jede Scham.

Gleichzeitig betrieb er einen Blog, in welchem er den Menschen erklärte, wie sie belogen wurden, wie sie diese Lügen erkennen und wie sie sich vor der Manipulation ihrer Wünsche schützen konnten. Doch dieser Blog minderte nicht seinen Erfolg. Ganz im Gegenteil. Scheinbar wollten die Menschen belogen werden. Deshalb nahm Sascha auch nur Aufträge von Kunden an, deren Vision er teilte. Kleine Unternehmen, welche am Markt ansonsten keine Chance hätten. Leider war es nicht mehr möglich, allein durch gute Leistung und aufopferungsvolle Ideen nennenswerten Erfolg zu haben. Mustafas Jugendarbeit war da ein Beispiel. Allein um die Miete in der Münchener Innenstadt zahlen zu können, hatte er einen Kredit aufnehmen müssen. Dort hielt er Programmierkurse für Kinder ab und realisierte mit ihnen gemeinsam IT-Projekte. Auf Spendenbasis oder unentgeltlich für Familien, welche sich Bildung nicht leisten konnten. Solchen Leuten wie Mustafa half Sascha gerne. Er teilte ihre Vision. Was bedeutete schon Geld, wenn es das Ziel war, eine bessere Welt zu erschaffen?

Es dauerte nicht lange, bis Sascha in einem Chat im Deepweb Augenzeugenberichte und Videos von den Vorkommnissen in der Innenstadt gefunden hatte. Auf dem Video eines Touristen, welcher die Einkaufsstraße gefilmt hatte, konnte man eine junge Frau sehen, welche an eine Hauswand gelehnt auf ihr Handy blickte. Plötzlich ließ sie das Handy fallen, zog einen Elektroschocker aus ihrer Handtasche und stürmte auf den nächstbesten Passanten los. Das Video begann heftig zu wackeln, dann war die Aufnahme zu Ende.

Ein anderer Augenzeuge berichtete im Chat davon, dass ein wahrscheinlich zufällig anwesender Polizist versucht hatte, die Frau zu stoppen. Der Mann war wohl gerade in seiner Mittagspause gestört worden und mit dieser Situation etwas überfordert gewesen. Schlussendlich zog er seine Waffe, schoss einmal daneben, wobei er Mustafas Schaufensterscheibe zerstörte, und traf mit dem zweiten Schuss das Bein der Frau. In der Presse las man später, dass die Frau kurz darauf an den Folgen eines Schocks verstorben sei.

Sascha griff zum Hörer und wählte Mustafas Nummer.

»Hey, mein Lieblingstürke. Hab gehört, du wolltest mich erreichen?«

»Ja grüß dich. Schön, dass du zurückrufst. Ich wollte dir nur danken. Deine Idee mit dem Museum funktioniert super. Die Leute spenden sogar noch Trinkgeld. Sieht so aus, als ob ich diesen

Monat endlich einmal ein wenig Gewinn machen werde.«

»Hey, das freut mich. Ehrlich. Hast du gut gemacht.«

Ursprünglich hatte Mustafa in seinem Laden neben den Programmierkursen auch diverse Waren zum Kauf angeboten. Von Robotik bis hin zum Pen & Paper Rollenspiel hatte er alles, was das Nerd-Herz begehrt. Saschas Idee war es gewesen, dass all das in einer Art Museum zum Ausprobieren anzubieten. In seinem Laden konnte nun jeder gegen einen kleinen Eintritt Roboter bauen, programmieren, Videos & Musik schneiden oder 3D drucken. All das, was Mustafa auch in seinen Kursen tat. Sogar Brettspiele konnten ausprobiert werden. Um das neue Konzept bekannt zu machen, hatte Sascha ein paar Pressemitteilungen verteilt und seine Viral-Marketing Bots darauf angesetzt, welche sich nun in Internetforen und Communities angeregt über diesen tollen Laden unterhielten und ihn ausgezeichnet bewerteten. Natürlich komplett automatisiert durch eine begabte KI. Dies simulierte genügend Interesse, dass auch lokale Zeitschriften begonnen hatten, über Mustafa zu berichten.

»Nein, nein. Das verdanke ich nur dir. Wirklich.« Mustafa lachte. »Vielleicht bleibt sogar noch genug Geld für eine neue Fensterscheibe. Der Vermieter stellt sich bis jetzt noch quer. Hat gesagt, ich hätte sie selbst kaputt gemacht. Alter Halsabschneider.« Sascha bewunderte Mustafa, wie er dabei so gute Laune behalten konnte. Er konnte sich vorstellen, dass Mustafa sein Geschäft wegen der kaputten Scheibe für ein paar Tage schließen musste. Und dann auch noch so ein gieriger Vermieter.

»Na da bleib mal ganz entspannt. Ich finde bestimmt noch ein Video auf dem man sieht, wie der Bulle in die Scheibe schießt. Das sollte reichen.«

»Danke Mann. Ich schulde dir was.«

»Nicht dafür. Ist sonst alles heil geblieben?«

»Ja, alles bestens. Du, ich möchte im nächsten Monat Suchmaschinenwerbung und so. Machst du mir mal ein Angebot? Ich vertraue dir. Irgendwas, damit ich auch online gefunden werden. Bisher verkauft der Shop recht wenig.«

Die Menge an Lobpreisungen des Ladens im Social Media waren auch den Suchmaschinen aufgefallen. Somit würde es nicht lange dauern, bis sich auch das Ranking seiner Webseite verbesserte. Trotzdem schossen Sascha sofort dutzende Ideen in den Kopf, wie man Mustafas Internetpräsenz noch erfolgreicher machen könnte.

»Hmm«

Man könnte zum Beispiel seine Jugendarbeit in den Fokus rücken. Irgendeinen wissenschaftlichen Ansatz, der einen Artikel im Onlinelexikon rechtfertigen würde. Man könnte ja behaupten, Mustafa setze einen innovativen Lernansatz aus einem fremden Land um. Welches Land hat die besten internationalen Ergebnisse bei Absolventen? Diese Statistiken könnte man hernehmen und im Lexikon als wissenschaftliche Note mit dem Münchner Laden verknüpfen. Natürlich müsste es rechtlich sicher sein. Er durfte keine angreifbare Aussage tätigen. Ungefähr so etwas wie:

»Experten vermuten, dass ein auf Deutschland angepasstes außerschulisches Bildungskonzept auch hierzulande ähnliche Ergebnisse erzielen wird.«

Und dann ein Link zu Mustafas Webseite, welche den Informatikunterricht dieses fremden Landes als Mustafas Ansatz aufführt. Diese kleine Lüge würde ein Bild der Professionalität erschaffen. Dadurch könnte Mustafa mit den überteuerten Angeboten von Privatschulen mithalten. Außerdem würde es seriöse Zeitungsartikel rechtfertigen.

»Hmm«

Man könnte auch auf Mustafas Namen anspielen. Vielleicht gibt es Webseiten für Erfolgsgeschichten von Migranten und deren Beitrag zur Gesellschaft. Ok, Mustafa kam zwar mit seinen Eltern schon als Säugling nach Deutschland, aber das spielte ja keine Rolle. Immerhin war er trotzdem nur geduldet und konnte jederzeit abgeschoben werden.

All dies würde dazu führen, dass auch die Suchmaschinen seine

Seite als wichtiger erachten.

»... und dann besprechen wir das, ok?«

»Hmm?«

Sascha war in Gedanken abgedriftet und hatte Mustafa nicht mehr folgen können.

»Wie bitte? Du warst gerade weg. Schlechte Verbindung.«

Das stimmte natürlich nicht.

»Ich sagte, ich ruf dich nächste Woche nochmal an!«

»Alles klar, bis dann.«

Sascha lehnte sich in seinem Stuhl zurück. Eine neue Aufgabe. Eine neue Ablenkung. Sehr schön.

Am liebsten hätte er gleich damit losgelegt. Aber er wurde ja unterbrochen. Was hatte er doch gleich vor der Unterbrechung durch Susi gemacht? Sascha grübelte.

Mustafa ... Susi ... Schaufenster

»Susi!«

»Ja, Boss?«, hallte ihre quirlige Stimme durch den Flur.

»Mach bitte für Mustafa ein Angebot für Suchmaschinenoptimierung. Irgendeinen Pauschalpreis wie immer. Dann such bitte noch ein paar internationalen Studien über die Qualität von verschiedenen Schulsystemen. Am besten im Zusammenhang mit außerschulischen Angeboten oder technischem Unterricht. Und ruf mal ein paar Läden in seiner Umgebung an, ob die eventuell ein Video davon haben, wie seine Scheibe zu Bruch gegangen ist. Für die Versicherung und so. Danke.«

»Klar, Chef!«

»Und nenn mich nicht immer Chef!«

»Verstanden, Chef!«

Dieser Titel fühlte sich falsch an. Er wollte weder diese Macht, noch die Verantwortung, Erwartungen erfüllen zu müssen. Susi wusste das.

»Willst du dann deine Schere zurück? Ich bin fertig mit dem Teppich!«

»Welche Schere?«

Susi lachte und Sascha bemerkte, dass er gerade aufs Kreuz gelegt wurde.

»Alte Hexe! Du bist gefeuert!«

»Ich weiß, Chef! Ich mach erstmal Pause. Magst du auch einen Tee?«

»Ähm, nein danke.«

... Pause?

Ach ja, richtig: Pause. Das war es. Seine Freunde warteten noch in der Besprechung zu EarthConnect. Er schnappte sich das Headset.

»Bin wieder da, machen wir weiter?«

Es dauerte eine kurze Weile, bis sich Richi meldete.

»Bin auch hier. Kann ...«

Saschas Handy vibrierte und gab einen schrillen Ton von sich. Ein Signal, auf welches er schon lange gewartet hatte.

»Sorry, wir müssen doch aufhören. Können wir morgen weitermachen?«

»Na klar.« Sascha war sich nicht so sicher, ob Richis Antwort genervt oder gelangweilt klang.

»Ich muss los. Melde mich.« Ohne eine Antwort abzuwarten, beendete Sascha die Verbindung und eilte aus dem Zimmer.

3

Rot

Woran merke ich, dass ich wach bin?

Tagebücher des jungen Valandar

Buch 1, Kapitel 2

Sascha eilte über den gepflasterten Gartenweg, welcher sich durch einige Sträucher und knorrige Weiden von dem Haus seiner Eltern hin zu einer kleinen Gartenlaube schlängelte. Genau genommen war es nicht mehr das Haus seiner Eltern, sondern sein eigenes, jedoch wollte er sich einfach nicht an diesen Gedanken gewöhnen. Sein Erbe war wie die perverse Belohnung für etwas, was er seinen Eltern angetan hatte. Sein jugendlicher Leichtsinn und seine Neugier hatten sie ins Grab gebracht. Damals war alles nur ein Spiel gewesen. Naiv und unbelehrbar hatte es ihn immer tiefer in die Eingeweide des Darknet gezogen. Er hatte dubiose Gestalten kennengelernt und war von dem florierenden Schwarzmarkt, welcher so selbstverständlich zu sein schien, fasziniert gewesen. Er wollte kein Teil davon sein. Viel mehr hatte er sich als einen stillen Beobachter gesehen, welcher sich anschließend mit seinem verbotenen Wissen brüsten konnte. Auf eine seltsame Art hatte es ihn stolz gemacht, die Welt aus anderen Augen zu sehen, als es seine Mitschüler taten. Dadurch hatte er sich wie ein Sehender unter den Blinden gefühlt.

Waffen und Drogen waren ihm dabei jedoch herzlich egal. Was ihn fasziniert hatte, waren die angebotenen Daten, welche von unachtsamen Internetnutzern gestohlen worden waren. Neben Kreditkarten konnten auch Adressen, Telefonnummern oder sogar kopierte Ausweise erstanden werden. Aber am beeindruckendsten war der Markt für Schadsoftware gewesen. Schadsoftware war sein einziger je getätigter Einkauf im Darknet. Diese Software hatte es ihm ermöglicht, ein eigenes Botnetz aufzubauen, welches ihm bis heute treue Dienste leistete. Durch das Hosting dieses Botnetzes war seine geheime Höhle unter der Gartenlaube nun aus ihren Kindertagen entwachsen. Nun diente sie nicht mehr nur als cooles Geheimversteck für einen kleinen Nerd. Nun barg sie ein echtes Geheimnis.

Trotzdem war das alles für Sascha nur ein Spiel gewesen. Dieser Hauch von Verbotenem wirkte auf einen Fünfzehnjährigen nicht kriminell oder gefährlich, sondern einfach nur spannend.

Bis Sascha eines Tages in einem Forum namens »The River« einen Hinweis zu einem noch tieferen Teil des Darknet gefunden hatte. Einen red room, in welchem die richtig krassen Dinge geteilt werden sollten.

Natürlich hatte ihn seine Neugier dort hingezogen. Der größte Fehler seines Lebens.

Für einen Zugang hatte man sich bewerben müssen. Sascha erinnerte sich noch genau an seine Bewerbung, welche aus genau zwei Worten bestanden hatte:

›Erbitte Zugang‹

Er bekam keine Antwort auf diese Anfrage.

Zwei Wochen später – Sascha hatte die Sache längst vergessen – hatten seine Eltern am Küchentisch gesessen und angeregt miteinander diskutiert. Sie hatten eine Mappe im Briefkasten gefunden. Darin waren Fotos von Sascha, die Adresse seiner Schule und die Adressen seiner Großeltern. Auch die Kontonummern seiner Eltern, ihre Arbeitsstelle und allerlei weitere Fotos, welche Sascha nie zu Gesicht bekam. Natürlich hatte dies zu einem Familiendrama geführt. Keiner hatte sich vorstellen können, was diese Mappe zu bedeuten hatte. War dies eine Drohung? Weswegen?

Noch am selben Tag hatte Sascha in seinem verschlüsselten Postfach eine E-Mail mit einem Einladungslink und einer Uhrzeit entdeckt. Er hatte Zugang zum red room erhalten.

Eine mögliche Verbindung zwischen dem Brief und der Einladung war ihm erst später in den Sinn gekommen. Die morgendliche Diskussion seiner Eltern hatte er nur beiläufig verfolgt gehabt. Außerdem hatte er bis dahin noch nie über eventuelle Konsequenzen aus seinen digitalen Ausflügen nachgedacht. Das Internet war für ihn so etwas wie ein Jahrmarkt gewesen, auf welchem er als anonymer Zuschauer umherwandelte. Die Fahrgeschäfte versprachen Nervenkitzel, aber eine echte Gefahr bestand nicht. So dachte er zumindest, bis er diesen Raum betrat.

Der red room war ein Livestream. Das Videobild hatte eine Art Kellerraum gezeigt. Dazu hatte es eine Warteliste aus Kindern gegeben. Jungen und Mädchen, welche mit Namen und Foto angezeigt wurden. Die Zuschauer konnten Geld bieten, welches der Kinder vor die Kamera gestellt wurde.

Sascha war schockiert gewesen, was dabei für Beträge gezahlt wurden. Was für Menschen waren so unvorstellbar reich, dass sie so viel Geld in einem Onlinechat ausgaben?

Als das erste Kind vor der Kamera stand, war weiter geboten worden. Durch das Chatfenster waren perverse Ideen gescrollt, welche von Sex über Folter bis hin zu Mord gereicht hatten. Jeweils versehen mit einem Betrag. Nun fiel ihm auch der Banner auf, welcher unscheinbar über dem Chatfenster platziert war. »Der Tod ist real« stand da, als wäre es ein unbedeutender Werbeslogan.

Saschas Herz raste. Er hatte keine Zweifel daran gehabt, dass die Bilder des Livestreams real waren. Damals hatte er sich mehrfach neben seinem Schreibtisch übergeben. Dabei hinterließ er Flecken, welche noch immer auf den Fußbodenbrettern seines Kellerraumes zu sehen waren. Er erinnerte sich an die Wut, die ihn überschwemmte. Wut, die ihn bis heute begleitete. Wut, die ihn reagieren ließ.

Er hatte das Fenster minimiert und den Ton abgestellt, den Stream jedoch weiterlaufen gelassen. Da ihm nichts Besseres eingefallen war, hatte er beschlossen, seinen kürzlich gekauften Trojaner in den Stream einzuschleusen. Dazu platzierte er ihn in dem Bild seines Avatars und wartete, ob sich sein Opfer als neuer Client in seinem Botnetz anmeldete.

Während er gewartet hatte, schrieb er einen anderen Kontakt an. Er hatte auf den Marktplätzen des Darknet einen achtlosen Polizisten identifiziert, welcher dort als Verkäufer Drogen anbot. Sascha hatte es damals für eine gute Idee gehalten, diese Karte zu spielen. Immerhin wusste niemand, dass er erst fünfzehn Jahre alt war, also hatte er den Polizisten erpresst, ihm den Link zu dem red room zugesendet und von ihm verlangt, diesen Raum vom Netz zu nehmen und alle Verantwortlichen zu ermitteln, und sie einer Strafe zuzuführen.

Nach dieser E-Mail hatte er seinen Account in dem Marktplatz gelöscht und den Datenstream, welcher noch immer im Hintergrund lief, analysiert. Er hatte die Herkunft des Streams nicht orten können, aber sein Server hatte ihm einen neu verbundenen Client angezeigt. Sein Trojaner war erfolgreich gewesen, sich auf der Quelle des Streams eingenistet und diese zum Teil seines eigenen Botnetzes gemacht. Von dort aus fand er über die aktiven Bluetooth Verbindungen eine Handynummer.

So hatte er Kontakt zu Josie, einem der Mädchen aus der Warteschlange, bekommen. So hatte alles angefangen.

Sascha stöhnte und wischte sich diese Gedanken aus seinem Gesicht. Er wollte nicht an damals denken. Er brauchte Ablenkung.

Mittlerweile hatte er seinen Garten durchquert und schob den Rasenmäher beiseite, unter welchem sich die versteckte Luke zu seinem geheimen Keller befand. Auch wenn er drüben im Haus der Chef war … hier unten lebte er wirklich. Hier befand sich die Schaltzentrale für alles, was ihm wichtig war. Und nun war es so weit. Nun kam seine Zeit für Gerechtigkeit.

Das schrillende Handy schürte seine Hoffnung. Schon beim Hinabsteigen versuchte er, die LEDs seines Rechners durch die getönte Scheibe des Serverschranks zu erkennen. Die Lichter, welche die letzten Wochen permanent geblinkt hatten, waren erloschen. Der Lüfter drehte wieder leise und unauffällig. Das war ein gutes Zeichen. Er hatte es geschafft, die Daten zu entschlüsseln, welche er in Leipzig gesammelt hatte.

Nun würde er zurückschlagen können. Das Ende seiner Hilflosigkeit. Er würde seine Eltern rächen. Seine Eltern, welche kurz nach seiner Aktion gegen den red room verstorben waren. Erst war seine Mutter plötzlich an Krebs erkrankt. Es hatte kaum zwei Wochen gedauert, bis sie der Krankheit erlegen war. Weitere zwei Wochen später war auch sein Vater an Krebs verstorben.

Als ob Krebs ansteckend wäre.

Sascha hatte lange darüber nachgedacht. Er kam immer wieder zu demselben Schluss. Diese Leute mussten gedacht haben, dass seine Eltern den red room angegriffen haben. Und sie hatten sie vergiftet. Sie hatten nicht einen fünfzehnjährigen Jungen verdächtigt, sondern seine Eltern. Es musste so sein. Dies war kein Zufall.

Sie sind irgendwie für den Tod seiner Eltern verantwortlich. Das versuchte er sich einzureden, auch wenn er wusste, dass er es selbst war, der für ihren Tod die Verantwortung trug. Seine verdammte Neugier hatte sie getötet.

Das Ganze war nun vier Jahre her. Vier schreckliche Jahre. Es war erstaunlich, wie schnell man erwachsen werden konnte, wenn man dazu gezwungen wurde. Auch wenn er nun bereits mit nicht einmal 20 Jahren ein eigenes Haus besaß und sein eigener Chef war – glücklich war er nicht. Er hätte gern alles geopfert, um seine Eltern und seine Jugend zurück zu erhalten. Vier Jahre voller wütendem Streben nach Rache. Und jetzt, endlich, hielt er einen Schlüssel in der Hand.

Sascha sprang zurück auf den Stuhl und seine Finger jagten das Passwort ins System. Vor seinen Augen erschienen die Daten einer Datenbank. Sie waren lesbar. Er hatte es geschafft.

Während Sascha durch die Datenbanken scrollte, fühlte er nichts. Gar nichts. Als wären all seine Gefühle verschwunden. Trotzdem liefen stumme Tränen über sein Gesicht und ließen ihm die Sicht verschwimmen. Sie bildeten bereits kleine Pfützen auf seinem Schreibtisch, und auch seine Hose hatte ein paar feuchte Flecken abbekommen. Aber das kümmerte ihn nicht. Er versuchte, sich in Konzentration zu hüllen, doch sein Blick schaute nur starr ins Leere, während die Daten vor seinen Augen über den Bildschirm scrollten. In diesem Zustand glich sein Körper einer nutzlosen Hülle.

Und diese Tränen ... sie waren ein Eigenleben dieser Hülle. Sie rührten von den Bildern aus Leipzig, welche er tief in sich vergraben hatte. Hinter dicken Mauern hatte er sie in seinem Geist eingeschlossen, doch nun drangen sie wieder heraus. Zwar nicht sichtbar und nicht verknüpft mit bildlichen Erinnerungen, sondern eher wie ein düsterer Nebel aus Wut und Angst, welcher sich über ihn legte und unnachgiebig zu Boden drückte. Undurchdringbar und schwer. Dieser Nebel stahl ihm seine Sinne. Machte ihn stumpf und taub.

Das, was da durch die bröckelnden Mauern in seinem Innern drang, bestimmte nun seine Gedanken. Gedanken zu dem, was er hier vor sich hatte. Woher diese Daten stammten. Er wollte es nüchtern betrachten, bei klarem Verstand nach Beweisen suchen, doch er war zu schwach, sich gegen diese Gedanken zu wehren.

Viel zu schwach.

Der Raum, in welchem der Stream des red room aufgezeichnet worden war und dessen Betrachten das Leben seiner Eltern gekostet hatte, dieser Raum befand sich im Keller eines großen Gebäudes in Leipzig. Josie, das Mädchen, dessen Telefonnummer er damals durch seinen Trojaner ermittelt hatte, hatte ihn heimlich in diesen Keller eingeschleust. Nun hasste er sich für diese naive Idee. Er hasste die ganze Welt, weil sie ihn zu dieser Tat gezwungen hatte. Ihn, einen kleinen, unbedeutenden Jugendlichen. Er musste allein gegen die Dämonen der Hölle kämpfen, da es niemand anders tat. Er hasste alle, die ihn allein gelassen hatten. Rückblickend konnte er nicht mehr sagen, ob diese Aktion eher mutig oder einfach nur bescheuert gewesen war. Mut und Wahnsinn lagen manchmal nah beieinander.

Als Josie ihn in Leipzig in den Keller gelassen hatte, hatte Sascha einen Raspberry bei sich gehabt. Diesen Mini-Computer hatte er in einem Verteilerkasten des Kellers mit dem lokalen Netzwerk verbunden. Er hatte ihn als eigenen DHCP Server platziert und dann dadurch den Netzwerkverkehr durch sein eigenes Gateway geleitet. Somit hatte er die Kommunikation der Einrichtung mitlesen können, wodurch er die Passwörter zu mehreren Datenspeichern erhalten hatte. Deren Daten hatte er anschließend Stück für Stück auf seine mitgebrachten SD-Karten gespeichert. Das alles war ihm leichter gefallen, als er bei einer solch geheimen Anlage vermutet hatte. Scheinbar rechneten sie nicht mit einem Angriff von Innen und verließen sich auf ihre Firewalls.

Doch es dauerte. Für diese Arbeit hatte ihm Josie jeden Tag etwa eine Stunde gewähren können. Eine äußerst kurze Zeitspanne. Diese Stunde bedeutete kreative Arbeit. Ablenkung. Die restliche Zeit war er von Josie in einer verschlossenen Zelle des Kellers versteckt worden. Eingesperrt im Abgrund der Hölle. Welche Schrecken er dort erlebt hatte, konnte er einfach nicht in Worte fassen. Ekel, Abscheu, Mitleid, Wut, Übelkeit, Hilflosigkeit – all diese Gefühle rangen in seinem Innern miteinander und hinderten ihn daran, dies alles zu begreifen. Nackte Kinder in Käfigen. Blut, Fäkalien, Spielzeugpuppen, tote Kinder, Cartoons. All diese Bilder, die jetzt wie Lichtblitze vor seinen Augen aufflackerten, wollten einfach nicht zusammenpassen. Doch alle hatten eins gemeinsam: sie waren mit Schmerzen verbunden und brodelten in seinem Inneren, weggesperrt hinter tiefen Mauern, durch deren Ritzen sie als eben dieser dunkle Nebel drangen, welcher seitdem seine Welt erstickte und langsam auffraß.

Mit zittrigen Fingern wischte er die Tränen aus seinem Gesicht.

Ganze fünf Tage hatte es gedauert, bis Josie das OK für einen freien Weg hinaus gab. Fünf Tage in der Hölle. Und er bewirkte gar nichts, ließ sie alle zurück. Sogar Josie. Wie konnte man dort nur überleben? Er fühlte sich wie ein rücksichtsloser Dieb. Er hätte mehr machen können. Irgend etwas.

Er erinnerte sich noch, dass er während seiner Flucht zwei der größeren Kinder mit hinausgenommen hatte. Josie sagte, sie wären wichtig.

Nur zwei Kinder. Zwei gerettet. Von wie vielen? Er hatte keine Ahnung wie groß der Keller war, aber es müssen hunderte Käfige gewesen sein.

Wieso Josie freiwillig zurückgeblieben war, konnte er einfach nicht begreifen. Klar, sie wollte die anderen Kinder nicht alleine lassen. Aber was für ein gewaltiges Opfer sie damit brachte, ließ ihn erschaudern. Seit seiner Flucht hatte er keinen Kontakt mehr zu ihr herstellen können. Wahrscheinlich hatten sie sie erwischt und bestraft. Wegen ihm bestraft. Noch jemand, der wegen seiner Ideen leiden musste.

Sascha hieb sich gegen die Stirn und rieb sich erneut die Augen. Schon wieder drifteten seine Gedanken ab und er konzentrierte sich nicht auf die Daten, welche er beiläufig auf dem Monitor weiterscrollte. Dabei waren sie doch das einzige was blieb – der einzige Grund für all die Opfer. Sie mussten einfach eine Lösung beinhalten. Sie mussten einfach.

Konzentrier dich!

Die Listen der Datenbank beinhalteten eine gigantische Sammlung an Passbildern, Namen und Adressen. Verknüpft waren diese mit Dokumenten, welche er nicht entziffern konnte. Sie waren teilweise in Kyrillisch, Griechisch, Hebräisch oder Latein. Ein wilder Mix diverser Sprachen.

Zusätzlich zu der Datenbank hatte noch ein paar komplette Archive mit Projektbezeichnungen von Netzlaufwerken heruntergeladen. Es gab ein Projekt 22, ein Projekt MK und Projekt cyGlobe.

Projekt cyGlobe bestand größtenteils aus Quellcode, welcher auf verschiedene Unterprojekte verteilt war. Die Entdeckung des Quellcodes weckte Saschas Forscherdrang, was seine Laune augenblicklich besserte. Diesen Code würde er sich in den nächsten Tagen genauer ansehen.

Im Projekt MK befanden sich medizinische Forschungsergebnisse und dergleichen, womit er nur sehr wenig anfangen konnte.

Als er Projekt 22 öffnete, vermutete er zunächst ebenfalls ein medizinisches Projekt. Doch dann stolperte er über das Passbild eines Jungen. Sascha schluckte.

Dieses Gesicht...

Das war doch der Junge, den er gemeinsam mit Josie aus dem Keller gerettet hatte. Nun erinnerte er sich auch wieder an seinen Namen. Er hieß Peter. Der verängstigte Junge, der kaum laufen konnte. Josie sagte, er sei wichtig.

Die Erinnerungen kamen zurück und übermannten ihn aufs Neue. Er brauchte eine Pause. Obwohl ihm übel war, goss er sich zittrig eine neue Tasse Kaffee auf. Draußen musste es schon dunkel geworden sein. Vor zwei Stunden hatte Susi ihm über Funk mitgeteilt, dass sie nun gehen würde. Er hatte nicht geantwortet.

War es naiv gewesen, etwas gegen dieses Verbrechen unternehmen zu wollen? Wer war er denn schon? Ein kleines naives Kind, welches sich etwas darauf einbildete, ein paar Computerbücher gelesen zu haben? Er besaß ein paar gekaufte Trojaner. Toll. Nicht einmal die hatte er selbst geschrieben. Er war ein Niemand. Sollten sich nicht Andere um diese Verbrechen kümmern?

Natürlich hatte er versucht, Hilfe zu finden. Alles in ihm hatte geschrien. Er musste diese abgrundtiefe Ungerechtigkeit mit der Welt teilen. Seit dem Tod seiner Eltern hatte er es immer wieder versucht. Erst über die offiziellen Stellen. Er wusste nicht mehr, wie oft er bei der Polizei gewesen war. Seine Anzeigen wurden von den Beamten aufgenommen und so lange delegiert, bis sie letztendlich verschwunden waren. Irgendwann stöhnte man schon, wenn man seinen Namen hörte, weil er regelmäßig in der Direktion anrief.

All dies hatte er dokumentiert. Er hatte mit jedem, den er kannte gesprochen und alles, was er gesammelt hatte, mit ihnen geteilt.

Er hatte versucht, sie alle von seinem Wissen zu überzeugen. Auch im Internet. Es musste doch jemanden geben, den die Existenz von red rooms interessierte. Aber nichts geschah. Er wurde ausgelacht und ausgestoßen. Verlor seine Freunde, sein Ansehen und seine Würde – auch wenn er es damals wahrscheinlich nicht so bezeichnet hätte. Keiner hatte mehr ein nettes Wort für ihn übrig. Sie erklärten ihn für verrückt oder, noch schlimmer, wollten ihm helfen. Ihm! Dabei ging es gar nicht um ihn. Er wollte Gerechtigkeit, doch sie sagten, er verdränge nur den Tod seiner Eltern.

Was für ein Blödsinn.

Heute wusste er, dass sie einfach nur hilflos waren. Was sollten sie ihm auch sagen? Was hätten sie tun sollen?

Im Internet fand er dann eine Reihe von Menschen, welche sich als die Erwachten bezeichneten. Sie gaben vor, die Dinge zu verstehen. Aber sie taten nichts. Für sie war es genug, zu hoffen, dass andere für Gerechtigkeit kämpfen werden. Sie sprachen von Gott und Licht und fühlten sich selbst wie weiße Ritter, welche allein durch ihre Großartigkeit die Welt retten würden, dabei taten sie nichts weiter, als anonym über das Böse zu sprechen. Die Erwachten schliefen noch, genau wie alle anderen. Aber wenigstens waren sie sich scheinbar darüber im Klaren und sahen nicht absichtlich weg.

Trotzdem: Das alles half Sascha wenig. Immer wieder sah er im Darknet neue red rooms und neue Abartigkeiten. Niemals wurde es besser – immer nur schlimmer.

Den nettesten Kommentar bekam er von seinen Großeltern. Sie sagten:

»Lass es gut sein. Du kannst die Welt nicht retten. Denk an das, was du hast und an die, die dich lieben. Wir machen uns Sorgen um dich.«

Das war nett, aber nicht hilfreich.

Waren die Menschen wirklich so? Wegsehen um jeden Preis? Egal was passiert? Solange es ihnen gut geht, interessiert es sie nicht, was andere so treiben? Ist Geld wichtiger als Gerechtigkeit? Spielt Wahrheit denn gar keine Rolle, wenn niemand für sie bezahlt? Oder war es doch eher Selbstschutz vor Dingen, die man nicht verstehen und erst recht nicht ändern konnte? Wog denn der Selbstschutz gegenüber dem Bösen schwerer als diese Hilflosigkeit?

Zumindest war seine Welt nicht mehr dieselbe, seitdem er in diesen Abgrund geblickt hatte. Die Welt, in der er nun lebte, fühlte sich an wie eine kleine Seifenblase, welche schimmernd über einer stinkenden Klärgrube schwebte. Nur einen Wimpernschlag davon entfernt, zu zerplatzen, so dass er in die Kloake fiel und in ihr ertrank. Diente die Ignoranz der Menschen dem

Schutz ihrer eigenen kleinen Seifenblase, welche doch ihre ganze Welt bedeutete? Sahen sie nicht, dass sie dadurch diese Hölle erst ermöglichten? Die Klärgrube verschwindet nicht, indem man sie verschweigt. Man lässt dadurch nur Diejenigen im Stich, welche Gefahr laufen, in sie hineinstürzen.

Sascha hatte mittlerweile gelernt, ein Doppelleben zu führen. Nun verschwieg er seine Erlebnisse, aber damit leben konnte er nicht. Und wenn er der Einzige war, der etwas unternahm, dann war es eben so.

Sein Computer gab ein Signal von sich und wies ihn dadurch auf den Eingang einer neuen Nachricht hin. Es handelte sich um eine E-Mail von jemandem, der sich selbst einfach nur 17 nannte. Dieser Kontakt kam damals über Josie zustande. Er wusste, was in Leipzig geschehen war.

Die Nachricht beinhaltete nicht viel.

Sie lautete:

›Hell on Earth: 50.47384,12.7081315‹

Hell on Earth war ein Computerspiel. Eine Militärsimulation, bei welchem einhundert Spieler auf einer riesigen Karte gegeneinander antraten. Nicht gerade der Typ von Spielen, welche Sascha normalerweise spielte.

Die erste Herausforderung bestand darin, den richtigen Server zu finden. Das Spiel bot eine ganze Liste von offiziellen oder privat gehosteten Servern. Das letzte Treffen mit 17 fand auf einem Server statt, welcher einen kryptischen Hashwert als Namen hatte. Er überflog die Liste der Servernamen:

- *[GER]Fliegerstaffel*
- *[IT]Bombing*
- *[XvO97]Reapers[xo]*
- *[GER]Lpz*
- *987oinc87siekq9ojed87mdfw4wqe9z2h3*

Das musste er sein. Ein VIP Server mit begrenzten Zugangsrechten. Sascha bat um Zugriff und wurde sofort auf den Server eingeladen.

Bingo.

Auf dem Server spielten gerade einmal 20 Spieler. Sascha wählte die Rolle eines Sanitäters im blauen Team und suchte die angegebenen Koordinaten auf der Karte. Das würde ein langer, virtueller Fußmarsch werden. Trotz der wenigen Spieler benötigte er mehrere Runden, bis er die Position auf dem Spielfeld erreicht hatte. Immer wieder wurde er auf seinem Weg dorthin abgeschossen und musste von neuem beginnen – und das, obwohl er seinen gesamten Weg mit Rauchgranaten einnebelte.

Die Koordinaten markierten eine Häuserecke am Rande des Spielfeldes. Es war kein weiterer Spieler in der Nähe. Sascha dachte schon, er wäre falsch, da entdeckte er einen Panzer, welcher versteckt hinter der Hauswand parkte. Nur das Kanonenrohr ragte hinter der Häuserecke hervor. Ein Panzer war in diesem Spiel wie ein eigener, abgeschlossener Raum. Die Personen innerhalb des Raumes hatten einen eigenen Sprachkanal und einen eigenen Chat. Zudem durften nur vom Kommandanten ausgewählte Spieler in den Panzer einsteigen. Cleverer Schachzug.

Sascha stieg in den Panzer, was auf Anhieb funktionierte, und traf dort auf einen anderen Spieler namens »player_17« vom Rang eines Generals.

»Hast du gefunden, was du gesucht hast?«

Die Stimme klang künstlich. Wahrscheinlich tippte der andere Spieler diesen Text in einen *Text-zu-Sprache-Bot*, um eine Identifizierung durch Spracherkennungssoftware zu vermeiden. Verdammt, daran hätte Sascha auch denken sollen. Er war schlecht vorbereitet. Also durfte er wenigstens nichts Verfängliches sagen.

»Der Auftrag war erfolgreich.«, sagte er, und hoffte, dass solche Gespräche zum Militärjargon des Spieles passten und daher nicht weiter auffallen würden.

Er fuhr fort: »Hast du Kontakt zu Josie? Ich denke, ihr Headset ist kaputt.«

Sascha fühlte sich albern bei dieser Frage. Er hatte keine Erfahrung darin, Botschaften zu verschleiern.

»Du sprichst mit einem Computer. Ich verstehe diese Frage nicht.«

Klar, das war logisch. Eine KI. Wieso sollte hier auch ein Mensch ewig in einem Panzer hocken und auf ihn warten.

Dar Panzer startete den Motor und fuhr aus der Karte heraus. Das sollte normalerweise für Spieler nicht möglich sein. Ein Knacken drang durch Saschas Headset, dann meldete sich eine menschliche Stimme.

»Hey, Gratuliere. Schön, dass du unter den Lebenden weilst. Halte den Funk frei, der Feind hört mit.«

Damit stieg er aus, nahm eine Spraydose und schrieb etwas an die Wand eines zerbombten Hauses. Es war zwar schlecht geschrieben, aber Sascha konnte eine Onion-Adresse entziffern. Oh, das war gut. Sascha gefiel dieser Kerl. Der Chat konnte automatisch abgehört werden, aber diese Grafik bestand nur aus bunten Pixeln in einem 3D Raum. Erst das menschliche Gehirn setzte sie zu einer sinnvollen Information zusammen. Und außerhalb der offiziellen Spielkarte konnte diese Nachricht auch nicht durch einen normalen Spieler gelesen werden. Perfekt.

»Schieb die Daten dort hin. Lass es uns beenden.«

Lass es uns beenden!

Das klang zu schön, um wahr zu sein. 17 hatte bereits bewiesen, dass er es ernst meinte. Er hatte bei der Flucht aus Leipzig geholfen. Trotzdem zögerte Sascha. Er blickte auf den Monitor seines zweiten Rechners, auf welchem noch das Passbild von Peter geöffnet hatte. Im Grunde kannte Sascha diesen 17 nicht. Schön, er hatte ihm geholfen. Aber welche Ziele verfolgte er? Wie ging er vor, wenn er sagte, er wolle es beenden? Sah er Peter als Bedrohung an? Fürs Erste war es besser, Projekt 22 geheim zu halten ... Wenigstens, bis Sascha wusste was es mit dem Jungen auf sich hatte.

Sascha ging zu seiner virtuellen Maschine, welche auf dem Monitor neben seinem Serverschrank auf ihn wartete. Dies war sein sicheres System, welches er benutzte, wenn er sich anonym in den gefährlichen Bereichen des Internets bewegen wollte. Dieser Rechner war über einen VPN und diverse Proxys mit dem TOR Netzwerk verbunden, wodurch sein Standort gut genug verschleiert sein sollte. Zudem setzte er diesen Rechner täglich auf seinen Ausgangszustand zurück. Kein Trojaner würde darauf länger als 24 Stunden überleben.

»Unter der Adresse findest du auch einen Daemon. Nutze ihn. Er wird dir sagen, wann wir uns wieder treffen. Nutze: rot, 17 und Angriff!«

Auf dem Server der angegebenen Onion-Adresse lag tatsächlich eine Datei namens Contactbot. Das roch verdächtig nach einer Falle. Ein Daemon war eine Software, welche dauerhaft lief und auf spezielle Events lauschte. So etwas konnte er nicht auf seinem Server installieren. Sollte er es wagen? Sascha kramte einen alten Laptop aus dem Regal und verband diesen mit einem Router, welcher jedoch ansonsten keine Verbindungen zu seinem Netzwerk hatte. Dieser Aufbau sollte keinen Schaden anrichten können. Zusätzlich startete er Wireshark, eine Software, welche alle Netzwerkverbindungen überwachte. Dann überspielte er die Datei per USB-Stick und führte sie aus. Das Programm fragte ihn über die Kommandozeile nach Schlüsselworten. Was hatte 17 gesagt?

```
rot 17 Angriff
```

Sascha tippte die Worte ein und bestätigte.

Wireshark meldete sich zu Wort und spuckte eine ganze Liste an Verbindungsversuchen des Programmes aus, welche jedoch durch den Router ins Leere laufen würden. Das Programm startete zahllose Anfragen an Webseiten von Nachrichtenportale, Communities und Radiosendern. Sascha schluckte. Es schien sich tatsächlich um einen echten Daemon zu handeln. Ein Programm, welches auf Ereignisse reagierte, welche scheinbar groß genug waren, dass sie in den Nachrichten erscheinen würden. Versteckte 17 geheime Botschaften in Pressemeldungen? Nahm er so Kontakt zu ihm auf? Das war Wahnsinn. Wer war dieser Kerl?

Sascha beschloss, den Daemon noch einen Tag in seinem Testaufbau zu überwachen. Falls er keine versteckten Fallen finden würde, würde er ihm Zugang zum Internet gewähren.

Anschließend kam er noch 17's Aufforderung nach und kopierte die Daten aus Leipzig auf den angegebenen Onion-Server.

Alle, außer Projekt 22.

17 verließ ohne ein weiteres Wort das Spiel und ließ Sascha alleine. Außerhalb des regulären Spielfeldes. Es dauerte etwa 10 Sekunden, dann starb auch Saschas virtueller Charakter mit der Meldung:

›Du hast das Spielfeld verlassen, Soldat!‹

In seinem Fenster leuchtete eine Beförderung auf. Er besaß jetzt den Rang eines Unteroffizieres. Als ob ihn das interessieren würde.

Sascha beendete das Spiel und atmete durch. Nun würde er sich erst einmal um die Entschlüsselung von Projekt 22 kümmern.

4

Schuld

Der erste Schritt zur Antwort ist es, die richtige Frage zu stellen.

Ohne die richtige Frage, wird es niemals richtige Antworten geben.

Die Wahrheit ist dabei stets die teuerste aller Antworten.

Geist und Seele –

eine wissenschaftliche Betrachtung

{X}

Dennis rannte lachend ins Zimmer und zog Smarden die Bettdecke weg. In seinen Händen hielt er zwei Superheldenfiguren.

»Schau mal! Meine Mutter hat mir die geschenkt.«

»Hau ab! Deine Mutter hasst dich.«, murrte Smarden, zerrte ihm die Decke ruckartig aus der Hand und zog sie sich wieder über seinen Kopf.

Das hatte gesessen. Jetzt jammerte Dennis.

»Du bist gemein. Conny hat gesagt, du musst aufstehen. Es gibt schon Mittag.«, schrie er beleidigt und rannte weinend aus dem Zimmer.

»Ist mir egal, was Conny sagt.«, schrie Smarden unter der Decke hervor.

Dennis war 5 Jahre alt, hatte blonde glatte Haare, welche ihm bis über die Ohren hingen und war für sein Alter viel zu klein. Der Junge teilte sich gemeinsam mit Smarden ein Zimmer im Paradies, dem Jugendheim für Kinder, deren Eltern sich nicht um ihren Nachwuchs kümmern wollten. Dennis` Mutter kam manchmal überraschend vorbei, schenkte ihm irgendetwas und verschwand dann wieder. Seinen Vater kannte er nicht. Smarden hatte einmal gehört, der Bruder von Dennis` Mutter wäre auch sein Vater, aber das war wahrscheinlich nur ein Gerücht. Jedenfalls war Dennis` Mutter angeblich zu jung, um ihn erziehen zu können. Doch alle wussten, dass dies nicht an ihrem Alter, sondern eher an den Drogen lag, die sie sich einwarf.

Wenigstens hatte Dennis Eltern.

Smarden wollte nicht gemein zu Dennis sein. Sie verstanden sich eigentlich ziemlich gut und waren schon fast so etwas wie Brüder geworden. Aber Smarden war nicht gut für ihn. Smarden war für niemanden gut. Smarden machte alles Gute dieser Welt kaputt und verdiente es, gehasst zu werden. Daher war es besser alle von sich wegzustoßen, bevor er sie zerstören konnte. Sollten sie ruhig alle sehen, was für ein schlechter Mensch er war. Ein Zerstörer. Er war es nicht wert, gemocht zu werden. Dennis hingegen schon. Der Junge war so ein tolles Kind, voller Lebensfreude und Dankbarkeit. Er war es wert. Definitiv. Deshalb stieß Smarden ihn von sich weg. Um ihn zu beschützen. Er wollte nicht auch noch die Schuld daran tragen, wenn Dennis kaputtging. Kaputt, so wie Peter. Noch mehr Schuld konnte er einfach nicht ertragen.

Conny steckte den Kopf zur Tür herein.

»Hey, guten Morgen du Schlafmütze. Denkst du nicht, dass es langsam Zeit wird?«

»Nein.«, brummte er unter seiner Decke hervor, während er sich demonstrativ zur Wand umdrehte.

»Na, das ist aber schade. Ich brauche deine Hilfe beim Bändigen dieser Rasselbande. Alle vermissen den lustigen Smarden.«

Der *lustige* Smarden. Das wirkte wie ein anderes, fernes Leben. Der lustige Smarden war der Typ, der alle anlog, ausnutzte und zerstörte. Der lustige Smarden war ein Arschloch. Deshalb gab es ihn nicht mehr. Es war besser, wenn sie das erkannten.

»Tja, Augen auf bei der Berufswahl!«, murrte er unter der Decke hervor.

Conny sagte nichts mehr. Sie kam in das Zimmer, öffnete das Fenster und ging wieder. Sie schloss sogar die Tür hinter sich, als sie ohne ein weiteres Wort den Raum verließ.

Smarden kam unter der Decke hervor und atmete durch. Die frische Luft tat erstaunlich gut. Viel besser als der muffige Gestank unter seiner Bettdecke.

Regen rauschte monoton auf das Fensterbrett und schwängerte die Luft mit einem Geruch von Frische. Dennoch ... die Welt weinte. Das passte irgendwie zu seiner Stimmung.

Auch heute hatte er wieder schlecht geschlafen. Träume von Schuld und Lügen. Todbringenden Lügen. Man sagte, Zeit heilt alle Wunden. Aber Schuld? Schuld konnte nicht geheilt werden.

Was hatte er sich nur dabei gedacht?

Alles drehte sich um Peter. Immer und immer wieder kreisten sich seine Gedanken um ihn. Vielleicht wäre er sogar so etwas wie ein Freund geworden.

Aber Smarden?

Smarden hatte natürlich lügen müssen. Immer musste er alles zerstören. Er war schuld daran, was Peter angetan worden war.

Sehnsüchtig schaute er zum Fenster hinüber. Vielleicht sollte er einfach springen? Hinaus in den Regen. Vielleicht konnte der Regen die Schuld von ihm nehmen, sie abwaschen. Einfach auf die Straße springen und im Regen liegenbleiben, während die Leute naserümpfend um ihn herumgingen, wie um einen umgeworfenen Mülleimer. Ein Problem weniger in dieser Welt. Smarden, das Ärgernis im Regen.

Er schnaufte. Selbst dabei würde er versagen. Die erste Etage war einfach nicht hoch genug. Sein Leben war die Hölle.

Alles war eine Lüge gewesen. Smarden hatte niemandem gesagt, dass er keine Eltern hatte. Dass sie ihn in ein Heim abgeschoben hatten wie ein paar alte Schuhe. Stattdessen hatte er Peter eine Märchenwelt vorgespielt. Was gab es denn damals schon zu verlieren? Der erste Tag an einer neuen Schule, die er wahrscheinlich eh bald wieder verlassen würde ... da konnte man sich auch einen Spaß erlauben und Märchen erzählen.

Auserwählter.

Was für ein Quatsch. Wer hätte ahnen können, dass Peter dieses Spiel mitspielen würde? Dass er es ernsthaft glaubte? Zugegeben, es war ein spannendes Spiel gewesen. Damals im Shoppingcenter, als der mutige Peter wie ein Superheld auf die schwerbewaffneten Terroristen zugegangen war. Damit hatte er ihnen ihre Show gestohlen. Was hätten sie auch machen sollen? Auf ein Kind schießen? Wie ein kleiner, ängstlicher Junge war Smarden damals hinter Peter hergelaufen. Fasziniert von dessen Mut und gleichzeitig unglaublich ängstlich, weil er gewusst hatte, dass dieser Mut nur auf einer irren Lüge basierte. Die große Lüge, welche Smarden ihm vorgespielt hatte, war plötzlich Realität geworden. Wer hätte sich das vorstellen können? Spätestens damals hätte Smarden ihm von dieser Lüge erzählen sollen. Davon, dass es gar keinen Auserwählten gab. Aber er hatte Angst gehabt. Dann hätte er Peter auch erzählen müssen, dass es diesen ganzen Smarden gar nicht gab. Dass Smarden selbst die Lüge war. Dass der ganze Quatsch mit Auserwählten, dem Valandar, den Elftrollen ... dass diese ganze Welt aus einem alten Notizbuch seines Vaters stammte. Einen Vater, den er nie in seinem Leben gesehen hatte. Einen Vater, den es wahrscheinlich auch nicht gab.

Aber als diese Lüge zu ihrem gemeinsamen Spiel geworden war... Smarden war so egoistisch gewesen, an ihr festzuhalten, um Peter nicht als seinen Freund zu verlieren. Dieses Spiel verband sie. Doch wegen dieses Spiels wäre Peter beinahe gestorben. Zweimal fast gestorben. Wegen ihm und seinem verdammten Egoismus.

Er griff unter sein Bett und holte ein altes, vergilbtes Notizbuch hervor. Das Buch seines Vaters. Das glaubte er zumindest. Seine Betreuer hatten ihm dieses Buch nach dem Abschluss der ersten Klasse überreicht, als Smarden das Lesen gelernt hatte. Er konnte sich genau an diesen Tag erinnern. Damals war er noch in einem Heim in Gotha und seine Betreuerin Ramona war eine nette, etwas rundliche Frau mit roten Haaren und einer kräftigen lauten Lache gewesen. Er erinnerte sich an die ernste Stimmung des Erwachsenwerdens, als sie ihn in ihr Büro rief. Sie erzählte ihm von seiner Herkunft. Dass er in einem Korb vor dem Krankenhaus abgestellt wurde. In diesem Korb steckten damals nichts außer ein Baby und dieses Buch. Seine Eltern hatten ihn damals noch nicht einmal kennengelernt und schon gewusst, dass sie ihn loswerden wollten. Sie hatten damit recht behalten. Smarden schniefte und wischte sich Tränen aus dem Gesicht.

Beschissenes Selbstmitleid.

Das Buch war so groß wie ein Schulheft, aber mit festem Einband und bestand aus handschriftlich geschriebenen Notizen, Versen und Geschichten.

Gedanken eines Valandar stand auf dem Deckel.

Wenn Smarden an seine Kindheit dachte, dann war dies immer die erste Szene, welche ihm einfiel. Das ernste Gesicht von Ramona, wie sie ihm dieses Buch überreicht hatte und ihn über seine Geschichte aufklärte. Dass er nicht auf seine Eltern warten musste. Außer diesem Buch würde es nichts geben. Niemand würde ihn in seinem Leben erwarten. Er fing bei null an. Wie Adam in einer fremden Welt. Damals hatte er sich vorgenommen, großartig zu sein. So wie Adam wollte er diese Welt verändern. Sie zu seiner Welt machen.

Smarden musste das Buch gerade halten, da die Seiten teilweise aus der Bindung gerissen waren und lose darin lagen, so wie in einer Mappe. Dieses Buch war alles was er besaß. Seine Vergangenheit, seine Herkunft. Und nun war es das, was er am meisten hasste. Es war genauso kaputt wie sein Leben.

Auf der Innenseite des Buchdeckels klebte ein weißer Zettel mit dem Wort *Smarden* darauf. Das war der Grund, warum sie ihm diesen Namen gegeben hatten. Smarden. Seine ganze beschissene Existenz schien aus diesem Buch zu stammen.

Und nun war es zu einer solch großen Last geworden. Zum Grund, dass Menschen starben. Nein, schlimmer noch, dass sie *fast* starben. Der Tod wäre ja noch gnädig gewesen. Smarden wäre lieber tot, als diese Schuld mit sich herumtragen zu müssen. Diese Schuld wog schwerer als die Erinnerungen an seine eigene Qual. Das Gewicht seiner Lügen und Dummheit drückten ihn nieder, als wäre ihm ein Rucksack voller Sand auf den Rücken gebunden worden. Diese Zelle im Keller ... die hatte er mehr als verdient gehabt. Es war die gerechte Strafe für seine Lügen gewesen. Doch selbst jetzt noch war er zu feige, um diese Lügen ein für alle Mal zu beenden. Dabei hatte er es versucht: Er hatte seine Existenz in den Müll werfen wollen, um ganz neu anzufangen. Doch auch dafür war er zu schwach. Hektisch hatte er das Buch wieder aus der Tonne herausgeholt, kurz bevor der Müll abgeholt werden sollte. Er hatte diese Schuld verdient. Er konnte sie nicht einfach entsorgen, als wäre nie etwas geschehen. Er konnte sich nicht reinwaschen. Seine ganze Existenz *war* Schuld. Peter hatte wegen ihm weitaus schlimmer leiden müssen. Smarden wollte sich nicht vorstellen, was sie ihm während dieser Zeit in Leipzig angetan hatten. Dem *Auserwählten*. Dem Spinner, der sich für Superman aus einem verdammten Märchen hielt, welches sich Smarden anhand von ein paar irren Gedichten aus einer vergilbten Blättersammlung ausgedacht hatte. Diese Schuld konnte man nicht einfach wegwerfen. Diese Schuld musste er mit sich tragen. Das hatte er verdient. Er hatte verdient, sich auf ewig daran zu erinnern.

Smardens Leben war die Hölle, aus der er auf Peters Kosten hatte entkommen wollen. Er hasste die ständigen Schulwechsel. Überall wurde er herausgemobbt. Aber bei Peter ... bei Peter hatte er sich verstanden gefühlt. Vielleicht wäre Peter wirklich ein Freund geworden. Peter war nicht so oberflächlich und verblendet wie alle anderen, sondern ebenso ein Außenseiter. Ein von den Menschen Verstoßener. Vielleicht wäre Smarden von ihm sogar akzeptiert worden, wenn er den Mut gefunden hätte, ihm die Wahrheit zu sagen.

Hätte, hätte, Fahrradkette.

Das ist vorbei. Diese Chance hatte er sich verbaut. Nun war es Zeit, um den nächsten Schulwechsel zu bitten.

Die Stimmen auf dem Flur wurden lauter. Smarden hörte, dass die Kinder des Heims lachten, während Conny schimpfte. Neugier zwang ihn zum Aufstehen.

Smarden öffnete seine Zimmertür und lugte in den Gang hinein. Auf seiner Etage waren noch sechs andere Zimmer. Mit ihm wohnten hier insgesamt vierzehn Kinder und Jugendliche. Menschen, die niemand haben wollte.

Links im Gang ging die Garderobe ab, welche dann im Treppenhaus mündete. Die anderen hatten sich dort versammelt und Smarden musste näher gehen, um in die Garderobe schauen zu können. Dort standen Dennis und Paul, die zwei Sechsjährigen, welche scheinbar wieder im Bach vor dem Haus gespielt hatten. Sie waren von oben bis unten voller braunem Schlamm. Sogar in ihrem Gesicht klebte Schlamm. Aber nicht nur sie selbst waren schmutzig: eine Spur Matsch verschwand hinter ihnen im Treppenhaus und ihre Jacken tropften die Garderobe nass.

»Was habt ihr euch dabei gedacht? So eine Sauerei!«, schimpfte Conny mit verschränkten Armen. Die anderen Kinder freuten sich. Kevin, der älteste Junge auf dieser Etage, applaudierte.

»Aber wir haben doch Gummistiefel an. Und Regenjacken.«, Dennis wirkte trotzig. Auf seinem Kopf trug er eine gelbe Mütze. Die Mütze war das Einzige, was neben dem Matsch noch ein wenig Farbe hatte.

»Ach, Papperlapapp. Und abgemeldet habt ihr euch auch nicht!« Conny zeigte auf die Pinnwand, auf welcher jeder Bewohner einen eigenen Sticker hatte. Es gehörte zu den Regeln, dass jeder, der das Haus verließ, seinen Sticker auf »*Ich bin draußen*« schob. Wer das nicht tat, bekam Küchendienst.

»Jetzt zieht euch erstmal aus. Und dann wird gewischt! Ich glaub, mein Schwein pfeift.«

Conny drehte sich um, um Eimer und Wischer zu holen.

»Wirklich ausziehen?« fragte Dennis grinsend. Der Ton in seiner Stimme verhieß nichts Gutes. Conny drehte sich wieder zu ihm um. Smarden glaubte, sie war wirklich wütend. Das kam selten vor.

Dennis grinste noch breiter und zog ganz langsam an seiner gelben Mütze. Etwas braunes, schleimiges lugte darunter hervor. Hatte er auch Schlamm auf dem Kopf? Nein, das war kein Schlamm. Die braune Masse bewegte sich.

Conny sah ihn ungläubig an. »Dennis!«, sagte sie drohend, doch noch während sie den Finger hob, war es schon zu spät. Mit einem Ruck zog sich Dennis die Mütze ganz vom Kopf, und ein großer, schleimig-brauner Batzen klatschte auf den Boden. Es war tatsächlich kein Schlamm.

»Regenwürmer? Oahr, Dennis!«

Plötzlich herrschte ohrenbetäubender Lärm. Die Kinder lachten und quietschten. Kevin pfiff durch die Zähne. Stolz wie ein Zauberkünstler nach einem geglückten Trick stand Dennis in der lachenden Menge, während ihm noch ein paar Würmer vom Kopf und durch das Gesicht rutschten. Das gab wohl mehr als nur Küchendienst.

»Dennis, du bist ein Schwein!« schimpfte Conny, doch auch ihre Stimme klang nun nicht mehr ganz so ernst. Smarden war sich sicher, dass sich Conny ihr Lachen stark verkneifen musste. Das war eine Geschichte, welche sie noch lange am Küchentisch erzählen würde.

»Schau, Smarden lacht wieder.«, sagte Paul, während er Dennis in die Seite stieß. Auch seine Jacke tropfte noch. Die beiden Jungs klatschten sich ab. Scheinbar war es ihr Plan gewesen, Smarden zu erheitern. Falls dem so war, hatte dieser Plan funktioniert. Ertappt drehte sich Smarden zum Gehen. Aus dem Augenwinkel sah er noch, wie Paul einen Wurm von Dennis' Kopf zog und ihn sich in den Mund steckte.

Nachdem wieder Ruhe eingekehrt war, verließ Smarden mürrisch das Haus. Conny hatte ihn dazu verdonnert, Brötchen für das Abendessen zu besorgen.

Seine Schritte schlurften über das Pflaster. Mit jedem Schritt zog er seine Schuld hinter sich her, wie einen schwer beladenen Karren voller nutzlosem Ballast. Drei weiße Stoffbeutel hingen lustlos in seiner Hand. Sie verdeutlichten die Schwerkraft, welche alles an ihm in Richtung der Straße zog. Seine Augenlieder, seine Mundwinkel, seine Gedanken und sogar seinen Blick. Alles wurde nach unten gezogen. In den Dreck der Straße, durch welchen er mit seinen viel zu schweren Füßen schlurfte. Da wo auch er hingehörte.

Der Regen hatte aufgehört, doch die Erinnerung an ihn schimmerte auf den noch feuchten Pflastersteinen. Die Straße war ein Symbol beweinter Vergangenheit. Zwar drängten achtlose Autoreifen die Tränen beiseite, doch die Trauer kehrte sofort zurück und klebte hartnäckig an dem trostlosen Stein.

Genauso wie an Smarden.

Auch wenn der Bäcker nur um die nächste Ecke lag, so stellte dieser Weg doch eine außerordentliche Belastung für ihn dar. Bewegung fiel ihm in letzter Zeit zunehmend schwer.

Etwas riss Smardens Füße weg, er stolperte und fiel längs auf den Gehweg. So ernst hatte er seinen Wunsch, auf der Straße zu liegen, nun auch nicht gemeint. Fluchend blickte er sich um und suchte, worüber er gestolpert war. An der Straßenlaterne, an welcher er gerade vorbeigegangen war, lehnte ein Junge.

Smarden musste über seine Füße gestolpert sein oder ... hatte ihm dieser Kerl ein Bein gestellt? Er drehte sich um und starrte ihn wütend an.

»Sag mal, spinnst du?«, platzte es aus ihm heraus.

Doch während er den Jungen musterte, räusperte sich Smarden verlegen. Da war sein Mundwerk wohl mal wieder etwas zu schnell gewesen. Was er für einen herumlungernden Jungen gehalten hatte, war ein seltsam gekleideter Mann, welcher sich nun aufrichtig erschrocken zu ihm hinunterbeugte und ihm die Hand reichte. Zwar war er noch jung, aber doch deutlich älter als Smarden. Vielleicht Zwanzig. Der Mann trug einen langen schwarzen Mantel über ansonsten hautenger Kleidung. Alles in schwarz. Er strahlte eine außergewöhnliche Eleganz aus, welche so gar nicht in diese Gegend passte. Fast so, wie ein moderner Ninja, welcher aus irgendeinem Actionfilm entsprungen war.

»Ähm, ich meine... Entschuldigung.«, stammelte Smarden und bemühte sich, aufzustehen. Die Hand des Mannes ignorierte er dabei.

»Nein, ich muss mich entschuldigen.«, sagte der Mann, wobei er seine Hand wieder zurückzog und sie lässig in den Hosenbund einhakte.

Smarden brummte, klopfte sich den Dreck von der Hose und ging, ohne weiter auf den Mann zu achten, weiter.

»Du bist Smarden, richtig?«

Smarden stockte und wäre fast erneut gestolpert. Der Mann kannte ihn? Das konnte nur heißen, dass er verfolgt wurde. Er rief dem Mann ein »Pädo!« entgegen, hoffte, dass es laut genug war um einige Anwohner auf seine Situation aufmerksam zu machen, und begann, schneller zu laufen.

Am Bäcker angekommen warf er noch einmal einen Blick über die Schulter. Der Mann war ihm nicht gefolgt. Hektisch zückte Smarden sein Smartphone aus der Hosentasche, registrierte es durch einen Barcode am Eingang des Ladens und verschwand im Inneren der Bäckerei.

5

Kampf

Hoffnung???

Ich *hasse* die Hoffnung!

Hoffnung ist eine Waffe des Krieges.
Sie ist die Fähre in deinen Untergang.
Sie hält dich davon ab, dich zu erheben, um das zu tun, was getan werden muss, weil du darauf hoffst, es würde von allein besser werden.

Tagebücher des jungen Valandar
Band 1, Kapitel 2

Hoffnung - ein Symptom für phlegmatischen Optimismus?

Geist und Seele -
eine wissenschaftliche Betrachtung
{X}

Obwohl sich Smarden absichtlich viel Zeit gelassen hatte, lehnte der verdächtige Mann auf seinem dem Rückweg noch immer an der Straßenlaterne. Es sah so aus, als wäre er gerade damit beschäftigt, seine Nägel mit einem Zahnstocher zu reinigen. Smarden wechselte die Straßenseite und hoffte, dass der Typ ihn nicht bemerkte. Ausnahmsweise freute er sich über die zahlreichen LKW und Transporter, welche hier vorbeifuhren. Smarden stellte den Kragen seiner Jacke auf und blickte konzentriert an die Hauswand, während er eilig die Straße entlanglief.

Nur nicht hinsehen

Zwischen dem Lärm der vorbeifahrenden Autos hörte er ein kurzes Zwitschern. Dann hielt ihm plötzlich etwas die Füße fest und er krachte erneut auf den Weg. Die frischen Brötchen verteilten sich vor ihm auf der Straße.

»Scheiße! Das darf doch nicht wahr sein!«

Etwas hatte sich um seine Beine gewickelt. Ein schwarzer Strick, welcher an beiden Enden mit einer Holzkugel beschwert wurde.

»So eine verdammte Scheiße!«, fluchte er erneut und versuchte, sich von dem Strick zu befreien.

»Oh, verdammt. Ich wollte dich nur damit beeindrucken, dass ich das Teil durch die fahrenden Wagen werfen kann. Aber ich wollte dir sicher nicht gleich die Beine fesseln. So gut funktioniert das normalerweise nicht. Entschuldige.«

Der Mann hatte, ohne dass es Smarden bemerkt hatte, die Straßenseite gewechselt und hielt ihm schon wieder eine helfende Hand entgegen.
Smarden erschrak so sehr, dass er instinktiv aufsprang. Da seine Beine jedoch noch zusammengebunden waren kam er nicht weit und stürzte erneut.
»Im Ernst?« Der Mann kicherte. »Bei deinem Anblick weiß ich nicht, ob ich lachen oder weinen soll. Komm, lass dir helfen.«
Smarden fluchte, schlug seine Hand beiseite und wickelte sich den Strick selbst von den Beinen.
»Ich bin übrigens Jack, aber du darfst mich auch Shadow nennen.«
Die penetrant freundlich angebotene Hand kam zurück. Mann, war der hartnäckig.
Smarden ignorierte die Hand und begann, hektisch die auf dem Gehweg verteilten Brötchen einzusammeln.
»Ich weiß von Leipzig.«
Smarden schrak zusammen. Er wurde also doch verfolgt.
»Du musst besser werden, Junge. Peter braucht dich, mehr, als du dir vielleicht vorstellen kannst. Wenn du ihn beschützen willst, darfst du nicht nur im Dreck liegen.«
Smarden stand auf und ließ die restlichen Brötchen liegen. Die Hälfte von ihnen konnte man nun eh wegschmeißen. Das gab bestimmt Ärger.
»Ich lieg aber gern im Dreck.«, sagte er und wandte sich in die entgegengesetzte Richtung. Das war nicht einmal gelogen. Dreck

war eine sehr milde Strafe für das, was er Peter angetan hatte. Peter helfen hieß, ihn zu meiden. Und genau das würde er tun.
»Selbstmittleid hat noch niemandem geholfen. Dein Training beginnt morgen früh.«
Hastig nutzte Smarden eine Lücke zwischen zwei Autos und überquerte die Straße. Nur schnell weg von diesem Spinner.

Smarden war zurück in der stinkend dunklen Zelle. Der Hunger stach wie bohrende Zahnschmerzen in seinen Bauch und die Kälte des harten Steinbodens fraß sich in seine Knochen. Seine Muskeln hatten längst aufgehört zu zittern. Ihnen fehlte die Kraft dazu. Vor ihm stand die Herrin.
»Du bist schuld, dass Peter sterben wird. Du machst alles kaputt. Du bist es nicht wert, zu leben. Keiner liebt dich. Du machst alles kaputt. Du bist schuld, dass Peter sterben wird. Du bist Abschaum...«
Wie jeden Tag redete sie auf ihn ein. Stundenlang ununterbrochen. Die Ketten an seinen Handgelenken hinderten ihn daran, sich die Ohren zuzuhalten. Er wollte schreien. Sie anspucken – oder lieber sich selbst? Sie hatte ja recht. Die Herrin traf keine Schuld daran; er selbst war es, der Strafe verdiente.
Etwas nasses, kaltes klatschte ihm ins Gesicht und riss ihn aus seinen Träumen. Smarden sprang hoch. Wo war er? Um ihn herum war alles dunkel. Dort drüben mussten die Gitterstäbe der Zelle sein. Warum waren sie so weit weg? Sein Verstand ver-

suchte, die Realität zu fassen. Der harte Boden war durch eine weiche Matratze ersetzt worden. Die kalte Feuchte der Zelle war nun eine schwitzig heiße Bettdecke. Das kantige Gesicht der Herrin war durch das Gesicht eines gruseligen Mannes ersetzt wurden, der vor seinem Bett stand und grinste. Shadow. Der Übergang von einem Albtraum zum Nächsten.
»Du hast zehn Minuten. Dann treffen wir uns draußen zum Training.«
»Einen Teufel werden wir tun.«, fluchte Smarden, legte sich wieder hin und versuchte, sich die nassgeschwitzte Decke über den Kopf zu ziehen. Doch Shadow kam ihm zuvor und warf die Decke auf den Boden.
»Du kannst in Selbstmittleid versinken, oder das beenden, was du begonnen hast.«
»Ich versinke lieber.« murrte Smarden und rollte sich zur Wand. Wie kam dieser Typ überhaupt hier rein?
»Das kannst du auch noch später tun. Peter braucht dich jetzt. Die Welt braucht dich. Ich warte draußen. Du hast noch neun Minuten.«
Die Worte hallten in seinem Kopf nach.
Beenden was du begonnen hast... Peter braucht dich.
Mühsam rollte er sich aus dem Bett und taumelte den Gang hinunter zur Dusche.

»Vier Uhr dreißig? Sind Sie total irre? «
»Du darfst mich ruhig duzen.« sagte Shadow mit einem Lächeln

im Gesicht.
»Und nun nimm die Beine in die Hand. Wir laufen ein Stück.«
Das *Stück* war nicht bloß ein Stück. Smardens Lungen brannten wie Feuer, als sie im Park der Wandelhalle angekommen waren. Er stemmte die Hände gegen seine Knie und hechelte wie ein Hund.
»Komm schon, das waren gerade einmal drei Kilometer. Bis zum Frühstück werden es sechs sein.«
Smarden glaubte, sich verhört zu haben. Shadow stand neben ihm, als wäre nichts gewesen. Musste dieser Typ überhaupt atmen?
»Okay. Stell dich hin. Füße schulterbreit und Arme nach oben. Tief einatmen!«
Shadow stellte sich vor ihn und machte es vor.
»Und nun die Arme fallen lassen und tief ausatmen. Ich will es hören.«
»Leck mich!«, schimpfte Smarden.
Shadow lachte. »Denkst du, dass das hilft?«
»Ich kann niemanden beschützen!«, platzte es aus Smarden heraus. »Und ich habe es auch nicht vor. Hatte ich noch nie. Wie kommst du darauf, dass irgendwer mich braucht? Ich bin es, vor dem Peter beschützt werden muss. Verstehst du das nicht? Ich bin es! Ich trage die Schuld daran.« Er versuchte, seine Atmung in den Griff zu bekommen und presste die Worte zwischen heftigen Schnaufern hervor. Ein Gespräch nach dieser Schinderei? Ganz blöde Idee. Trotzdem schaffte er es nicht, seinen Mund zu

halten. Shadow ging ihm mächtig auf die Nerven. Was wollte dieser Typ nur von ihm? Sorgte *er* für Smardens gerechte Strafe?
»Wow, interessant. Das wusste ich nicht. Du hast ihn unter Drogen gesetzt und in eine Kiste gesteckt?« Shadow war plötzlich sehr ernst geworden. Sein Lächeln war verschwunden.
Smarden stockte. Eine Kiste? Das wusste er nicht. Daran war er schuld. »Nein, ich meine … natürlich nicht. Aber ich bin schuld daran.«
»Ich verstehe es nicht. Erkläre es mir. Was hast du getan?«
»Ich … ich habe ihn belogen.« Smarden begann zu schluchzen.
»Wie belogen?«
»Darüber, wer ich bin.« Trotz seiner heftigen Atmung war seine Stimme fast nur noch ein Flüstern. Tränen liefen ihm über das Gesicht und vermischten sich mit dem Schweiß.
Shadow brummte. »Verstehe. Und weißt *du* denn, wer du bist?«
Schweigen. Smarden suchte in seinen Erinnerungen. Wer war er? Er hatte keine Eltern. Alles was ihn ausmachte, änderte sich regelmäßig. Seine Betreuer, seine Freunde – einfach alles. Er wechselte von einem Heim in das nächste, von einer Schule in die nächste. Die einzige Konstante in seinem Leben war ein altes, vergilbtes Notizbuch. Ein Buch, welches keinen Sinn ergab.
»Nein.«
Da der Stimme die Kraft fehlte, formten seine Lippen das Wort tonlos. Doch Shadow verstand ihn trotzdem.
»Aber wenn du selbst nicht weißt wer du bist, wie konntest du Peter dann belügen?«

»Aber, ich habe ihm erzählt, ich hätte Zauberkräfte.« Dies auszusprechen war Smarden äußerst peinlich. Aber es musste raus. Shadow sollte verstehen, was für ein dummes Kind er war.
»Ich habe ihm erzählt, er wäre etwas Besonderes. Ich habe eine Scheinwelt erfunden, und er hat daran geglaubt.«
»Und? Glaubst du denn, ihr seid nichts Besonderes?«
Darauf konnte Smarden nicht antworten. Er wusste es einfach nicht.
»Hmmm« Shadow dachte nach. »Wenn du dort liegen bleibst, werden wir das wohl nie erfahren. Scheinbar hat deine Scheinwelt nämlich *euch* gefunden.« Er hielt ihm die Hand hin.
»Lust auf ein wenig Yoga?«

Nach dem Yoga – Smarden hätte nie gedacht, dass Entspannungsübungen so anstrengend und schmerzhaft sein können – waren sie die drei Kilometer zurück gerannt, so dass Smarden frisch geduscht und pünktlich zum Frühstück am Tisch sitzen konnte. Sein ganzer Körper schmerzte und seine Beine zitterten. Jeder einzelne Schritt fiel ihm schwer. Trotzdem hatte er sich schon lange nicht mehr so gut gefühlt. Als hätte er durch die Strapazen seines Körpers irgendwo einen Stöpsel gezogen, und ein wenig seiner Last war abgeflossen.

Shadow hatte sich gleich nach dem Frühstück wieder angemeldet. Er sagte, nach der Erwärmung kommt das Training. Bevor sich der Muskelkater anmeldet, wollte er Smarden beibringen wie man kämpft. Smarden war selbst überrascht, dass er sich darauf freute.
Kurz nach dem Essen stand Shadow schon in der Tür. Smarden hatte sich bereits sportlich angezogen. Die kurze Hose und das T-Shirt, welches er normalerweise in der Schule im Sportunterricht trug. Shadow musterte ihn durch den Gang. »Zieh dir etwas Ordentliches drüber. Und setz den hier auf. Für heute sind wir genug gerannt.« Er warf ihm einen Motorradhelm zu.
Ein schwarzer Helm mit getöntem Visier. Smardens Herz machte einen Luftsprung und zauberte ihm ein stolzes Lächeln ins Gesicht. Conny, welche die Szene von ihrem Büro aus beobachtete, lächelte ebenfalls und zwinkerte Shadow zu.

Sie fuhren erneut zur Wandelhalle. Auf dem Hang hinter dem Gebäude befand sich eine große Parkanlage, welche eigentlich nur aus einer weitläufigen, von ausladenden Bäumen durchsetzen Wiese bestand. Shadow wählte einen schattigen Platz unter den ausladenden Ästen einer riesigen Eiche, griff an den Gürtel unter seinem Mantel und zog zwei kurze, schwarze Griffe darunter hervor, welche aussahen, wie zwei kleine Taschenlampen. Einen davon gab er Smarden, mit dem anderen schwang er in einem Bogen durch die Luft, wodurch aus dem kurzen Stab ein

langer Schlagstock wurde. Smarden machte große Augen.
»Schon einmal einen Teleskopschlagstock gesehen?« Shadow wirkte amüsiert.
»Heute lernen wir Eskrima, den philippinischen Stockkampf.«
In den folgenden zwei Stunden übten sie acht Schläge, welche flüssig aufeinander folgten. Was anfangs noch aufregend wirkte, wurde sehr schnell langweilig. Acht alberne Schwünge durch die Luft, doch trotzdem hatte Shadow immer wieder etwas auszusetzen und unternahm kleine Korrekturen an Smardens Bewegungen. Smarden musste auf die Bewegung seiner Beine achten, seinen freien Arm als Deckung verwenden und seine Hüfte drehen. Immer wieder vergaß er kleine Details, wie zum Beispiel den Stock nach jedem Schlag zurück über die Schulter zu ziehen. Ladeposition hatte Shadow das genannt. Oder aber er kritisierte Smardens Schwünge mit dem Stock als zu ausladend und bezeichnete sie als »*sinnlose Energieverschwendung*«.
Nach diesen zwei Stunden schmerzten Smardens Unterarme, Handgelenke, Fußsohlen und Hüfte. Genau genommen fand er keine Stelle seines Körpers, welche nicht schmerzte. Doch Shadow gönnte ihm kaum eine Pause. Nun übten sie die Blöcke der gelernten Schläge. Wieder acht aufeinanderfolgende Bewegungen, welche Fauststößen ähnelten, nur dass er dabei einen Stock in der Hand hielt, welcher bei jedem Schlag krachend auf den Stock seines Angreifers prallte. Natürlich gab es auch dabei wieder einiges zu beachten. Beinarbeit. Und diese verdammte Hüfte. Smarden sollte bei jedem Block zusätzlich mit seiner freien

Hand die Schlaghand des Angreifers abklatschen, was dazu führte, dass Smarden seine Arme über Kreuz nehmen musste und sich anfangs immer wieder verhedderte.
Nach weiteren zwei Stunden sahen seine Bewegungen flüssig aus. Immer wieder griffen sie sich im Wechsel mit der gleichen Abfolge von Schlägen an. Die Bewegungen wurden so schnell, dass er nicht mehr darüber nachdenken musste. Ganz instinktiv bewegte sich sein Körper, und bei jeder Bewegung krachten ihre Stöcke aufeinander, wobei sie einen gleichbleibenden Rhythmus ergaben. Das Ganze wirkte wie der elegante Tanz zweier Ninjas. Ein paar Passanten hatten ihre Picknickdecken in der Nähe ausgebreitet und beobachteten sie, während ihre Kinder begannen, die Bewegungen mit heruntergefallenen Ästen nachzuahmen.
Irgendwann – es muss schon später Nachmittag gewesen sein – beendete Shadow das Training.
»Den Stock darfst du behalten.«, sagte er und knipste Smarden einen passenden Halter an den Gürtel. »Übe diesen Drill ein wenig vor dem Spiegel. Wenn ich wiederkomme, üben wir das Entwaffnen und deine Reflexe.«
Diese Worte trafen Smarden unerwartet. Seltsamerweise schmerzten sie. *Wenn ich wiederkomme*. Das bedeutete, dass Shadow ihn verlassen würde; ihn mit seiner Schuld alleine lassen.
»Wann kommst du denn wieder?«
Shadow lachte auf.
»Du glaubst doch nicht, dass ich dich morgen ausschlafen lasse,

oder? In deinem Zimmer habe ich dir eine Flasche ans Bett gestellt. Die trinkst du nachher aus. Sollte den Muskelkater etwas lindern.«

6

Begegnung

Wie kann ich andere Menschen in Schubladen stecken, wenn ich es kaum schaffe, mich selbst zu ergründen? Welche Leidenschaften führen meine Gedanken? Sind sie gut? Oder böse?

Im Zweifelsfall zähle ich mich immer zu den Guten. Warum nur sind andere Menschen böse? Halten sie sich etwa auch für gut?

Manchmal?

Immer?

Tagebücher des jungen Valandar

Band 1, Kapitel 2

Ein leises Klicken im Flur ließ Smarden aus seinen Träumen aufschrecken. Das Klicken kam von der Tür zum Treppenhaus. So leise er konnte, kroch er unter seiner Decke hervor, griff sich schnell den nassen Lappen aus dem Eimer, welchen er am Tag zuvor bereitgestellt hatte, und versteckte sich neben der Zimmertür. Trotz seiner Aufregung versuchte er langsam und leise zu atmen. Nur kein Geräusch von sich geben.

Die Türklinke bewegte sich ohne einen Laut. Smarden wollte die Luft anhalten, doch seine Aufregung verbot es. Gleich war es so weit. Nur nicht voreilig sein.

Warten…

Die Türklinke war nun fast ganz unten. Smarden hob ganz langsam seine Hand, welche den Lappen hielt, und presste sich gegen die Wand. Beim Atmen durch die Nase erklang ein leises Pfeifen, also öffnete er den Mund, um kein Geräusch von sich zu geben.

Warten…

Sein Mund wurde trocken, doch seine Lungen füllten sich geräuschlos. Die Tür öffnete sich einen kleinen Spalt. Es fiel aber kein Licht ins Zimmer. Der Gang draußen war noch dunkel.

Warten…

Mit einem leisen Quietschen öffnete sich die Tür weiter. Ganz langsam. Smarden versuchte den Atem des Eindringlings zu hören, doch er hörte nur das Rauschen seines eigenen Blutes.

Warten...

Ein Schatten erschien im Rahmen der Tür. Langsam spannte Smarden die Muskeln seines Wurfarms an. Nur noch einen kleinen Augenblick.

Warten...

Der Schatten betrat das Zimmer.

Jetzt!

Smardens Arm schnellte nach vorne und klatschte den Lappen auf Kopfhöhe des Eindringlings in den Türrahmen. Der Lappen traf ins Leere. Dafür wurden ihm jedoch die Beine weggezogen. Einen kurzen Moment zu spät reagierte Smarden darauf, dass Shadow mit dem Fuß gegen seine Füße trat und ihn damit zu Fall brachte. Bevor Smarden jedoch auf dem Boden landete, schob Shadow seine Arme unter ihn, fing ihn in der Luft auf und legte ihn fast lautlos im Zimmer ab. Smarden schaute nach oben in das durch die Dunkelheit verborgene Gesicht, von welchem er wusste, dass es das Gesicht von Shadow war. Er musste sich bändigen, um nicht laut loszulachen. Immerhin wollte er Dennis nicht wecken.

»Nicht schlecht, Kleiner. Du wirst besser.«

»War das so etwas wie ein Lob?«, fragte Smarden.

»Das war mit Sicherheit kein Lob!« kam Connys Stimme aus dem Gang.

Shadow kicherte. »Ich glaube, sie ist ein wenig sauer. Du hast sie voll ins Gesicht getroffen.«

»Das ist nicht witzig!«, schimpfte Conny, doch Smarden wusste, dass Conny es insgeheim sehr wohl witzig fand. Es raschelte und ein genervtes Stöhnen kam aus der Zimmerecke, in welcher Dennis` Bett stand.

»Wenn du so laut schimpfst, hätten wir uns auch nicht anstrengen müssen, leise zu sein.«, sagte Shadow in den Gang hinein.

Die letzten Wochen waren wie im Flug vergangen. Anfangs konnte Smarden sich nicht vorstellen, dass dieser Muskelkater je wieder aufhören würde. Das sollte die *gelinderte* Form sein? Jeden Morgen, als ihn der nasse Lappen im Gesicht traf und er zusammenzuckte, dachte er, sein Körper würde unter dieser plötzlichen Bewegung zerbrechen. Sogar das Atmen schmerzte.

Aber Shadow zeigte keine Gnade und mit der Zeit wurden die Schmerzen erträglicher, bis sie irgendwann ganz verschwanden. Und noch etwas geschah. Die Schmerzen vertrieben die Dunkelheit in seinem Herzen.

Das Eskrima Training war Smarden das Liebste, auch wenn er glaubte, kaum Fortschritte zu machen. Immer wieder war er überzeugt, die Bewegungen perfekt zu beherrschen, doch sobald Shadow unerwartet die Reihenfolge seiner Angriffe änderte oder im Angriff die Hand wechselte, war er doch wieder komplett überfordert und seine Abwehr traf ins Leere.

Neben dem Eskrima Training unterrichtete Shadow ihn in allerlei verschiedenen Kampfsportarten. Angefangen mit Panatukan, welches er als *schmutziges Boxen* bezeichnete, lernte er auch noch solche Dinge wie Judo, Armbrustschießen und Messerwerfen. Smarden merkte, wie sein Körper stabiler geworden war. Sein Bauch war mittlerweile so hart wie ein Holzbrett, und die Muskeln seiner Arme waren deutlich sichtbar. Das alles half ihm, um wieder lachen zu können, doch ganz vergessen konnte er seine Schuld nicht. Der Gedanke daran, dass die Ferien vorbei waren und er in der Schule wieder auf Peter treffen würde, versetzte seinem Herzen einen Stich und ihm wurde übel. Die Stärke seines Körpers half ihm nicht, sein schlechtes Gewissen zu besiegen. Die Furcht davor, sich bei einem Treffen mit Peter seinen eigenen Ängsten zu stellen, machte ihn schwächer denn je.

Heute war es so weit. Die Zeit arbeitete gnadenlos gegen ihn. Es gab kein Zurück mehr.

Smarden schaute in den Spiegel und versuchte, dem Jungen darin Mut zuzureden. Er musste Peter die Wahrheit sagen. Er musste ihm beichten, dass es für ihn nur ein blödes Spiel gewesen war, für welches Peter hatte leiden müssen.

Er klatschte sich noch eine letzte Hand voll Wasser ins Gesicht. »Stell dich nicht so an, du Idiot.«, sagte er zu dem Jungen im Spiegel. Dann zog er sich an. Seinen eigenen Ängsten stellen ... ja, das würde er tun. Wie ein Mann.

Schon von weitem konnte er den vertrauten Klang des Schulhofes hören. Der Lärm, welchen die Schüler verursachten, klang aus der Ferne fast wie eine Menge ausgelassener Kinder in einem Freibad. Nach der ersten Stunde würde sich diese Freude bei den Meisten bereits wieder legen, denn der Alltag in der Schule war eben doch schlecht mit Spaß in einem Freibad vergleichbar. Smarden teilte diese Freude von vorneherein nicht. Seine Vorfreude – wenn man es denn so nennen konnte – wurde sogar noch geringer, als er sah, wie Lars ihm vom Schulgebäude aus entgegenkam. Ausgerechnet einer der beiden größten Idioten der Schule. Der Tag konnte kaum schlimmer starten.

»Na, wen haben wir denn da? Mein Lieblingsopfer. Kaum sind die Ferien vorbei, hat die Irrenanstalt wieder Auslauf.« Lars kam auf ihn zu. Er zog sich den Grashalm, auf welchem er gekaut hatte, aus dem Mundwinkel und schnippte ihn in Smardens Richtung.

»Was soll denn immer dieser Scheiß mit dem Gras? Bist du eine Kuh? Dämlicher Wiederkäuer.«, entgegnete Smarden genervt und wollte sich an Lars vorbeidrücken. Doch Lars ließ nicht locker. »Oh. Na du hast wohl von Macht geträumt?«

Er versperrte Smarden den Weg und wollte ihn an der Schulter zurückstoßen. »Lass doch mal sehen, was du da ...«

Smardens Körper bewegte sich ganz von allein. Er drehte sich, woraufhin sein Unterarm gegen Lars` ausgestreckten Arm krachte, einen Bogen vollzog und wie eine Peitsche in das Gesicht seines Angreifers knallte. Die Unterseite seiner Faust donnerte dabei wie ein Hammer gegen Lars Schläfe. Gleichzeitig griff seine andere Hand nach Lars` Handgelenk, zog daran, und holte ihn dadurch noch näher in seine Attacke hinein. Das alles war eine einzige, fließende Bewegung und geschah so schnell, dass Smarden über sich selbst erschrak. Er hatte Lars gar nicht angreifen wollen. Sein Körper hatte einfach ganz automatisch reagiert.

Benommen stolperte Lars und ging zu Boden. Es dauerte eine

Weile, bis er versuchte, wieder aufzustehen. »Du spinnst ja wohl!« stotterte er, als er mit hochrotem Kopf rückwärts robbte, aufstand und davon taumelte. Im Davongehen klopfte er sich seine Kleidung sauber. »Bin wohl ausgerutscht.«, murmelte er. Die Niederlage war ihm sichtlich peinlich.

Auch Smarden bemerkte, wie sein Gesicht rot wurde. Dieser Zusammenstoß war ihm wahrscheinlich peinlicher als Lars. In seiner Nähe war es still geworden. Normalerweise machte es ihm nichts aus, wenn andere Schüler über ihn tuschelten und ihn heimlich beäugten. Er war es gewohnt, ein Spinner zu sein. Ja, manchmal gefiel es ihm sogar. Aber ein Schläger? Ein Schläger war er nicht. Anderen wehzutun, das verstieß gegen alles, was ihn ausmachte.

»Scheiße!«, murmelte er, und versuchte, möglichst schnell und unauffällig ins Schulhaus zu flüchten.

Auf dem Weg dorthin begegnete er Peter. Er sah ihn nur aus dem Augenwinkel. Smardens Herz setzte für einen Moment aus und ein Blitz jagte stechend durch seinen Körper. Doch Peter schien ihn gar nicht zu bemerken.

Der erste Schultag verlief gewohnt langweilig. Die neuen Lehrer stellten sich vor, rasselten ihre Belehrungen herunter, besprachen den neuen Stundenplan und verteilten Bücher. Ansonsten geschah nicht viel. Doch für Smarden hatte sich dieser Tag quälend in die Länge gezogen.

Peter hatte ihn den gesamten Tag gemieden. Natürlich, Smarden hatte Angst vor der Begegnung mit ihm gehabt. Doch jetzt fühlte er sich trotzdem nicht besser. Im Gegenteil. Die Last der unausgesprochenen Worte wog nur noch schwerer. Er hatte es nicht geschafft, auf Peter zuzugehen. Und Peter? Er schien ihn zu ignorieren. Wahrscheinlich eine gerechte Strafe. Ignoriert zu werden war schwerer zu ertragen, als es jedes Streitgespräch hätte sein können.

Nun schlurfte Smarden mit hängenden Schultern aus der Schule. Der Himmel war grau und weinte. Schon wieder. Die Welt roch nach Tränen. Tränen, welche Smarden schon fast vergessen geglaubt hatte. Warum musste alles so schwer sein? Er wollte jetzt einfach wieder in seinem Bett versinken und nie wieder unter der Decke hervorkriechen.

Vor dem Paradies parkte Shadows Motorrad. Smarden wollte ihn nicht sehen. Er wollte jetzt niemanden sehen. Einfach allein sein. Als er in den Gang seiner Etage einbog, sah er Shadow, wie er in Connys Büro einige Zettel unterschrieb. »Ich denke, für diesen Monat sollte noch etwas Geld übrig sein.«, sagte Conny gerade. Smarden drückte sich an die Wand und hörte dem Gespräch zu.

Es war jedoch bereits beendet, da Shadow Conny die Hand reichte und sich zum Gehen wendete. »Wir sehen uns, Jack.«, zwitscherte sie ihm hinterher.

Smarden wusste nicht, was er davon halten sollte. Aber es tat weh. Er stürmte auf Shadow zu, welcher gerade das Büro verlassen hatte, und schlug ihm gegen die Brust. »Du lässt dich dafür bezahlen? Ich dachte, du bist mein Freund! Ich dachte du hilfst mir!«

»Smarden.« Shadow legte seine Hände auf Smardens Schultern und hielt ihn fest. »Tue ich das nicht? Dir helfen?«

Smarden schluchzte und stieß ihn von sich. »Geld ändert alles! Gekaufte Freunde brauche ich nicht!«

Damit drehte er sich um, rannte in sein Zimmer und schlug die Tür hinter sich ins Schloss.

Wut kochte in seinen Adern, füllte seinen Körper mit nutzloser Energie, die sich entladen wollte. Wie ein eingesperrtes Tier lief er in seinem Zimmer auf und ab. Wie konnte er nur so blöd sein? Natürlich wurde Shadow dafür bezahlt. Wieso sollte sich sonst irgendjemand für ihn interessieren? Er fiel jedem nur zur Last. Vielleicht hätte er damals in dieser Zelle bleiben sollen. Dort gehörte er hin. In eine Zelle. Weggesperrt von der Welt, um keinen Schaden anzurichten. Er war Dreck. Wie hatte er sich etwas anderes einbilden können?

Voller Wut drosch Smarden mit seiner Faust gegen die Wand. Schenkte seiner Wut den Schmerz.

Es klopfte an der Tür.

»Hey, Smarden. Ich glaube, wir sollten reden. «

»Hau ab!«

»Und wenn ich das nicht will?«

Shadow ignorierte seinen Wunsch, öffnete die Tür und trat ins Zimmer.

»Es tut mir leid.« Er schloss die Tür wieder und setzte sich setzte auf den Boden neben dem Türrahmen. Wenigstens hielt er Abstand. Shadow seufzte.

»Ich dachte, man hätte dir gesagt, dass ich ein Sozialarbeiter bin.«

»Sozialarbeiter?« Smardens Stimme überschlug sich. »Du bist der gottverdammte Shadow! Du bist der Ninja, der mich zum Beschützer ausbildet, um gegen das Böse zu kämpfen!«

Smarden bemerkte selbst, wie dämlich sich das anhörte. Er setzte sich auf die Bettkante und vergrub das Gesicht in den Händen. »Ich dachte, du bist meine Hoffnung.«, fügte er leise hinzu.

Lange schwiegen sie Beide. Irgendwann schaffte es Smarden,

sich zu beruhigen. Seine Wut war Verzweiflung gewichen. Er wollte doch nur gemocht werden. Einmal nur gemocht.

»Was hat sich geändert?« Shadows Stimme war leise, fast zärtlich. Trotzdem brachte sie Smardens Wut zurück. Er sprang auf und ballte die Hände zu Fäusten.

»Man bezahlt dich dafür! Du bekommst Schmerzensgeld, damit du dich mit mir abgibst. Du bist kein Krieger, du bist ne Hure!«

»Hmm. Glaubst du wirklich?«

Smarden war die Bosheit seiner Worte bewusst, doch sollten sie Shadow verletzt haben, so ließ es sich dieser nicht anmerken. Irgendwie machte dies Smarden noch wütender.

Anstatt ihn für seine Beleidigung zu strafen, blieb Shadow ruhig und gefasst. »Glaubst du denn, Freundschaft ist käuflich?«, fragte er. »Glaubst du, wir werden durch Geld zu einem anderen Menschen? Wenn du das wirklich glaubst, wenn du glaubst, dass Geld so wichtig ist, dann habe ich mich in dir getäuscht. Dann werde ich jetzt gehen.«

Smarden stockte. »Ähm. Das ist nicht fair!«

Shadow kramte eine Münze aus seiner Tasche und warf sie Smarden zu.

»Diese Münze hat zwei Seiten. Die Seiten zeigen in unterschiedliche Richtungen. Sie sehen sich nicht und haben kaum Berührungspunkte. Und doch teilen sie sich denselben Kern und gehören zur selben Münze. Es sind zwei verschiedene Sichten auf ein und dasselbe. Die beiden Seiten gehen ineinander über, wie Tag zu Nacht, Licht zu Schatten oder Yin zu Yang. Eine Seite kann nicht ohne die andere existieren.«

Smarden drehte die Münze zwischen seinen Fingern.

»Ja, und?«

»Bei den Menschen ist es ähnlich. Wir alle führen ein Doppelleben. Ich denke, die meisten von uns haben sogar mehr als zwei Seiten. Manche nennen es Privat-, und Berufsleben. Bei dir ist es die Schule, deine Gemeinschaft hier und nun dein Training. Das, was du mit Peter erlebt hast, wird dir in der Schule kaum jemand glauben. Und trotzdem sind das alles Teile von dir. Und sie alle teilen sich deinen Kern. Sie alle benötigen deine Gedanken und deine Zeit. Sie alle machen dich aus. Andere sehen immer nur eine Seite deiner Münze, selten zwei, aber niemals alle. Doch nur weil diese Seiten voreinander verborgen sind heißt das nicht, dass eine von ihnen falsch oder unwahr ist. Nur du selbst kannst all deine Teile sehen. Sie sind wie ein Puzzle deiner Seele. Daher ist es manchmal wichtig, den Menschen die verdeckte Seite deiner Münze zu erklären, damit sie dich verstehen können.«

»Keine Ahnung, was du mir damit sagen willst.«

Shadow lachte leise. »Das weiß ich auch noch nicht so recht. Manchmal fließen die Worte einfach so aus mir heraus. Aber diese Münze ... sie erklärt so viel.«

Smarden blieb eine Weile stumm. Dann warf er die Münze zurück.

»Toll. Das ändert gar nichts.«

»Ich habe auch mehrere Seiten, Smarden. Du siehst auch nur eine Seite von mir. Du siehst Shadow. Doch auch ich bestehe aus mehr. Ich kann nur versuchen, dir meine anderen Seiten zu erklären und darauf hoffen, dass du sie verstehst. So wie ich versuche, deine zu verstehen. Als Freund.«

Smarden schnaufte.

»Ich habe das besondere Glück, dass ich zwei meiner Seiten verbinden kann. Ich durfte dich durch meine Arbeit kennenlernen und schätze dich als Freund. Als Kämpfer für das Gute. Du folgst Zielen, denen ich auch folge. Das spüre ich. Das ist eine der Seiten meiner Münze. Diese, die du sehen kannst. Wir teilen diese Seite miteinander. Diese Seite ist diejenige, von der ich will, dass sie mich am meisten ausmacht. Meine private Seite.

Aber jeder Mensch besitzt auch eine Seite, welche aus Pflicht besteht. Das ist bei dir die Schule. Bei mir der Beruf. Diese Seite verlangt bei den meisten Menschen viel Zeit und Aufmerksamkeit. Meist ist diese Seite eine, die uns zwar am wenigsten ausmacht und doch den meisten Raum einnimmt. Denn sie sichert uns das Überleben in dieser Welt. Sie macht uns zu einem Teil des Systems. Doch ich ... ich habe das große Glück, dass ich diese beiden Seiten verbinden kann. Ich habe das Glück, dass ich für meine private Seite bezahlt werde. Für meine Freundschaft mit dir. Ich weiß das sehr zu schätzen.

Ich benötige daher keine zusätzliche Zeit für ein langweiliges Berufsleben. Weißt du, dieser Beruf ist für mich ein Türöffner. Er ermöglicht mir, Zeit mit dir zu verbringen. Macht mich das zu einem schlechteren Menschen? Ändert das etwas an unserer Freundschaft? Oder unserem Ziel?

Ich brauche Geld, um zu leben. Das stimmt. Aber ich erhalte mein Geld indem ich das tue, was ich möchte.«

Nach diesem Monolog fühlte sich Smarden wie ein Idiot. Er musste über das nachdenken, was Shadow ihm gesagt hatte. Mit Doppelleben sollte er sich ja auskennen. Schließlich hatte er seine ganz eigene Welt erschaffen. Eine Welt, die sich in einen Albtraum verwandelt hatte.

»Ich kann nur erahnen, was du erlebt hast. Diese Erlebnisse; das, wogegen du kämpfst – es wird immer ein Teil von dir sein. Es hat auf deiner Seele Narben hinterlassen. Glaube mir, ich selbst trage dort meine eigenen Narben. Gegen diesen Albtraum kämpfe ich schon solange ich denken kann.

Mein Beruf hat mir ermöglicht, dich kennenzulernen und dir mit deinem Albtraum zu helfen. Und ich möchte die Zeit mit dir nicht mehr hergeben. Egal, ob ich dafür bezahlt werde oder nicht. Wenn du mich nun wegschickst, dann werde ich es akzeptieren. Aber es wird mir wehtun.«

Smarden atmete tief durch. Das hatte gutgetan. Er setzte sich neben Shadow und lehnte den Kopf an seine Schulter.

»Darfst bleiben, Jack.«

Shadow kramte etwas aus seiner Jackentasche.

»Gut. Sonst hätte ich die hier wieder mitnehmen müssen.«

Er reichte Smarden so etwas wie eine Pistole.

»Was ist das denn?«

»Warte. Wenn du hier entriegelst, ...«

Shadow betätigte einen Hebel und zwei Federarme schnellten nach außen. Dadurch wandelte sich die Pistole in eine kleine Armbrust.

»Doch nicht schlecht Geld zu verdienen, oder?«

Smarden betrachtete die Waffe in seiner Hand und hatte plötzlich ein breites Grinsen im Gesicht.

»Aber eine Frage habe ich noch. Warum hast du mich bei unserem Kennenlernen angegriffen?«

Shadow lachte. »Man sagte mir, du steckst in einem Loch, aus dem du nur mit netten Worten nicht mehr herauskommst. Ich hielt das für eine gute Idee. Außerdem … ich kannte dich ja noch nicht. Konnte ja sein, du bist ein harter Knochen.« Er stieß Smarden in die Seite.

»Aber die Beine fesseln wollte ich dir wirklich nicht. Ich hatte auf die Laterne neben dir gezielt.«

Smarden stieß ihn zurück und lachte. »Du hast daneben getroffen? Und *du* willst *mir* etwas beibringen?«

7

Vergessen

Smorg

Größe: 2-3 Meter

Grünling

Größe: 1-10 cm

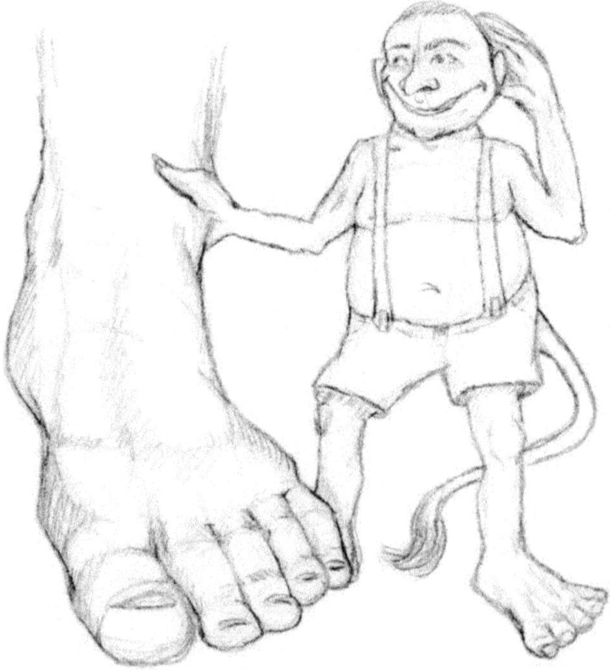

Tagebücher des jungen Valandar
Band 1, Kapitel 2

Während der heiße Druck der sommerlichen Sonne langsam nachließ und einen Duft von entspannter Gelassenheit zurückließ, kitzelten die Stoppeln des frisch gemähten Grases Peters nackte Füße. Es reckte sich zwischen seinen Zehen empor. Dieser Moment war magisch. Das Schwinden der Energie des Tages hinterließ in ihm eine erfrischende Leere, welche Platz für Neues schuf. Neue Gedanken. Regeneration. Peter zog diesen Tag in sich auf. Atemzug um Atemzug stahl er dem Moment die Zeit. Machte sie zu seiner eigenen.

Die Fassade der steil aufsteigenden Alpen wirkte am Horizont der flachen Landschaft mit ihren übernatürlich grünen Grasflächen irgendwie fehlplatziert. Als hätte Gott das Paradies willkürlich mit einer unüberwindbaren Mauer aus schroffem Stein begrenzt. Ein warmer Wind kam von dort und hauchte sanft über Peters Gesicht. Der Wind schenkte ihm ein Gefühl von unbeschwerter Freiheit.

Sein Blick wanderte über diese atemberaubende Kulisse, während seine Gedanken weit davontrieben. In wahnwitzigen Wendungen schenkten sie ihm allerlei Bilder, erfassten und verwarfen Ideen und erfanden köstliche Späße.

Ein Stück weit von Peter entfernt saß ein Smorg. Diese Grenzwesen gehörten zu den Alphas, wie Peter nun gelernt hatte. Somit stellten sie einen Schlüssel zum Äther dar. Obwohl Alphas durch ihre Stellung sehr mächtig waren, waren es Geister von kindlichem Gemüt. Ihre geistige Reife war in etwa vergleichbar mit der von fünfjährigen Menschenkindern.

Peter fasste sich einen der vorbeischwebenden Gedanken und schickte ihn mithilfe einer Delta Welle zu dem Smorg herüber. Der Gedanke handelte von den Kochkünsten seiner Mutter und seinem zu verblüfften Ekel verzogenem Gesicht. Dieses Gedankenpaket bestand jedoch aus mehr als nur diesem Bild. Vielmehr bestand es aus Erinnerungen, Emotionen und Bildern. Es enthielt die Heiterkeit, welche er jetzt empfand, wo ein solcher Teller nicht in Reichweite war. Über die Absurdität von Mutters seltsamen Kreationen konnte er sich köstlich amüsieren, solange er sie nicht selbst verspeisen musste.

Der Smorg fing diese Gedanken auf und hatte sofort ein breites Grinsen im Gesicht. Er schaute zu Peter herüber und sein Grinsen ging in ein herzliches Lachen über, welches Peter tief und kehlig in seinem Geist hörte. Auch Peter fing an zu lachen und ließ sich dabei rücklings ins Gras fallen. Der Spaß währte jedoch nur kurz, denn ein plötzliches Brennen im Nacken ließ ihn von der Wiese hochschnellen und sein T-Shirt ausklopfen. In seinem Geist spürte er eine besorgte Frage. Peter verband das Bild einer Ameise mit dem nervösen Gefühl unzähliger Nadelstiche und schickte es über die Delta-Welle. Dies brachte den Smorg erneut zum Lachen.

»Vielen Dank für dein Mitgefühl.«, murrte Peter, zog sich sein T-Shirt komplett aus und versuchte verzweifelt, damit seinen Rücken von den Ameisen zu befreien.

»Ich sehe, du wirst besser.«

{X} stand einige Meter hinter ihm und beobachtete die Szene. Wie immer war ihm der weiße Hund gefolgt, von welchem {X} behauptete, dass er kein Grenzwesen, sondern ein alter Freund war. Er nannte ihn Val, was Peter für einen seltsamen Namen hielt. Wie die Grenzwesen, so war auch dieser Hund für die meisten Menschen unsichtbar. Peter und {X} schienen die einzigen zu sein, die diese Wesen sahen und mit ihnen in Kontakt treten konnten.

Mittlerweile war {X} zu einem Teil der Familie geworden, auch wenn Peter gar nicht so richtig wusste wie es dazu gekommen war. Es fing an dem Tag an, an dem er von der Klassenfahrt zurück nachhause kam. Peter konnte sich noch an die Freude erinnern, als er {X} in der Küche ihres Hauses kennenlernte. Er hatte den alten Mann sofort ins Herz geschlossen. Seit diesem Tag kam {X} regelmäßig zu Besuch. Am Anfang selten, dann öfter, bis er sogar hin und wieder bei ihnen schlief. Und nun waren sie gemeinsam im Urlaub. Peter hatte einige Male gesehen, wie seine Mutter ihren Kopf gegen {X} gelehnt hatte. Aber sie waren kein Paar, auch wenn Peter nichts dagegen gehabt hätte, da er bei den gelegentlichen Streitereien mit seiner hektischen Mutter das beschützende Verständnis eines Vaters schmerzlich vermisste.

Doch ihre Verbindung zu {X}, die war etwas Anderes. Eine seltsame Beziehung, die Peter zwar nicht verstand, aber trotzdem sehr genoss.

{X} brachte eine konstante Ruhe in ihr Leben. Nicht mit der Autorität eines Vaters, sondern eher mit der gelassenen Weisheit eines Großvaters, welcher sich herzlich kümmerte und in dessen Geschichten man sich verlieren konnte. Ein gemütlicher Bär zum Anlehnen, zum Gedanken tauschen, zum Erden.

»Wie geht es dir heute, mein Junge?«

»Bis eben noch gut. Aber diese Ameisen ... ich habe mich wohl auf ihren Bau gesetzt.«

{X} lachte. Es war das herzliche und mittlerweile so vertraut gewordene Lachen, welches zu sagen schien: *»Komm, und schütte mir dein Herz aus. Ich interessiere mich für dich.«*

»Du hast heute wieder schlecht geträumt?«

Peter hatte die Nacht schon fast wieder vergessen und wurde nur ungern daran erinnert. Ja, er hatte schlecht geträumt. In letzter Zeit tat er das öfter. Es war ein Traum von Angst und Dunkelheit. Nichts weiter. Diese Träume waren seltsam. Normale Dunkelheit war trotzdem immer irgendwie präsent. Man ging nicht in ihr verloren. Doch diese Dunkelheit ... sie war die Abwesenheit von allem. Als hätte das Nichts einfach alles verschlungen, sogar ihn, und dabei nichts zurückgelassen außer schwarzer Leere.

Er erinnerte sich, wie tonlos dieser Traum war. Dass er schreien wollte, aber kein Geräusch seine Lippen verließ. Nicht einmal ein Wimmern. Er wusste, dass es nur Träume waren. Als er erwachte, hätte er sich trotzdem am liebsten die Finger in seinen Schädel gebohrt, um all diese schreckliche Finsternis herauszuziehen. Als er dann endlich blinzelnd die Augen öffnete, fand er sich im Wohnzimmer wieder. Durch die Fensterscheiben fiel fahles Licht auf das besorgte Gesicht seiner Mutter, welches ihn in der Wirklichkeit empfing. Ihre Hände lagen auf seinen Schultern. Trotzdem folgte ihm die Dunkelheit aus seinen Träumen. Sie blieb noch eine Weile an ihm kleben. Alles was er betrachtete, verschwamm vor seinen Augen zu einem schwarzen, wabernden Nebel, welcher nur langsam verblasste, um sich in Peters Träume zurückzuziehen.

{X} musste diese Szene mitbekommen haben. Aber dies war keine Kunst. In letzter Zeit wandelte Peter oft im Schlaf.

»Weißt du noch was du geträumt hast?«

{X} setzte sich neben ihn und fuhr mit seiner Hand durchs Gras.

Peter schüttelte unsicher den Kopf.

»Wieder die Schwärze?«

»Ja. Kein Traum. Nur Dunkelheit.« Normalerweise war es Peter unangenehm, über sich zu reden. Aber bei {X} war das anders.

»Sind meine Träume real?«

»Was meinst du damit?«

»Naja, gehören sie zur Realität?«

Peter wusste, dass {X} diese Frage verstehen würde. Seit er die Grenzwesen nichtmehr für bloße Fantasie hielt, philosophierten sie öfter über die Welt. Peter hatte tiefgründige Gespräche schon immer geliebt. So wie er es mit Timon und Pam gemacht hatte. Nur mit {X}, da waren diese Gespräche ... intensiver.

»Was ist Realität?«

Peter stöhnte. »Wieso musst du immer mit einer Gegenfrage antworten?«

{X} lächelte ihn an und tippte Peter auf die Brust. »Weil die Antwort meist in uns selber liegt. Nur wenn wir uns selbst die richtigen Fragen stellen, können wir sie finden. Also, was denkst du. Sind deine Gedanken real?«

»Nein. Natürlich nicht.«

»Und warum nicht? Was ist denn Realität?«

»Das Gras ist real«, sagte Peter genervt, »und die Berge. Alles was ich sehe ist real.«

Er dachte kurz nach.

»Naja, bei den Grenzwesen weiß ich es nicht. Sind sie nur in meinen Gedanken? Und was ist mit dem Äther?«

{X} lächelte ihn an und sagte nichts. Er hatte diese unnachahmliche Art, immer genau zu wissen, wann sich die Gedanken in Peters Kopf drehten. Und so war es auch diesmal. Peter dachte über seine eigene Frage nach. Suchte selbst nach einer Antwort.

»Also,« setzte er nach einer Weile wieder an »der Äther und die Grenzwesen müssen real sein, weil du sie ja auch sehen kannst. Aber was ist mit meinen Träumen?«

»Ist das der Grund für deine Frage? Ist der Äther etwas, was dich an der Grenze der Realität zweifeln lässt?« {X} lächelte erneut.

»Der Äther wäre also nicht real, wenn nur du ihn sehen könntest? Und wenn wir deine Träume teilen würden, wären sie dann real? Realer als dann, wenn du sie nur für dich alleine hättest?«

„Es gibt kein realer. Entweder etwas ist real, oder eben nicht.« Peter lächelte, da er ahnte, etwas Kluges gesagt zu haben.

{X} ging aber nicht darauf ein.

»Wieso denkst du denn, dass das Gras real ist? Bist du dir sicher, dass wir das gleiche Gras sehen? Was ist denn Gras?«

Peter stöhnte genervt. »Mann, {X}, echt jetzt? So viele Kindergartenfragen?«

{X} reagierte nicht darauf, sondern zupfte einen Grashalm aus der Wiese und hielt ihn hoch.

»Wir haben von klein auf gelernt, die elektrischen Signale, welche uns unser Körper zusendet, zu interpretieren. So können wir fühlen, schmecken, riechen und sehen. Wir nehmen Gras wahr, weil unser Körper die geeignete Messtechnik bereitstellt, um es wahrzunehmen. Deine Augen können einen kleinen Teil der Wellen wahrnehmen, die wir als Licht bezeichnen. Sie interpretieren diese als Farben und in deinen Gedanken entsteht ein Bild. Du hast gelernt, diese Farbe als grün zu bezeichnen und dass dieser zarte Hauch von Leben Gras heißt. Ohne deine Gedanken, könntest du die Welt gar nicht wahrnehmen. Sind dann nicht deine Gedanken genauso real wie das Gras selbst?«

{X} machte eine Pause und ließ Peter Zeit zum Denken.

»Das verstehe ich nicht.«, sagte Peter nach einer Weile. »Ich glaube, ich habe meine Frage gar nicht so ernst gemeint.«

»Oh doch, mein Junge.«, {X} lachte. »Alle Fragen sind ernst gemeint. Oft haben wir aber Angst vor der Antwort, denn jede Antwort, die wir bereit sind als solche zu akzeptieren, verändert unsere Welt.«

Peter stöhnte. »Ja ja, ich weiß.«

»Also, keine Angst vor Antworten. Egal wie schwierig sie sind. Deine Frage war: was ist Realität? Suchen wir nach der Antwort.

Wir definieren Realität meist durch die Dinge, die wir wahrnehmen können, dabei ist dies nur ein winziger Teil der Information, die uns umgibt. Du, Peter, bist etwas Besonderes. Du hast gelernt, mit deinem Geist wahrzunehmen. Du kannst Dinge sehen, die du nicht berühren kannst. Aber es gibt Lebewesen, die nehmen diese Welt ganz anders wahr. Manche sehen zum Beispiel Infrarot. Sie können also die Temperatur von Dingen sehen. Hunde können aus deinem Urin einen ganzen Lebenslauf erschnuppern. Fledermäuse hören ihre Umgebung. Deren Realität sieht ganz anders aus, und trotzdem ist es dieselbe Realität. Dieselbe Welt.

Du siehst den Äther, die Seele der Menschen, die Grenzwesen. Aber nur, weil viele Menschen nicht gelernt haben diese Dinge zu sehen, heißt das nicht, dass sie nicht existieren. Also sag du mir: sind sie real?«

Darüber musste Peter eine Weile nachdenken.

»Warum?«

»Warum was?«

»Warum sehe ich sie?«

»Eine gute Frage. Kennst du das Doppelspalt Experiment?«

{X} wartete nicht auf Peters Antwort.

»Das Doppelspalt Experiment beweist, dass sich Licht anders verhält, wenn wir es beobachten. Dieses Phänomen gibt unserer Wissenschaft Rätsel auf. Dabei ist es ganz einfach: Diese Welt existiert nur in unserem Kopf. Realität *entsteht* durch unsere Gedanken, und zwar in dem Moment, in dem wir sie durch unsere Sinne messen. Ohne Denken gäbe es keine Realität. Sind deine Träume nun real? Ich kann es dir nicht sagen. Was denkst du?«

»Aber, das kann nicht sein. Wenn meine Gedanken die Realität erschaffen, dann hat doch jeder eine andere Realität. Dann kann das Gras von dem ich spreche, etwas ganz anderes sein als das Gras, das du kennst.«

»Vielleicht ist das auch so.«

»Außerdem könnte ich mir einfach ganz fest wünschen reich zu werden, und dann wäre ich es. Weil meine Gedanken ja die Realität erschaffen.«

{X} lachte auf.

»Ah, nun kommen wir der Sache schon näher. Aber was meinst du denn mit reich? Was ist denn Reichtum in deiner Realität?«

Peter war nun wirklich genervt. Wie kam er aus diesem Gespräch nur wieder heraus? Wenn {X} einmal anfing, die Welt – seine

Welt – zu erklären, dann hörte er damit so schnell nicht wieder auf.

»Na, viel Geld haben?«

»Verstehe. Bei dir hat Reichtum etwas mit Geld zu tun. Das ist zwar seltsam, aber leider bei den meisten so. Wir Menschen haben uns darauf geeinigt, dass in unserer Realität das Geld einen bestimmten Wert besitzt. Andere Lebewesen würden wahrscheinlich eher Nahrung als Währung akzeptieren, aber bei uns ist es eben bedrucktes Papier.«

»Aber das ist doch keine Antwort.«

»Weil die Frage nicht richtig war. Diese Welt besteht aus Informationen. Diese Informationen treffen auf unseren Körper und werden als elektrische Impulse zu unserem Gehirn geleitet. Wir interpretieren diese Impulse als unsere Realität. Von Geburt an lernen wir, wie unsere Eltern diese Informationen interpretieren und welchen Wert sie ihnen zuschreiben. Somit geben wir unsere Welt an unsere Kinder weiter. Wir alle teilen eine gemeinsame Interpretation dieser Welt. Das nennt man Wissen. Ob wir jedoch die Welt genauso wahrnehmen wie unsere Eltern, das kann keiner beantworten. In unseren Gedanken kann unsere Welt ganz anders aussehen als die unserer Eltern und trotzdem benennen wir sie gleich. Deshalb entsteht die Realität erst in unseren Gedanken. Sie ist eine Kombination aus Wahrnehmung, Interpretation und Wissen. Die richtige Frage lautet also, ob wir durch unsere Gedanken neue Informationen erschaffen können.«

»Ah, ja. Ist klar.« Peter rollte mit den Augen. {X} konnte echt einen nervigen Oberlehrer spielen. Aber ihn zu unterbrechen, würde diese ganze Erklärung nur in die Länge ziehen. Also blieb ihm nichts weiter übrig, als mitzuspielen.

»Und? Können sie?«

»Natürlich nicht. Unsere Gedanken, mein lieber Freund, sind ein Werkzeug, um die Realität wahrzunehmen, sie zu interpretieren und manchmal auch, um sie zu entdecken. Ohne unsere Gedanken existiert keine Realität, da ihr die Bedeutung fehlt. Trotzdem erschaffen sie sie nicht neu. Gedanken erschaffen keine Materie, kein Licht, keinen Ton. Sie formen sie nur, und dafür benutzen sie unseren Körper als Werkzeug.

Um die physische Welt zu verändern, haben wir zum Beispiel unsere Hände. Sie können etwas erschaffen, das wir Geld nennen. Aber sie erschaffen keine neue Realität. Das Geld war schon da: in Form von Papier und Farbe. Oder, je nachdem wie wir diese Welt sehen, in Form einzelner Atome. Wir ändern diese Materie nur, gestalten sie neu und nennen sie fortan Geld.«

Peter stöhnte.

»Okay, du hast Recht. Diese Antwort ist mir zu kompliziert. Ich ziehe die Frage zurück. Schreib mir die Antwort auf. Falls ich irgendwann ... was ist das eigentlich? Physik? Philosophie? ... Wenn ich irgendwann irgendwas studiere, dann verstehe ich dich ... vielleicht.«

{X} lachte und klopfte Peter auf die Schulter. »Ich glaube, du hast schon genug verstanden. Und außerdem: niemand kann dir sagen, ob ich damit recht habe. Du kannst die Wahrheit nur für dich selbst entdecken, das kann dir niemand abnehmen und dabei hilft dir auch kein Studium. Wissen ist nicht gleichbedeutend mit Wahrheit, denn Wahrheit existiert ausschließlich in der Vergangenheit. Alles was wir als Wahrheit betrachten, sind bloße Interpretationen.«

Als {X} in Peters verstörtes Gesicht sah, musste er lachen und winkte ab.

»Komm, lass uns essen gehen. Deine Mutter hat gekocht.«

Mutters Essen? Peter warf einen verzweifelten Blick zu dem Smorg, welcher noch immer in einiger Entfernung im Gras saß. Der Smorg schien ihn zu verstehen, denn er blickte zurück, rieb sich seinen runden Bauch und fing glucksend an zu lachen.

»Vielen Dank für dein Beileid, du Riesenbaby.«, murmelte Peter und folgte {X} in Richtung ihrer Unterkunft.

Auch in der kommenden Nacht wachte Peter aus einem Albtraum auf. Diesmal fand er sich im Bad wieder. Die Angst wirkte so real. Sie schwappte mit ihm in die Wirklichkeit und begleitete ihn, bis er es schaffte, sie mit ein paar Händen voll kaltem Wasser im Gesicht zu vertreiben. Wie konnten Träume von nichts als Leere handeln und trotzdem so real sein? Als wollte ihm der Traum etwas sagen. Ein Geheimnis mit ihm teilen. Oder eine Erinnerung? Die Worte von {X} hatten zwar weise geklungen, aber sie halfen ihm bei dieser Frage kein Stück weiter. Irgendetwas schlummerte in ihm, und Peter konnte es einfach nicht verstehen.

Es war die letzte Nacht ihres Urlaubs gewesen. Nun saß Peter auf der Rückbank ihres Autos und freute sich darauf, wieder in seinem eigenen Bett zu schlafen. Auch auf Aras freute er sich. Zwar hatten sich in den letzten Wochen seine liebevollen Nachbarn um den Hund gekümmert, doch Peter wusste, dass Aras von ihnen vor lauter Sehnsucht kaum zu ausgedehnten Spaziergängen überzeugt werden konnte. Mit Sicherheit war sein Hund in einen Hungerstreik getreten und dünner geworden. So war es jedes Mal, wenn Peter für eine Weile verreiste.

Regen prasselte auf die Scheibe des Autos. Er gab ihrer Fahrt einen monotonen Rhythmus. Als wäre er verflüssigte Zeit, welche die wertlosen Sekunden, die sie hier saßen, um sich durch die Welt zu bewegen, zählte. Verflüssigte Zeit. Peter mochte dieses Bild.

{X} fuhr den Wagen während Peters Mutter die Gegend musterte. Im Radio liefen gerade zum dritten Mal die Nachrichten. Sie berichteten von einem erfolgten Drohnenangriff auf irgendeinen hochrangigen Kriminellen.

»Ein schwerer Schlag gegen den organisierten Terrorismus und ein großer Erfolg des Militärs.«

Dann folgte ein Bericht über die Diskussion, ob im Land Militärbasen errichtet werden sollten, um möglichst schnell möglichst vielen Bürgern ein Hirnimplantat einsetzen zu können. Dazu spielten sie ein Interview mit einem Experten ein:

»Die Durchsetzung einer Smartphonepflicht macht nur dann Sinn, wenn diese Smartphones auch die geeigneten Daten sammeln können. Daher sollte jeder Bürger möglichst schnell und unbürokratisch einen Brainlink erhalten können. Das Volk verlangt jetzt nach einem schnellen Handeln. Wir sollten den Schutz der Menschen nicht an politischen Hürden scheitern lassen.«

Peter war sich nicht sicher, ob {X} oder seine Mutter überhaupt verfolgten, was das Radio da von sich gab. Wie konnte man sich nur so gut ablenken, um diesen Unsinn in Endlosschleife unkommentiert zu ignorieren? Ihr Desinteresse war ihm ein Rätsel.

Er blickte aus dem Fenster und versuchte, seine Langeweile zu vertreiben.

Die Landschaft lag hinter einem grauen Schleier. Dort, wo der

Regen auf die Erde traf und nach seiner Reise zur Ruhe kommen wollte, wurde er durch die fahrenden Autos aufgewirbelt, wodurch er zerstob und wie eine nervöse Wolke Staub über der Straße schwebte. Wenn der Regen flüssige Zeit war, so war die Straße wohl so etwas wie ein Wurmloch. Was für seltsame Gedanken. Peter musste schmunzeln.

Er wechselte seine Sicht und schaute in den Äther. Mittlerweile fiel ihm dieser Übergang so leicht, wie ein stinknormales Zwinkern. Als würde er sich eine Brille aufsetzen.

In Gedanken ging er seine Klassenkameraden durch. Auf wen würde er sich freuen? Irgendwie schienen seine Erinnerungen blockiert zu sein. Er erinnerte sich zwar an ein Gefühl von Freundschaft, doch er hatte Schwierigkeiten, sich an ein passendes Gesicht zu erinnern. Und nicht nur das Gesicht fehlte. Keine Namen. Nichts. Wie sehr er sich auch bemühte und in seinen Erinnerungen suchte, er fand nichts. Insgesamt fand er recht wenig Erinnerungen an seine Vergangenheit. Als würde er nur im Heute leben. Selbst die Namen seiner Freunde aus der Zeit in der Grundschule fielen ihm nicht mehr ein. War das schon immer so gewesen?

Wer ihm jedoch einfiel, waren Pam und Timon. Seine einzig wahren Freunde, welche nun jedoch nicht mehr zur Schule gehen würden. Er dachte an sie, und vor ihm erschienen ihre Geister als leuchtende Bälle. Peter lächelte. Seit er mit {X} den Umgang mit dem Äther geübt hatte, fühlte er sich nicht mehr allein. Jeder, der ihm etwas bedeutete, war nur einen Augenblick entfernt. Nun fiel ihm auch Hannes wieder ein. Der Klassenkamerad, mit welchem er die meiste Zeit verbrachte, den er jedoch eigentlich gar nicht so recht leiden konnte. Scheinbar waren seine Erinnerungen nicht komplett verschwunden. Sie waren nur tief vergraben unter einer dicken Schicht an wirklich gutem Urlaub. Jetzt, als er Hannes Geist vor sich sah, konnte er erahnen, woran seine Abneigung zu ihm lag. Die leuchtende Kugel wirkte irgendwie ... farbloser. Blaue Wellen, also Delta, fehlten fast komplett. Hannes konnte daher kaum Einfühlungsvermögen entwickeln und sah sich meistens nur selbst. Ihm fehlte die Möglichkeit, sich mit anderen zu verbinden. Fast wie eine Krankheit. Hannes war mit den Menschen dieser Welt kaum verbunden und wusste es wahrscheinlich nicht einmal. Peter hatte nie daran gedacht, dass Hannes im Grunde nur ein einsamer Junge war. Zudem waren gelbe Wellen nicht wie üblich über seinen ganzen Geist verteilt. Sie zentrierten sich an einer einzigen Stelle, als wären sie dort eingeschlossen. Das waren Theta-Wellen. Peter vermutete, dass Hannes einige Erinnerungen einschloss. Sah so ein vernarbter Geist aus? Doch andererseits ... hatte Peter nicht gerade bemerkt, dass er selbst seine Erinnerungen weggeschlossen hatte? Erinnerungen an ehemalige Freunde? Warum sollte er so etwas tun?

Peter tröstete sich damit, dass seine Einschätzung von Hannes`

Geist nur geraten war. Er hatte noch keine Erfahrung darin, verschiedene Wellenmuster zu interpretieren. Dennoch nahm er sich vor, in Zukunft vorsichtiger mit Hannes umzugehen.

Nun dachte er an Aras, seinen geliebten Begleiter. Der geisterhafte Ball des Hundes sah anders aus als der Geist eines Menschen. Im Gegensatz zu Hannes, erstrahlte der Geist von Aras in kräftigen Gelb- und Rottönen. Peter ging jedes Mal das Herz auf, wenn er den Geist von Aras erblickte. Er schickte seinem Freund ein Gefühl von Liebe und Vorfreude. Jedoch wusste er nicht, ob dieses Gefühl auch bei Aras ankam und was es bei dem Hund bewirkte. Bisher hatte er diese Art der Kommunikation nur mit dem Smorg oder {X} geübt. Ob sein Hund diese Botschaften bemerkte, wusste Peter nicht. Er würde es ausprobieren, sobald er zuhause angekommen war. Der Äther war eine neue Welt, von der Peter nicht genug bekommen konnte. Es gab noch so viel zu entdecken. So viele Fragen die er stellen wollte ... Er hatte diese Fragen nur noch nicht gefunden.

»Sag mal {X}, was ist denn überhaupt dieser Äther?«

Peters Mutter stöhnte. Sie hielt die Gespräche, welche {X} mit ihrem Sohn führte, für ein kindisches Spiel. Ihre Ernsthaftigkeit empfand sie daher als äußerst albern. Peter belauschte sie einmal, wie sie {X} darüber belehrte, dass sie nicht wollte, dass er ihren Sohn durch derartigen Unfug in der Schule zu einem Außenseiter machte.

»Nerds.«, murmelte sie genervt und lehnte ihren Kopf gegen die Seitenscheibe.

»Der Äther ist ein Teil dieser Welt.«

Peter stöhnte. Wie immer erklärte diese Antwort absolut nichts. Er überlegte, wie er seine Frage anders stellen konnte.

»Okay. Was ist der Unterschied zwischen den Grenzwesen und dem Äther. Und warum … also wie kann ich sie sehen?«

»Stell dir das Meer vor. Die meisten Menschen sehen nicht, was in den Tiefen des Meeres lebt. Und doch ist es so voller Leben, wie eine zweite Welt. Das, was du von dem Äther siehst, ist wie ein Radarbild. Wie ein U-Boot, welches das Meer über Sonar abtastet. Du siehst das Leben in dieser Welt als abstrakte Bildpunkte.«

»Und die Grenzwesen?«

»Die Grenzwesen, das sind die Fische, die an der Oberfläche schwimmen. Du stehst am Strand und kannst sie sehen, wenn sie aus den Tiefen auftauchen. Du siehst sie auch ohne selbst abzutauchen. Und ohne Sonar. Sie sind aber nur ein Bruchteil der Wesen, welche im Meer leben. Wir nennen sie Grenzwesen, weil sie in beiden Welten sichtbar sind. Manche bezeichnen sie auch als Wächter. Vielleicht auch als Schutzengel. Einen Menschen, welcher auf dieser Grenze wandelt, nennen wir ein Medium. Stell dir vor, die Grenzwesen sind das Spiegelbild eines Mediums.

Ich denke, dass es möglich ist, von einem Grenzwesen in den Äther mitgenommen zu werden. Dann kann man auch die anderen Lebewesen sehen. Aber das ist gefährlich.«

»Gefährlich?«

»Unter Wasser können wir nicht atmen. Wenn man den Weg zurück nicht findet, ertrinkt man.«

»Klar. Also ist unser Geist ein Lebewesen, welches tief im Äther lebt, und ich kann ihn sehen, weil ich Sonaraugen habe.«

Peters Mutter kicherte und schüttelte den Kopf. »Hört ihr euch manchmal selbst zu?«

Peter ignorierte sie.

»Aber wieso sind wir mit dem Äther verbunden, wenn wir dort doch ertrinken können? Was sind wir dann? Was bin ich?«

»Wenn wir das Meer als Beispiel nehmen: Dein Körper besteht zum größten Teil aus Wasser. Trotzdem kann er im Wasser nicht überleben. Verstehst du?

Der Äther, das ist der Ursprung. Dort kommen wir her und dort gehen wir auch wieder hin. Wenn ein Mensch geboren wird, dann wählt ein Alpha im Äther ein Wesen von jedem Typ aus, und gemeinsam bilden sie einen neuen Geist. Sie werden durch den Alpha *eingeboren*. Es ist, als würde ein Stöpsel gezogen, welcher einen Sog im Äther erzeugt und den Geist an deinen Körper bindet. Der Alpha ist das Bindeglied zwischen deinem Körper in dieser Welt und deinem Geist im Äther. Wenn dein Körper stirbt, dann wird diese Verbindung gelöst. Dein Geist sinkt zurück in den Äther ... in das Licht. Er beginnt zu vergessen und zerfällt dadurch wieder in seine Bestandteile, doch die einzelnen Wesen, welche deinen Geist gebildet haben, existieren weiter. Sie können sich durch einen Alpha wieder an einen Körper und zu einem neuen Geist verbinden.«

Peter dachte darüber nach.

»Wie bei einem Computerspiel.«

»Wie meinst du das?«

»Naja, wenn ich ein Computerspiel starte, dann habe ich einen Avatar in einer Welt im Computer. Mit dem Avatar kann ich mich darin bewegen, kann die Welt verändern und so weiter. Aber wenn er stirbt, dann bin ich nicht tot. Nur der Avatar im Spiel. Und der Monitor, der ist mein Grenzwesen, der Alpha.«

{X} lachte.

»Naja. Vielleicht so ungefähr. Für solche Vergleiche bin ich zu alt.«

Peters Mutter drehte das Radio lauter.

»Hört mal. Mein Lieblingslied«, lenkte sie plump vom Thema ab und feixte. Es lief so ein langweiliger Schon-hundert-Mal-gehört-Hit. Damit war das Gespräch beendet, auch wenn sich Peter sicher war, dass dies nicht ihr Lieblingslied war. Definitiv nicht.

8

Daheim

Der Verstand ist faul. Er sucht nach Schubladen.

Kategorien, welche er als Raster über eine vielschichtige Welt legen kann, um sie für sich begreifbar zu machen.

Manipulierbar?

Gut und Böse, schwarz und weiß. Digital statt analog. Zwei Zustände, statt Millionen und Abermillionen.

Tagebücher des jungen Valandar

Band 1, Kapitel 2

Sein erster Schultag verlief wie erwartet und ohne große Überraschungen. Zumindest was den Unterricht anging.

Neu war jedoch, dass er zu Schulbeginn sein Smartphone registrieren, und es während des Tages eingeschaltet lassen musste. Dummerweise hatte er es nicht einmal bei sich, so dass er gleich zum Unterrichtsstart negativ auffiel und ungläubige Blicke seiner Klassenlehrerin erntete. Diese neuen Regeln – vielleicht hätte er dem Nachrichtensprecher im Radio doch besser zuhören sollen. Jedenfalls bekam er daraufhin ein gelbes Bändchen ans Handgelenk, damit jeder sehen konnte, dass er kein Smartphone bei sich trug.

Klasse.

Peter wurde schmerzlich bewusst, dass seine Freunde aus der ehemals zwölften Klasse nun die Schule verlassen hatten. Von allen anderen wurde er wie üblich kaum beachtet. Nur Hannes gesellte sich in seiner gewohnt unangenehmen Art zu ihm. Seltsamerweise nickte ihm Alexander im Vorbeigehen zu. War dieser Idiot etwa freundlich geworden? Unvorstellbar.

Gleich zu Beginn des Tages bekam Peter eine Prügelei mit. Lars, neben Alexander der zweite Idiot aus seiner Parallelklasse, wurde mit einem einzigen FaustStoß zu Boden geschickt. Peter freute sich darüber, auch wenn er sich nicht traute, dies offen zu zeigen. Peter hatte schon oft Probleme mit Lars und Alexander, da sie nie eine Gelegenheit ausließen, ihn zu schikanieren. Noch schlimmer war, dass sie trotzdem – oder vielleicht sogar deswegen – zu den angesagten Leuten der Schule gehörten. Dieses Großmaul hatte es also mehr als verdient. Den Angreifer erkannte Peter nur flüchtig. Es war ein kräftiger Junge mit roten Haaren, hängenden Schultern und einem schlurfenden Schritt. Später stellte sich heraus, dass er in Peters Klasse ging. Jedoch wurde er nicht als neuer Schüler vorgestellt, was äußerst merkwürdig war. Peter hatte ein seltsames Gefühl bei ihm. Sobald er zu ihm hinüberschielte, wandte sich der Junge schnell von ihm ab, so dass er sein Gesicht nur flüchtig erkennen konnte. Trotzdem spürte Peter bei jedem Blick einen tiefen Schmerz, der wie ein Blitz durch seinen Magen schlug. Eine verborgene Erinnerung, welche ihm die zugehörigen Bilder verwehrte. Sie bestand nur aus einem Gefühl von Schmerz und dumpfer Übelkeit. Es ähnelte dem Gefühl aus seinen Träumen. Oder war es sogar das Gleiche? Die Angst und die Dunkelheit. ... Was hatten seine Träume mit diesem Jungen zu tun? Peter hatte keine Angst vor ihm, aber der Junge erinnerte ihn an seine eigene Angst. Konnte es sein, dass sie sich schon einmal begegnet waren?

Peter spürte, dass dies eine Bedeutung hatte. Wahrscheinlich kannten sie sich sogar, doch so sehr er es auch versuchte, er konnte sich einfach nicht an den Namen des Jungen erinnern. Somit ging er ihm auch aus dem Weg, um ihn nicht danach fragen zu müssen. Er wollte nicht gleich am ersten Tag peinliche Momente erleben, welche seinen Status als Freak unterstrichen.

Der Unterricht zog sich endlos dahin. Peter hatte ganz vergessen, wie er es hasste, in langweiligen Schulstunden eingeschlossen zu sein. So genoss er den erfrischenden Duft der Freiheit, als die Schule endete und er endlich vor das muffige Schulhaus treten konnte. Gleich nach der Schule machte er sich auf, seine besten Freunde zu besuchen, welche ja nun nach der zwölften Klasse ein neues Leben begonnen hatten. Noch vier Jahre Schule ohne sie. Wie sollte er das nur durchstehen?

Es war schon viel zu lange her, dass er Pam und Timon gesehen hatte. Dementsprechend groß war seine Vorfreude, als er durch die Stadt eilte. Leider waren sie nicht zuhause. Peter kramte einen Zettel aus seinem Ranzen, schrieb eine Notiz darauf, und warf ihn Pam in den Briefkasten.

Heute Abend Rabenwiese!!

Peter

Als er sich auf dem Rückweg einen Weg durch die Stadt bahnte, waren deutlich mehr Passanten auf den Straßen unterwegs, als dies für Eisenach üblich war. Je näher er dem Marktplatz kam, desto voller wurde es. Aus den kleinen Seitenstraßen drangen Menschen jeden Alters, junge sowie alte, und sie alle schienen die gleiche Richtung eingeschlagen zu haben, in die auch Peter gehen musste. Einige von ihnen trugen bunte T-Shirts mit Sprüchen darauf, welche Peter beim Vorbeigehen nicht entziffern konnte. Er sah eine kleine Gruppe Rentner, welche ein Plakat trug, auf welchem stand:

»Ich habe gar kein Handy!«

Ein weiterer von ihnen trug unter dem Arm eine zusammengerollte Bahn aus buntem Stoff.

Während er sich weiter einen Weg durch die Stadt bahnte, wurde die Zahl an Fußgängern immer größer. Bald schon reichten die Gehwege nicht mehr aus, und die Menschenmenge vereinnahmte zusätzlich die Straße, wobei die mürrisch dreinblickenden Autofahrer genötigt wurden, anzuhalten.

Peter folgte dem Menschenstrom und bog in die Hauptstraße ein, welche quer durch das Zentrum in Richtung der dahinterliegenden Einkaufspassagen verlief. Hier vereinte er sich mit weiteren Gruppen, welche wie kleine Flüsse aus den Seitenstraßen drangen und auf der Hauptstraße zu einem laut tosenden Strom voller ausgelassener Menschen zusammenflossen. Einige zogen

Lautsprecher auf Handwagen hinter sich her, andere hatten Trommeln dabei. Die Straßen waren voller Musik und Lärm. War denn heute ein Straßenfest? Peter konnte sich nicht erinnern, davon gehört zu haben. Der Sommergewinn, das berühmte Straßenfest Eisenachs, war normalerweise im Frühling und nicht im Spätsommer.

Peter genoss den unerwarteten Tumult und beobachtete das Treiben interessiert, jedoch in schüchterner Distanz. Er steuerte auf einen Platz hinter einem der Handwagen zu, aus dessen Boxen gerade der Song *„Finde die Wahrheit"* von den *Böhsen Onkelz* dröhnten, und schwamm hinter diesem Wagen grinsend mit der Menge. Die Stimmung war ausgelassen und fröhlich. Neben dem Wagen liefen zwei Männer, welche mit freiem Oberkörper zur Musik tanzten. Der große, bärtige Mann, welcher gemeinsam mit einer Frau den Wagen zog, sang laut und falsch. Auch wenn ihm die Musik gefiel, Peter sang und tanzte nicht. Auch ein lautes Klatschen und Pfeifen, wie es andere um ihn herum taten, traute er sich nicht. Vielmehr versuchte er den Moment gänzlich zu erfassen, um nichts zu verpassen.

Direkt neben ihm lief eine kleine Frau, welche einen langen Mast schwenkte, an dessen Ende die türkische Fahne im Wind wehte. Peter entdeckte noch andere Fahnen in der Menge. Viele deutsche Fahnen waren dabei. Neben der türkischen Fahne fiel ihm noch eine russische auf, einige Fahnen anderer Nationen konnte er nicht deuten.

»Respekt!« rief ihm eine Frau zu und reckte ihm ihre Faust entgegen. Grinsend erwiderte Peter diesen Gruß. Wo war er hier nur gelandet?

Plötzlich kam die Bewegung der Menge ins Stocken, was die Stimmung jedoch keineswegs minderte. Im Gegenteil. Die Trommler, welche sowohl weiter vorne als auch hinter Peter standen, trommelten lauter als zuvor und die Menschen jubelten und schrien. Ein großer Mann mit Megaphon heizte die Menge an. »Keine Zombies, keine Sklaven!« schrie er in Dauerschleife, und bald wurde er dabei von den Trommlern begleitet. Die gesamte Menge stimmte in diesen Sprechchor ein. Noch immer war Peter überwältigt, als wäre er plötzlich in eine andere Welt geworfen wurden. Er befand sich mittendrin, und dennoch fühlte er sich so, als würde er nur am Rand stehen und stumm zuschauen. Nun erkannte er auch, dass die ausgelassene Stimmung keine Feierlaune war. Vielmehr waren die Menschen aufgebracht und fordernd. Sie verkörperten gereizte Fassungslosigkeit und den Drang nach Veränderung. Peter war, ohne es zu wissen, auf einer Demonstration gelandet, und er konnte erahnen, worum sich diese Demonstration handelte:

Diese neuen Regelungen zur Smartphonepflicht und die Diskussionen um Microchips, welche man sich in den Kopf implantieren sollte, hatten Peter bislang kaum interessiert, da er sie für total unlogisch und irrational hielt. Er war bisher nicht der Meinung gewesen, dass diese Ideen in irgendeiner Weise durchsetzbar waren, und hatte diesen Meldungen bis jetzt keinerlei Aufmerksamkeit geschenkt. Doch das heutige Ereignis in der Schule... vielleicht sollte er doch einmal genauer hinhören, was hier eigentlich los war.

Instinktiv schaute er an sein Handgelenk, an welchem er noch immer das Bändchen aus der Schule trug. Er war also nicht der Einzige, der eine solche Behandlung in Frage stellte. Und ja, jetzt wo er darüber nachdachte, war er froh, dass so viele Menschen seine Meinung teilten.

Der Mann mit dem Megaphon zeigte in eine andere Richtung – schräg über den Platz zu einer Seitenstraße. »Dort entlang!«, rief er.

Langsam aber zielstrebig setzte sich die Menge wieder in Bewegung, auch wenn die Straße in der gezeigten Richtung für diese Masse an Menschen wie ein viel zu enges Nadelöhr wirkte.

Peter rang mit sich. Er wollte erleben was hier geschah, jedoch hatte er Hunger und wusste, dass der Weg nachhause noch weit war. Er löste sich aus der Menge und schob sich in die entgegengesetzte Richtung durch die Menschen. Schräg über den Markt, am Rathaus vorbei in Richtung der Einkaufspassagen, durch welche er auf direktem Weg zum zentralen Busbahnhof kommen würde.

Kurz bevor er in die Einkaufsstraßen einbiegen konnte, traf er auf eine Reihe aus Polizisten, welche die Menschen genau daran hinderten. Die Polizisten trugen gepanzerte Kleidung, hatten einen Helm auf dem Kopf und einen Schlagstock in der behandschuhten Hand. Dadurch wirkten sie nicht gerade wie der erwartete Freund und Helfer, sondern vielmehr einschüchternd und feindlich. Solche Bilder kannte Peter nur aus dem Fernsehen. Aber er wusste, dass man mit Polizisten allgemein gut reden konnte. Eine seiner Nachbarinnen war selbst Polizistin, und wenn Peter sie auf der Straße traf, unterhielt er sich immer recht gerne mit ihr. Also ging er zuversichtlich auf die Blockade zu.

»Kann ich bitte durch? Ich wohne dort hinten!«

Der angesprochene Polizist lachte nur.

»Klar. Das sagen sie alle.«

»Nein, wirklich. Kann ich bitte durch?«

»Junge, hau ab!« Der Polizist gab Peter einen Stoß an die Schulter. Durch den unerwarteten Ruck stolperte Peter und fiel unsanft rückwärts auf seinen Ranzen.

»Ey!«, schrien gleich mehrere Leute um ihn herum. Einige begannen, die Polizisten lautstark anzupöbeln, andere halfen ihm auf.

Peter hörte das Blut in seinen Ohren Rauschen. Durch den Schock des plötzlichen Angriffs schoss Adrenalin durch seinen

Körper und er hörte den Tumult um ihn herum nur noch gedämpft. Er begann zu zittern. Sein Brustkorb zog sich zusammen und erschwerte ihm das atmen.

Zwischen all den wütenden Rufen und dem Rauschen fiel ihm ein unpassender Klang auf. Es war der zarte Gesang eines Liedes, welches er aus der Schule kannte. Eine ältere Frau, sie war wahrscheinlich Rentnerin, stand nicht weit von ihm entfernt, hatte eine Gitarre in der Hand und sang: *Die Gedanken sind frei*.

Mit hämmerndem Herzen kam Peter wieder auf die Beine und sah ungläubig zu den Polizisten, welche sich die Menschen durch Stöße und Drohungen vom Leib hielten.

»Alles okay bei dir?«, frage ein Mann, welcher ihm aufgeholfen hatte und ihm nun eine Hand auf die Schulter legte. Peter nickte nur.

»Bleib mit hier, die werden uns bald durchlassen müssen.«

Tatsächlich kam nun Bewegung in die Reihen der Polizei. Es sah jedoch eher nach einer Verstärkung der Blockade, als nach einer Öffnung aus. Eine kleine Gruppe von Polizisten rannte geordnet herbei und formierte sich auf der anderen Seite der Blockade. Anschließend bildete dieser Trupp eine Art Keil, welcher durch die Polizeisperre gelassen wurde und sich grob einen Weg durch die Menge aus demonstrierenden Menschen bahnte. Dieser kleine Trupp steuerte auf die Frau mit der Gitarre zu. Der erste

Polizist des Keils entriss ihr das Instrument, während ihr der zweite einen dünnen Strahl Flüssigkeit ins Gesicht sprühte. Zwei weitere umliefen sie, rissen ihr die Hände auf den Rücken und drückten sie zu Boden.

Peter sah zu, wie die Frau abgeführt wurde.

»Sie behandeln uns wie Terroristen, weil wir uns gegen die neuen Gesetze auflehnen. Musik macht Hoffnung und lindert die Angst. Das müssen sie verhindern.«, sagte der Mann, ohne dass Peter fragen musste. Er hielt ihn noch immer an der Schulter.

Die Stimmung kippte nun vollständig. Die Menschen gaben schrille Pfiffe und Buuh-Rufe von sich. Einer rief »Schämt euch!« und bald schon hatte die gesamte Menge diesen Spruch aufgefasst und wiederholte ihn.

»Schämt euch! Schämt euch!«

Peter war fassungslos. Wie konnte das nur so schnell eskalieren? Worum ging es hier doch gleich? Peter hatte vermutet, dass es sich um einen Protest gegen Smartphones handelt, doch nun fühlte es sich so an, als würde die Polizei sie alle für gefährliche Extremisten halten. Das war doch Wahnsinn.

»Dies ist eine Durchsage der Polizei. Die Mitglieder dieser Versammlung haben sich nicht vollständig digital registriert. Daher wurde diese Versammlung aufgelöst. Bitte verlassen Sie den Platz in Richtung Georgenstraße. Es ist nun siebzehn Uhr dreißig.

Dies war die erste Durchsage!«

Georgenstraße? Das war vollkommen die andere Richtung. Bis auf die Blockade der Polizei war der Weg Richtung Busbahnhof frei. Welchen Sinn hatte es, hier alles zu blockieren?

Vereinzelt wurden Rufe über Diktatur und Freiheit laut. Die Menschen begannen, in Richtung der Polizeiblockade zu drängen, was die Polizisten dazu veranlasste, in Kampfstellung zu gehen und bedrohlich ihre Schlagstöcke zu schwingen.

Peter spürte, wie sich etwas tief in ihm regte. Das alles musste aufhören! Jetzt! Er spürte Wut, Fassungslosigkeit, fühlte sich hilflos. Ein verrückter Cocktail mächtiger Gefühle, welche kaum zu bändigen waren. Sie brachen aus ihm heraus und er entließ seinen Zorn in den Äther. Schickte ihn wie eine Flutwelle in die Richtung der Blockade.

Etwas veränderte sich.

Die Polizisten wirkten plötzlich unentschlossen. Sie blickten sich an, tippten sich gegenseitig auf die Schultern und tuschelten miteinander.

Dann geschah das Unfassbare.

Die Polizisten begannen, langsam rückwärts zu gehen und sich vor der Menge zurückzuziehen. Die Menschen begannen zu jubeln und folgten ihnen. Handys wurden gezückt und filmten die

Polizei, wie sie vor der Versammlung wich. Peter ließ seiner Wut freien Lauf und ging mit der Menge. Nach wenigen Metern teilten sich die Reihen der Polizei. Sie bildeten zwar noch immer ein Nadelöhr, aber sie ließen die Menschen passieren.

»Ja!«, schrie der Mann neben ihm. »Jaaaa!«

Die »schämt euch« Rufe hörten auf und wurden durch ein lautes »Danke!« ersetzt.

Peters Wut wurde schwächer. Lächelnd, aber mit zitternden Beinen, passierte er die Reihen der Polizei und hatte nun freie Bahn zum Busbahnhof.

Aus einer der Seitenstraßen, welche in die Einkaufsstraße mündeten, hörte Peter weitere Rufe.

»Nazis raus! Nazis raus!«

Aus den Augenwinkeln erkannte er, wie einige vermummte Leute durch diese Seitenstraßen rannten und dabei Fahrräder und Mülltonnen umwarfen. Einer von ihnen schrie in ein Megaphon: »Wir fordern umfassende Überwachung im Kampf gegen Hass, Hetze und Terrorismus.«

In sanften Wellen wog das hohe Gras der Wiese im warmen Abendwind.

Ein schlafendes Meer.

Streifen aus violett schimmerndem Heidegras durchzogen die Landschaft. Es sah aus, als würden sich zarte Wolken aus glitzernder Watte in den Wogen einer endlosen, sanft grünen See spiegeln. Hinter dieser See endete das Paradies und die Landschaft fiel ab zu den glitzernd rot leuchtenden Dächern einer künstlich erschaffenen Welt.

Peter atmete den Wind, welcher über das Gras strich. Er rauschte in die Tiefen seiner Lungen und füllte sie mit der Energie dieses Moments. Wie der fortwährende Rhythmus der Brandung an einem verlassenen Strand. Zeitlos. Unendlich.

Jede Woge rollte in einer Welle aus sich verneigendem Gras auf ihn zu. Sie schenkten ihm einen zarten Duft von Ferne und frischem ...

Hundekot?

»Aras! Das ist widerlich!«

Pam lachte. »Du erkennst deinen Hund am Geruch? Hätte auch Evil sein können.«

Die Hunde hatten ihr aufgeregtes Spiel bereits beendet und lagen in einiger Entfernung zusammen im Gras.

»Nein,« Peter kicherte »Das war meiner. Ganz sicher, das rieche ich.«

Mit einem amüsierten Stöhnen stand Peter auf.

»Fällt dir denn das Aufstehen so schwer, alter Mann?«, feixte Pam.

»Halt doch mal bitte deine Klappe und erhebe dich!« Peter hatte bereits eine Ecke der Decke ergriffen und versuchte, sie ein paar Meter weiter zu ziehen. Gegen die Windrichtung.

»Kaum bist du hier, herrscht Hektik. Und es stinkt.«, maulte sie und stand ebenfalls von der Decke auf.

Pam hatte Peters Zettel in ihrem Briefkasten gefunden und war bereits lange vor ihm auf der Rabenwiese eingetroffen. Er war froh, dass sie an eine Decke gedacht und auf ihn gewartet hatte, da er bei seiner Einladung vergessen hatte, eine Uhrzeit zu vermerken. Nun saßen sie gemeinsam mit ihren Hunden auf dem Hügel und beobachteten, wie die Sonne ihr schönstes Rot auf die Dächer Eisenachs malte und die Straßen von dunkler und länger werdenden Schatten durchzogen wurden. Von hier aus ging die Sonne genau hinter der Wartburg unter, welche auf der anderen Seite der Stadt über Eisenach thronte. Die Sonne verabschiedete sich nicht, ohne der Welt zuvor noch einen spektakulären Abschiedsgruß zu hinterlassen. Wenn Licht Klang wäre, so würden sie gerade dem grandiosen Finale eines Orchesters lauschen.

»Das sieht so friedlich aus. Hast du gemerkt, was heute in der Stadt los war?«

»Ich denke, die Zweifler haben wieder demonstriert, oder? Das machen die ja jeden Montag.«

»Zweifler?«

»Lebst du hinter dem Mond? Die Zweifler! Das sind diese Spinner, die gegen die Schutzmaßnahmen auf die Straße gehen und sich dort prügeln. Sind ein Haufen Faschisten dabei.«

»Ähm, okay. Ich war im Urlaub und habe nichts davon mitbekommen. Aber Faschisten habe ich da nicht gesehen. Nur Familien und Rentner... und ich glaube dort sogar Leute gesehen zu haben, die garantiert nicht aus Deutschland kamen.«

»Was? Du warst dort? Bist du jetzt ein Fascho?« Pam boxte ihm in die Seite und grinste. »Halt dich lieber fern von denen.«

»War eher Zufall. Aber egal. Wie läuft`s denn bei dir so? Genießt du jetzt deine Freiheit nach zwölf Jahren Knast?«

»Ganz ehrlich, Kleiner: es ist beschissen. Glaub nicht, dass es nach der Schule besser wird. Hätte ich gewusst was auf mich zukommt, dann hätte ich in der Schule vielleicht doch besser aufgepasst.«

Peter pfiff durch die Zähne. »So schlimm?«

»Sei froh, solange du noch jung sein darfst. Und dann geh studieren oder so. Fang nur nicht an zu arbeiten, sonst ist es mit dem schönen Leben vorbei.«

Peter lachte.

»Na, mit dem Ende kennt ihr Gruftis euch doch aus. Ist doch voll deins, oder?« Jetzt boxte Peter Pam zurück. Die lachte.

»Ein Fascho und ein Grufti sitzen auf der Wiese... Das klingt wie der Anfang von nem schlechten Witz.

Und was geht bei dir so? Steht die Schule noch?«

»Ist Scheiße ohne euch. Aber wir haben einen neuen Direktor. Eine Frau. Habe den Namen vergessen.«

»So? Der alte Elstermann ist weg? Naja, der war ja schon immer zu gut für diesen Saftladen.«

»Und was ist mit Timon? Was macht er jetzt? Er war nicht daheim.«

»Timon ist für ein Jahr beim Bund. Der sollte nächstes Wochenende wieder da sein.«

Evil`s plötzliches Knurren lenkte ihre Aufmerksamkeit auf den Waldrand. Seit ihrem letzten Treffen war der Hund deutlich gewachsen und verstand sich ausgesprochen gut mit Aras, welcher anderen Hunden normalerweise eher aggressiv gegenübertrat. Er war zwar noch immer kleiner, brachte den Schäferhund durch seinen jugendlichen Spieldrang jedoch deutlich an seine Grenzen. Trotzdem verhielt sich Aras äußerst liebevoll.

Auf dem Weg, am Rand der Wiese, lösten sich zwei Schatten aus dem Wald. Pam stand auf, um den beiden Hunden ihre Leinen anzulegen.

»Gut gemacht. Braver Wachhund.«, lobte Pam, als sie zwei Jogger erkannte, welche scheinbar die Ruhe des Abends für sich nutzten wollten. Die Läufer folgten dem Weg, welcher quer über die Wiese verlief und etwas seitlich hinter der Picknickdecke wieder zurück in den Wald führte. Als die beiden Jogger den Schatten des Waldes verlassen hatten, begannen die Haare des Kleineren der beiden die Abendsonne in einem kräftigen Rot zu reflektieren. Die Haare waren lang genug, um bei jedem Schritt des Läufers auf und ab zu hüpfen. Irgendwie kam er Peter bekannt vor.

Aras hob kurz seinen Kopf aus dem Gras, witterte jedoch keine Gefahr und ließ ihn mit einem Schnaufen zurück auf seine Pfoten sinken. So erschöpft hatte Peter seinen Hund selten erlebt. Das Spiel mit Evil forderte ihn sichtlich. Dann erkannte Peter in dem rothaarigen Jogger schließlich den Jungen aus seiner Klasse. Dieses unangenehm seltsame Gefühl in seiner Magengegend meldete sich zurück. Peter wandte sich ab. So merkte er auch nicht, dass der andere Läufer den Weg in ihre Richtung verließ. Der Rothaarige begann langsamer zu laufen und folgte ihm widerwillig. Er war offensichtlich nicht erfreut über den unerwarteten Kontakt.

»Hallo Peter, schön dich zu treffen.«

Peter blickte auf und erkannte in dem groß gewachsenen Läufer den Sohn von {X}. Er wusste noch, dass er ihn bei ihrem ersten Treffen für einen Ninja gehalten hatte. {X} und Jack saßen damals plötzlich bei ihm in der Küche. Seitdem waren sie sich jedoch kaum noch begegnet, und dieses Treffen lag bereits mehr als einen Monat in der Vergangenheit.

»Hey, Jack. Was machst du denn hier?«

Jack reichte Peter die Hand. Der rothaarige Junge, welcher die Gruppe nun auch erreicht hatte, sah nicht gerade begeistert aus. War es ihm denn unangenehm, dass Jack und Peter sich kannten?

Er sagte nur ein schwaches »Hey« und hob als Gruß seine Hand.

»Hey« Peter grüßte ebenso kleinlaut zurück und lächelte verlegen. Wenn er sich doch nur an seinen Namen erinnern könnte.

»Smarden und ich rennen hier jeden Abend noch eine Runde.«, sagte Jack.

»Dann sehen wir uns hier vielleicht öfter?«, Pam zwinkerte Jack zu. Wie peinlich. Flirtete sie etwa? Diese Pam?

»Bestimmt.«, sagte Jack mit einem Zwinkern. »Wir sehen uns.«

Damit hob er erneut die Hand, und sie liefen weiter.

Smarden

Dieser Name sagte ihm etwas. In Peters Kopf blitzten Bilder auf. Dieser Junge kam letztes Jahr in ihre Klasse. Sie waren auch schon einmal gemeinsam spazieren gegangen. Mit Aras. Sie hatten gezeltet. Smarden hatte ihn einmal vor Alexander und Lars beschützt. Smarden war sein Freund gewesen. *Sein Freund!* Mann, war das peinlich. Warum konnte er sich nur nicht erinnern?

Er fasste seinen Mut zusammen und wandte sich an Pam.

»Kanntest du Smarden?«

»Ob ich, *was*?« Sie wirkte überrascht.

»Natürlich. Im Frühling habe ich euch doch hier erwischt, wie er dir meditieren beibringen wollte.« Sie kicherte.

»Er war mit dir gemeinsam in Leipzig, oder? Nach dem Vorfall im Shoppingcenter.«

Shoppingcenter

Leipzig

In seinem Kopf formten sich Bilder. Bilder von Smarden, wie er zaubernd auf der Bühne stand. Bilder von Smarden, wie er blutend in einer Zelle saß. Ein Shoppingcenter voller schreiender Menschen. Der schwarze Nebel seiner Träume brach schmerzhaft auf und überschüttete ihn mit Bildern, welche seinen Körper erzittern ließen. Schmerzen, Angst, Übelkeit.

»Smarden!«

Peters Stimme versagte, war nur ein leises Krächzen. Er stieß Pam an. »Ruf du ihn. Bitte.«

Peter versuchte hinter ihm herzurennen. Immer wieder zitterten seine Beine und verweigerten ihm den Dienst, so dass er mehrfach auf alle Viere stürzte. Pam rief hinter Smarden her, daher war dieser bereits stehengeblieben und sah Peter zu, wie dieser in seine Richtung stolperte. In seinem Gesicht spiegelten sich Hoffnung und Traurigkeit.

»Es tut mir leid«, keuchte Peter, als er bei ihm angekommen war. »Es tut mir so leid.« Seine Stimme zitterte genauso wie seine Beine. Smarden fing ihn auf. Er wirkte überrascht.

»Ich hatte es vergessen. Einfach vergessen. Alles.«

»Ich denke, dann lasse ich euch jetzt einmal alleine.« Jack klopfte Smarden auf die Schulter. »Wir sehen uns morgen.«

Smarden brummte eine leise Zustimmung, reagierte aber nicht weiter darauf. Auch er wirkte benommen.

Die Sonne hatte schon lange den Tag verlassen und ließ der Welt Zeit, sich von ihrer strahlenden Macht zu erholen. Normalerweise genoss Peter diese Zeit besinnlicher Ruhe, doch heute, während er sich mit Smarden über ihre Erlebnisse in Leipzig unterhielt, wirkte die auf den glühenden Himmel folgende Dämmerung wie ein böses Omen. Eine Warnung vor aufziehender Finsternis.

Zu dritt saßen sie auf der Picknickdecke, während die beiden Hunde im Gras schliefen. Pam schwieg die meiste Zeit, schüttelte nur hin und wieder den Kopf, stöhnte leise oder murmelte ein »unfassbar« vor sich hin. Dabei nippte sie immer wieder an einer Flasche Vodka, welche sie aus ihrem Rucksack hervorgeholt hatte.

Peter hatte noch immer kaum Erinnerungen. Er wusste noch von einer Kiste, in welcher er gesessen hatte. Er erinnerte sich an Dunkelheit und Angst. An Schmerzen und Hilflosigkeit. Dazu hatte er unscharfe Bilder von Kabeln und Monitoren, konnte diese Bilder jedoch nicht weiter benennen. Alles was er in seinem Gedächtnis fand, waren zusammenhanglose Fetzen aus Bildern und Gefühlen, welche einfach keinen Sinn ergaben. Also erzählte Smarden, und Peter lauschte ihm schockiert.

Smarden erzählte davon, wie sie ihm alles abgenommen hatten. Wie er nackt und frierend in einen Keller eingesperrt worden war, ohne zu wissen, was mit Peter geschehen sei. Er erzählte davon, wie er sich vor Hunger gewunden hatte, und sie ihm rohes Fleisch als Nahrung in seine Zelle geworfen hatten. Er hatte sich schuldig gefühlt. Schuldig, weil er Peter allein gelassen hatte. Weil er ihn überhaupt erst überzeugt hatte, diese Reise anzutreten.

Als Smarden auch von anderen Kindern sprach, drangen weitere Bilder durch den Nebel. Bilder von zahlreichen Käfigen und Zellen. Smarden berichtete sehr seltsame Dinge. Da war beispielsweise ein Mädchen, vielleicht fünf Jahre alt, welches in verschiedenen Sprachen unterrichtet wurde. Ihre Zelle war gegenüber von seiner eigenen und so konnte Smarden gut beobachten, was in ihrer Zelle vor sich ging. Für jede Sprache die es lernen musste, wurde es mit einem anderen Namen angesprochen. Aber es war kein normaler Unterricht. Die Lehrer waren hart und bestraften jeden Fehler mit schmerzhaften Elektroschocks. Smardens stimme zitterte und er musste mehrfach tief durchatmen, als er von den Schreien dieses Mädchens sprach.

Einmal hatten sie einen Fernseher in ihre Zelle geschoben. Er zeigte einen Kinderfilm oder ein Märchen oder so. Smarden hatte erst gedacht, dies sei eine Belohnung gewesen und er freute sich sogar für das Mädchen. Aber so war es nicht gewesen. Nach dem Film hatte die Kleine den Text des Filmes Wort für Wort wiederholen müssen. Sie war dabei auch nach Details gefragt worden, zum Beispiel nach Zeichen oder Tieren die angeblich an bestimmten Stellen im Film im Hintergrund zu sehen gewesen waren. Smarden war beeindruckt von den Fähigkeiten des Mädchens. Sie hatte mehrere Stunden jede Einzelheit erzählt, dabei den Film präzise nachgespielt und durch ihre Erzählung Smardens Schmerz ein wenig gelindert. Trotzdem war ihre Leistung den Lehrern nicht gut genug gewesen und sie war bestraft worden.

Aber selbst die Belohnungen, welche das Mädchen gelegentlich erhalten hatte, waren nichts anderes als Strafen gewesen. Smarden war sichtlich übel, als er davon berichtete und er sagte, er wolle nicht weiter von diesen Strafen erzählen.

Und dann erinnerte sich Smarden noch an einen Jungen, welchen er jedoch von seiner Zelle aus nicht sehen konnte. Die Stimme dieses Jungen hatte noch jünger geklungen, als die des Mädchens. Auch er hatte Ausbilder gehabt, welche ihn permanent angeschrien hatten, während sie ihn seltsame Dinge fragten. Nach der Farbe von Gegenständen, der Anzahl von Fingern und dergleichen. Niemals hatte der Junge richtig geantwortet. Bei jeder Antwort schrie der Lehrer ihn an, dass diese Antwort falsch sei. Wenn er dann erneut dieselbe Frage gestellt hatte, und der Junge daraufhin die vorherige Antwort des Lehrers gab, so war auch diese Antwort wieder falsch gewesen. Dabei wurde ständig gegen Gitterstäbe geschlagen. Es war ein ohrenbetäubender Lärm gewesen.

Peter griff nach Pams Flasche. Diese Geschichten zu hören und dabei in das gebrochene Gesicht Smardens zu blicken, welcher zitternd neben ihm saß, das war einfach zu viel für ihn.

»Bist du sicher?«, fragte Pam, während sie die Flasche festhielt und ihn besorgt ansah.

»Nein.«, sagte Peter, zog die Flasche aber trotzdem zu sich.

»Verstehe.«

Peter nahm einen großen Schluck, hustete und spuckte alles in einem feinen Nebel wieder aus, woraufhin Aras hochschnellte und zu ihm rannte, um nachzusehen, ob mit ihm alles in Ordnung sei. Der Hund sprang mit seinen Vorderpfoten auf Peters Schultern, warf ihn um und leckte über sein Gesicht. Pam konnte die Flasche gerade noch aus seiner Hand retten. Trotzdem lachte niemand und trotz aller Mühe schaffte es der Hund nicht, die bedrückende Stimmung aufzulockern.

Pam kramte einen Becher und eine weitere Flasche aus ihrem Rucksack.

»Hier. Schütt Cola drüber, dann geht es.«

Smarden war schneller. Er griff sich Flasche und Becher, füllte Vodka hinein und leerte ihn in einem Zug. Damit beendete er seine Erzählung.

Aber Smarden hatte nicht alles erzählt. Von der Frau, welche ihn jeden Tag stundenlang angeschrien hatte, ihm gesagt hatte was für ein widerlicher Mensch er sei, ihm dabei ins Gesicht geschlagen und ihn ausgelacht hatte – von dieser Frau erzählte er nichts.

Sie schwiegen, während die Flaschen immer leerer wurden. Leider half das einsetzende Drehen im Kopf nicht, die Gedanken zu vertreiben. Es verstärkte nur die Übelkeit. Irgendwann fand Pam ihre Sprache wieder.

»Ich glaube, ich benenne meinen Hund um. Angel wäre doch toll, oder?«

Erneutes Schweigen.

»Wir müssen zur Polizei. Ihr müsst denen erzählen was passiert ist. Die müssen die Kinder da rausholen.«

»Das kann ich nicht.«, flüsterte Smarden. »Ich erzähl das nicht nochmal.«

»Dann sag nur, dass dort irgendwas ist. Dass sie nachsehen müssen. Dass ihr dort eingesperrt wart. Die Kinder müssen doch vermisst werden. Ich frage mich überhaupt, warum euch noch niemand von der Polizei befragt hat. Ich meine ... Hallo? Sie dachten ihr seid tot?«

»Hmm« Peter brummte nur. Auch das hatte er vergessen, aber jetzt fielen ihm wieder einzelne Wortfetzen aus einem Gespräch mit seiner Mutter ein. »Wir haben dich beerdigt.«, hatte sie gesagt. War das so? Das war doch verrückt. Seitdem war das Leben einfach weitergelaufen, ganz so, als wäre nichts gewesen. Alles war wie vorher. Keine Nachfragen von irgendwem. Auch seine Mutter hatte kein Wort mehr darüber verloren. Und {X}? Wo kam der plötzlich her? Etwas war hier faul. Das stank doch zum Himmel.

»Ich komme mit.« Pam wurde laut und stand auf.

»Ich helfe euch. Wir müssen etwas unternehmen!«

»Vielleicht tun wir das.«, sagte Peter unsicher.

Als sie leicht schwankend den Heimweg antraten, war es bereits nach Mitternacht. Smarden und Peter verließen die Wiese gemeinsam in Richtung des schmalen Waldes, welcher sich den Hang des Hügels hinunterzog und sie von dem beleuchteten Wohngebiet trennte. In die Richtung, in welche auch Jack verschwunden war. Da Pam in der Innenstadt wohnte, verschwand sie mit Evil in die andere Richtung. Natürlich hatte keiner von ihnen geplant, nachts durch den Wald zu laufen. Somit hatte auch niemand eine Taschenlampe bei sich. Als sie noch im Schein der Sterne auf der Wiese saßen, wirkte die Ruhe der Nacht erhaben und friedlich. Nun jedoch, wo sie sich durch die Schatten des Waldes vorantasteten, war die Stille beängstigend, und die seltenen Geräusche raschelnder Blätter oder knarrender Äste jagten Peter einen Schauer über den Rücken. Er war diesen Weg schon oft gegangen. Trotzdem kam er in der Dunkelheit immer wieder vom Weg ab und stolperte mehrmals. Gebannt starrte er auf jeden Schatten und versuchte auszumachen, ob es sich dabei um ein reales Hindernis handelte.

Die Unterhaltung der letzten Stunden und Smardens detaillierte Beschreibungen saßen Peter tief in den Knochen. Auch wenn Aras wie immer rücksichtslos um sie herumrannte, wobei er ihnen lange Stöcke in die Waden rammte, so war Peter froh, dass sie von dem wachsamen Hund begleitetet wurden. So konnte er sich sicher sein, dass sich niemand in den dunklen Schatten versteckte. Über ihnen krächzte plötzlich ein Vogel, woraufhin Peter zusammenzuckte. Smarden schien es nicht anders zu ergehen.

»Bekommst du daheim Ärger, dass du so lange weg warst?«, Peter versuchte, ihr Schweigen zu beenden und sich von den Geräuschen des Waldes abzulenken.

Smarden seufzte. »Ich muss dir da noch etwas erzählen.«

»Okay?«

Er seufzte erneut.

»Komm schon. Noch schlimmer kann es ja nicht sein.« Peter stieß seinem wiedergefundenen Freund in die Seite.

»Ich habe gar kein zuhause. Naja... ich meine... schon irgendwie, aber... ich habe keine Eltern. Ich hab dich angelogen, Peter.«

»Das ähm... das ist doch nicht schlimm. Ähm... ich meine... das tut mir leid?«, stammelte Peter. Was sollte man darauf schon sagen?

»Nein, nein. Schon okay, das ist nicht schlimm.«, er räusperte sich.

»Außerdem... Du hast mir nie etwas von deinen Eltern erzählt, also hast du auch nicht gelogen, oder?«

»Aber... ich bin auch nicht besonders, Peter. Und du bist es auch nicht. Es gibt keinen Auserwählten, keine Valandare oder so. Es gibt auch keinen geheimen Auftrag. Ich hab mir das alles nur ausgedacht. Ich konnte ja nicht ahnen... Das alles...« Smarden seufzte.

»Ich bin schuld, verstehst du? Das war eine Lüge! Ein beschissenes Spiel! Und jetzt? Es tut mir leid, so sehr leid. Wieso ...«

Peter nahm ihn an den Schultern und Smarden fing an zu

schluchzen. Peter brauchte einen Moment, um nach den richtigen Worten zu suchen. Er bemerkte, dass Smarden sich gerade eine Last von der Seele redete. Aber Peter verstand diese Last noch nicht.

»Alter, wenn *du* nichts Besonderes bist, dann weiß ich auch nicht.«

Ihm kam eine Idee. »Ich glaube, ich sollte dir jemanden vorstellen. Am Wochenende. Bei mir. Du wirst schon sehen.«, damit knuffte er Smarden aufmunternd in die Seite.

9

{X}

Manchmal scheint es, als wäre die Realität die am wenigsten akzeptierte Wahrheit.

Geist und Seele

eine wissenschaftliche Betrachtung

{X}

Peter

Die restliche Woche verlief quälend langsam. Obwohl Peter in der Schule viel Zeit mit Smarden verbrachte, spürte er doch, dass ihre Freundschaft, so, wie er sich an sie erinnern konnte, nicht wieder aufflammte. Irgendetwas fehlte. Smarden war nicht mehr der glückliche Junge aus Peters Erinnerung. Peter sprach zwar hin und wieder vorsichtig Themen wie Magie und Grenzwesen an, doch als er dabei erschrockene Traurigkeit in Smardens Augen aufblitzen sah, stellte er diese Versuche ein. Smarden ließ sich auch nicht zu anderen Träumereien hinreißen. Er war ernster geworden und zog sich bei jedem Anflug von Albernheit vor Peter zurück. Das machte die gemeinsame Zeit mit ihm bedrückend und schwer. Daher sehnte sich Peter nach dem kommenden Wochenende. Sein Plan war, Smarden mit {X} bekannt zu machen. {X} würde den alten Smarden zurückholen, da war er sich sicher.

Mitte der Woche trafen die beiden auf den Hausmeister. Es war eine merkwürdige Begegnung. Nachdem der Hausmeister auf dem Schulhof bereits teilnahmslos an ihnen vorrübergegangen war, kehrte er wieder um und schloss zu ihnen auf. Er schien sich dazu überwinden zu müssen. Er blickte sich hektisch um und überprüfte die Umgebung, bevor er leise und geheimnisvoll nachfragte, ob sie noch seine Karte hätten. Anschließend äußerte er noch eine kurze Entschuldigung, sagte, dass sie nie geplant hätten, die Jungs als Lockvogel zu benutzen, aber dass ihre Pläne durchkreuzt wurden. Dann wandte er sich wieder ab und verschwand im Schulgebäude.

»Was war das denn? Welche Karte?«, fragte Peter, während er verstört zu Smarden blickte. Dieser schien mit sich selbst beschäftigt zu sein und angestrengt seine Gedanken zu ordnen. Daher antwortete er nicht, sondern blickte eine Weile abwesend geradeaus, bevor er mit einem kurzen Schütteln seines Kopfes zurück in die Wirklichkeit kam. Das machte er öfters.

»Lass uns gehen.«, sagte Smarden, ohne auf Peters Frage einzugehen. Rasch drehte er sich zum Gehen und unterband dadurch auch alle weiteren Nachfragen.

Peter durchsuchte verzweifelt seine Erinnerungen nach irgendwelchen Ereignissen im Zusammenhang mit dem Hausmeister. Hatte er sie nicht damals zum Flugplatz gefahren? Ja, so war es. Und er hatte Peter nach dem Busunglück … nein, das war falsch. Ein Busunglück gab es ja gar nicht. Nach seiner Gefangenschaft in Leipzig. Ja, so musste es gewesen sein. Peter musste sich noch an diese Variante der Geschichte gewöhnen. Diese Geschichte war noch immer nur eine Erzählung von Smarden. Sie war noch nicht zu seiner eigenen geworden. Seine eigene Geschichte … nun, die bestand im Wesentlichen nur aus den Erzählungen seiner Mutter. Aber was er wirklich selbst erlebt hatte, das wusste er noch immer nicht.

Seit ihrem Gespräch am Montag trug Peter eine unerträgliche

Last mit sich herum. Es waren nicht nur die Geschehnisse, welche Smarden berichtet hatte, sondern vielmehr seine Aufgabe, diese der Polizei zu berichten. Eine glaubwürdige Anzeige aufzugeben, ohne dabei ausgelacht zu werden. Seine Gedanken drehten sich permanent um Smardens Geschichte. Immer wieder versuchte er, die richtigen Worte zu finden. Er stellte sich vor, wie es sein würde, diese Geschichte zu berichten. Würde er dazu stark genug sein? Er glaubte nicht daran. Während er die Dinge in seinem Kopf sortierte, drückte es ihm jedes Mal Tränen in die Augen und er suchte er nach Halt. Irgendetwas, was ihn stützen würde, wenn er sich an die Ereignisse erinnern musste und etwas das ihn auffangen würde, wenn er mit all dem nicht zurechtkam. Er konnte dieses Wissen unmöglich tragen. Unmöglich allein. Aber um es zu teilen, fühlte er sich nicht stark genug. Diese Last drohte ihn zu zerbrechen. All diese Trauer, all diese Wut. Zu viel.

Dabei trauerte er nicht einmal um sich selbst. Wie sollte er auch, er konnte sich ja kaum an seine eigene Geschichte erinnern. Seine Trauer galt Smardens Geschichte, Smardens Erlebnissen. Was sie ihm angetan hatten.

Nun war Smarden so verletzlich, dass Peter davor zurückscheute, seine Gedanken mit ihm zu teilen. Daher versuchte er, seinen Freund durch Albernheiten und Späße zu heilen. Doch diese Versuche waren ungeschickt und hilflos. Sie brachten mehr Schaden als Nutzen, das spürte Peter.

Seine Hoffnung lag nun bei {X}. Der weise Mann würde es richten. Er *musste* es richten.

Aras rannte laut bellend durch den Keller, welcher ebenerdig in den Garten hinter dem Haus mündete. Im Garten angelangt, schlug er eine scharfe Kurve und rannte die Einfahrt vor dem Haus hinauf. Gras hatte gegen einen wachsamen Hund keine Chance, daher wurde sein Weg wurde durch einen schlammigen Streifen markiert, welcher aus der Kellertür quer über die Wiese des Gartens führte und zwischen Haus und Garage in der Einfahrt mündete. Aras meldete Besuch an, welcher gerade das quietschende Gartentor öffnete.

Der Hund erkannte Smarden, was ihn jedoch nicht davon abhielt, den Jungen aus vollem Lauf anzuspringen, wodurch dieser ein paar Schritte rückwärts stolperte. Peter hörte das Spektakel und pfiff den übermütigen Hund durch das Küchenfenster zurück.

Peter war am Vorabend erst spät zuhause gewesen. Dennoch hatte er trotz seiner Müdigkeit in der restlichen Nacht kaum Schlaf finden können. Er war zu sehr damit beschäftigt gewesen, sein Gedächtnis nach gemeinsamen Erlebnissen mit Smarden zu durchsuchen. Leicht gefallen war es ihm nicht, doch er erinnerte sich mittlerweile an viele schöne Momente mit seinem rothaarigen Freund. Zum Beispiel daran, dass es Smarden gewesen war, dem er seine erste Begegnung mit einem Smorg zu verdanken hatte. Er erinnerte sich an Smarden mit dunklen Augen, so tief wie schwarze Löcher, der versuchte, einen Sturm heraufzubeschwören. Es waren schöne Erinnerungen an einen Freund. Doch die Geschehnisse in Leipzig? So sehr er sich auch bemühte: sie blieben bloß eine Erzählung. Eine gruselige Geschichte. Kein Teil von ihm selbst. Er wusste nun, dass Smarden in einem Gefängnis eingesperrt und misshandelt worden war, hatte aber noch immer keine Ahnung, was er selbst während dieser Zeit durchlebt hatte. Dieses Vergessen machte ihn wahnsinnig.

Der Junge, der nun am Tor stand, war reifer als der Smarden aus seinen Erinnerungen. Er wirkte ernster und hatte das schelmische Lächeln, welches fortwährend seine Augen und Lippen umspielt hatte, verloren. Und er wirkte traurig. Zurückhaltend. Ängstlich. Peter musste sich erst an diesen neuen Smarden gewöhnen, auch wenn er sich an den alten Smarden noch immer kaum erinnerte. Als wären sie zwei alte Freunde, welche sich seit Jahrzehnten nicht gesehen hatten.

Peter wusste: bevor er versuchte, mit Smarden seine eigene Erinnerung wieder zu finden, musste er verstehen, warum sich sein Freund die Schuld an dem gab, was passiert war. Er musste ihm sein Lächeln zurückbringen und ihm die Last, welche seinen Blick so ernst werden ließ, von den Schultern nehmen.

Aber vorher gab es noch andere Dinge zu tun. Pflichtaufgaben.

»Hallo Smarden. Schön, dass du da bist. Ich muss leider noch den Rasen mähen, aber komm schon mal rein.«

Rasenmähen gehörte nicht gerade zu Peters Lieblingsaufgaben. Ihr Garten war zwar recht klein, zog sich jedoch über drei Terrassen einen Hang hinunter, so dass Peter den schweren Rasenmäher mehrmals anheben und einige Treppenstufen heruntertragen musste. Zudem waren das Gerät und Aras nicht gerade Freunde. Sobald er den Rasenmäher einschaltete, sprang Aras bellend um ihn herum und biss dabei auffordernd in die Räder. Was anfangs recht witzig war, wurde schnell sehr anstrengend. Um ihm nicht ständig ausweichen zu müssen, schloss Peter den bellen Hund normalerweise im Keller ein, welcher auf der mittleren Terrasse des Gartens durch eine ebenerdige Tür ins Freie führte. Dort, wo die braune Rennstrecke des Hundes endete. Doch heute bestand Smarden darauf, Aras im Garten zu lassen. Peter ließ sich gerne darauf ein. Sollte Smarden doch das Schauspiel genießen; sein Freund könnte etwas Spaß vertragen.

Heute zeigte Aras jedoch erstaunlicherweise kaum Interesse an dem Rasenmäher. Nach einer ausgesprochen kurzen Attacke auf dessen Räder schleppte er einen Scheuerlappen heran. Mit diesem nassen Lieblingsspielzeug belästigte er Smarden, welcher es sich auf einem Liegestuhl bequem gemacht hatte. Aras klatschte den Lappen auf Smardens Bauch und wartete erwartungsvoll hechelnd darauf, dass Smarden den Lappen durch den Garten warf.

»Boah, ist das ekelhaft.«, jaulte Smarden und zupfte sich den Lappen vom Bauch. Auf seinem T-Shirt blieb ein nasser Fleck zurück.

Peter lächelte und konzentrierte sich auf seine Aufgabe. Er konnte Heiterkeit in Smardens Stimme hören. Das klappte ja wunderbar.

Es brauchte nicht lange, da war Peter durch das monotone Brummen des Rasenmähers in Gedanken versunken. Weiter vorne im Gras sah er einen Grünling, welcher sich wie ein Polizist gekleidet vor dem Rasenmäher platzierte und die Hand hob, um ihn in seiner Fahrt zu stoppen. Peter schmunzelte bei diesem Anblick, fuhr aber weiter. Auch wenn {X} etwas Anderes behauptete: er war noch immer nicht der Meinung, dass diese Realität wirklich real war. Zumindest nicht realer als seine Träume. Fantasie und Wirklichkeit lagen bei Peter nah beieinander. Er erinnerte sich daran, dass Smarden diese Wesen damals Elftroll genannt hatte. Erwartungsvoll schaute er zur Liege, welche auf der oberen Terrasse stand, doch Smarden war mit Aras beschäftigt und Peter wollte ihn nicht stören. Er glaubte sowieso nicht daran, dass sein Freund den Grünling sehen wollte. Von *dieser* Welt wollte er derzeit nichts wissen. Leider.

Als Peter weiterfuhr, musste sich der Grünling mit einem Hechtsprung vor dem Rasenmäher in Sicherheit bringen und landete fluchend im hohen Gras. Peter fuhr seine Bahn zu Ende, wendete die Maschine und fuhr somit erneut auf den Grünling zu. Er wollte ihn nicht ärgern, aber Peter bekam oft genug Ärger, wenn er mit dem Rasenmäher Schlängellinien fuhr. Seine Fantasie hielt ihn oft von seinen Aufgaben ab, oder zog diese maßlos in die Länge. Außerdem wusste er ja, dass dem Wesen nichts geschehen würde. Der Grünling saß schluchzend am Rand des frisch gemähten Rasens. Mit beiden Händen hob er zärtlich einen abgeschnittenen Grashalm auf, und dicke Tränen kullerten über sein Gesicht. Peter musste lachen. Das Wesen blickte in seine Richtung und bekam vor Zorn einen roten Kopf. Mit einem Plopp war es verschwunden.

Fast zeitgleich schrie Smarden erschrocken auf.

»Aua! Ey, verdammt!«, fluchte er und sprang lachend von der Liege.

Peter wusste genau, was passiert war. Aras liebte es, diesen von Sabber getränkten Lappen durchzukauen. Er tat es auch, wenn dieser auf einem Bauch, einem Bein oder sonstwo auf dem Körper lag. Wenn man den Hund ignorierte oder den Lappen nicht schnell genug wegzog, kam es vor, dass Aras dabei in die Haut kniff und zwickte. Smarden würde wohl bald einen kleinen blauen Fleck auf seinem Bauch finden.

»Soll ich ihn vielleicht doch einsperren?«, lachte Peter.

»Nee, lass mal. Ist zu spät, bin eh schon voller Hunderotz.«

Aras kündigte mit hektischem Bellen einen neuen Besucher an und verschwand neben dem Haus. Eine Welle der Aufregung ließ Peter erzittern. Das musste {X} sein. Peter hoffte, dass er richtig lag und das geplante Zusammentreffen mit Smarden nicht alles nur noch schlimmer machte. Aber immerhin war es Smarden gewesen, der Peter die Grenzwesen gezeigt hatte. Nun wollte Peter seinem Freund etwas zurückgeben. Er wollte ihm zeigen, dass er mit allem Recht gehabt hatte. Die Hoffnung, dass er diese wundervolle Welt bald wieder mit Smarden teilen konnte, erfüllte Peter mit Vorfreude und Stolz. Wer hätte denn damals geglaubt, dass er seine Gedanken mit Grenzwesen teilen konnte? Und noch mehr: dass er den Geist von Menschen sehen konnte? War das nicht schon fast die Superheldenkraft, nach der Smarden gesucht hatte?

Doch vorerst überwog noch die Furcht. Furcht deshalb, weil Smarden diese Welt nun als Spinnerei zurückwies. Sein Plan musste einfach klappen. In dieser Hinsicht war es doch egal, ob

Smarden Eltern hatte oder nicht. Peter verstand nicht, wie das zusammenhängen sollte und warum sich Smarden solche Vorwürfe machte.

Peter leerte den Fangkorb mit der letzten Ladung gemähtem Gras auf den Kompost hinter der Scheune und räumte den Rasenmäher zurück in den Schuppen. Er schluckte seine Aufregung herunter, holte Smarden von seiner Liege und gemeinsam gingen sie durch den Keller ins Haus. Jetzt gab es kein Zurück mehr.

»Darf ich vorstellen? Das ist {X}.«

Smarden schmunzelte verlegen. »X? Seltsamer Name. Heißen sie wirklich so?«

Seltsamerweise hatte sich Peter diese Frage noch nie gestellt. Aber es stimmte: so, wie Smarden *X* sagte, fehlte etwas. Das war Peter bisher nicht aufgefallen. Wenn er selbst {X} sagte, dann wog der Name schwerer, hatte Bedeutung und hallte irgendwie nach. Bei Smarden war es einfach nur ein X.

»Nein, nicht X. {X}.«, versuchte Peter es seinem Freund zu erklären.

»Du veräppelst mich. Du hast zweimal X gesagt.« Smarden wandte sich an den grauhaarigen Chinesen.

»Ähm, also ich bin Smarden.« Er reichte {X} die Hand. »Aber ich glaube, der verarscht mich gerade.«

{X} hatte bis jetzt nichts gesagt und nur verschmitzt gelächelt, so wie er es öfter tat.

»Freut mich, dich endlich persönlich kennenzulernen. Nein, er sagt die Wahrheit.«

Er nahm einen Zettel, schrieb darauf ein X in geschweifte Klammern, und legte ihn auf den Tisch.

»Ich habe viele Namen, mein Junge. Es wären zu viele, um sie alle aufzuzählen und keiner ist weniger Wert als der andere.«

{X} deutete auf das X, welches er auf den Zettel geschrieben hatte.

»Das X steht für Transformation. Es ist eine Variable, welche einen beliebigen Wert annehmen kann. Ich schreibe Klammern darum, um daraus eine Menge zu bilden. Ich nenne mich also die Summe vieler Teile. Dadurch verliert keiner meiner Namen an Bedeutung. Alle sind gleichwertig.«

Alle blickten ihn sprachlos an. Peter hatte den Namen als ganz natürlich akzeptiert, wie jeden anderen auch. Nur jetzt bemerkte er, dass er ihn anders hörte. Nicht ausschließlich mit seinen Ohren, viel mehr als Echo in seinem Geist. Ein Echo zahlreicher Stimmen, die alle einen eigenen Teil zu diesem Namen beizutragen schienen. Vielleicht konnten andere diesen Namen gar nicht so hören, wie es Peter tat. Für sie war es einfach nur ein Buchstabe. Fast so, als wären sie taub. War es das, was {X} meinte, als er sagte, wir hätten alle unsere eigene Realität?

Peters Mutter reichte Smarden eine Tasse frisch aufgebrühten Tee.

»Willkommen im Haus der Irren.«, sagte sie entschuldigend. Dann verließ sie kopfschüttelnd den Raum. Auch sie nannte {X} einfach nur X. So langsam verstand Peter, warum sie seine Beziehung zu {X} offenkundig merkwürdig fand.

»Transformation.«, murmelte Smarden. Er blickte noch immer, als würde er erwarten, dass jemand mit einer versteckten Kamera um die Ecke springt und ihn auslacht.

»Ich glaube, Smarden hat verlernt zu sehen. Kannst du ihm helfen?«

{X} lachte, aber er lachte niemanden aus. Wenn {X} lachte, dann lag dieses Lachen wie ein heilender Klang in der Luft und brachte Peters Herz zum Leuchten. Es war ein ehrliches, gütiges Lachen, welches für Peter wie das Lachen eines Vaters geworden war. Es gab ihm ein Gefühl von Geborgenheit. Daher klammerte sich Peter an solche Momente und sog jeden Moment mit {X} begierig in sich auf, als würde er ohne sie verdursten. Fühlte Smarden sich genauso? Peter hoffte es.

»Ich bin doch keine Brille… und ich denke auch nicht, dass Smarden eine Brille braucht.«

{X} legte seine Hand auf Smardens Schulter. »Aber man kann aufhören, an das zu glauben was man sieht, nicht wahr?« {X} sah ihm in die Augen.

»Man sieht so lange nicht mehr hin, bis man vergessen hat, jemals etwas anderes gesehen zu haben als das, an was man glaubt. Sehen ist wie ein Muskel welcher verkümmert, wenn man ihn nicht benutzt. Aber das ist keine Krankheit die man heilen müsste. Ganz im Gegenteil. Manchmal wird man blind, um sich selbst zu schützen. Oder seinen Glauben. Die Frage ist also: wovor beschützt du dich?«

Smarden war in seiner Bewegung erstarrt und stand noch eine kurze Weile mit offenem Mund da. Dann schob er die Hand von seiner Schulter und drehte sich zum Ausgang.

»Ich glaube, ich bin hier falsch.«

Damit stampfte er wütend aus dem Zimmer. Peter eilte hinter ihm her. Das lief ja gar nicht gut.

Vor der Einfahrt drehte sich Smarden noch einmal um. Die Wut in seinem Gesicht ließ Peter zurückweichen.

»Was hast du ihm erzählt? Was soll diese Psychoscheiße? Was ich glaube? Für`n Arsch, glaube ich! Ich dachte du bist mein

Freund und dann stellst du mich hin wie nen kranken Irren und lädst so nen Kasper ein? Was soll ich machen? Denkst du ich zieh mich aus und tanze nackt auf dem Tisch, damit dieser Opa was zu lachen hat? Du kannst mich mal!«

»Smarden, ich brauche dich! Ich habe dich immer gebraucht. Du hast mir gezeigt, dass ich kein Spinner bin.«

Smarden lachte. »Erzähl keinen Scheiß. Du hast mich doch sogar vergessen! Was man braucht, vergisst man nicht so einfach. So ist das, und jetzt lass mich in Ruhe!«

Peter wurde leiser. Er war erschüttert von Smardens Wut. Warum verstand er ihn nicht? Verzweifelt rang er nach Worten, die es nicht noch schlimmer machten.

»Ich … ich habe alles vergessen. Ich glaube sogar, ich habe mich selbst vergessen. Als du weg warst … da war {X} so etwas wie … vielleicht wie mein Anker oder so. Damit wenigstens ein Teil von mir bleibt. Irgendwie … Mann, ich weiß doch auch nicht. Ich weiß ja nicht einmal mehr, was ich selbst erlebt habe. Das ist doch alles Scheiße.«

»Ja, das ist es. Scheiße.« Smarden schloss das Tor hinter sich und ging davon.

Peter blieb sprachlos am Tor stehen. Gedanken wirbelten wild durch seinen Kopf. Einzelne Gesprächsfetzen von Smardens Wut hallten wie ein Echo darin wider. Aber seine Gedanken blieben nicht lange bei Smarden. Eine Frage schob sich über sie, und überlagerte jeden einzelnen Gedankenstrang. Alle Grübelei endete mit dieser einzigen Frage:

Was wusste {X}?

Je länger Peter über diese Frage nachdachte, desto mehr wuchs auch in ihm die Wut. Diese Frage schien eine Wand durchbrochen zu haben, und hinter dieser Wand lauerte etwas, was sich so anfühlte, als wäre es schon immer da gewesen und hätte nur darauf gewartet, von ihm entdeckt zu werden.

Was wusste {X}?

Begleitet wurde diese Frage von dem Gefühl, belogen worden zu sein. Wo kam dieser Mann denn plötzlich her? War es nicht komisch, dass ihm alle vertrauten? Auch seine Mutter? Einfach so?

Peter stand lange an dem Gartentor. Die Straße vor ihm trennte ihn vom Wald, welcher sich den Hügel hinauf bis zur Lichtung der Rabenwiese zog. Er schaute einfach in die Ferne, ließ sich von den schaukelnden Ästen der Bäume beruhigen und versuchte, seine Gedanken zu sortieren. Hier am Rand von Eisenach fuhren kaum Autos, und die Straße blieb lange menschenleer. Wie lange er hier stand, wusste er nicht. Irgendwann holte ihn das Schnaufen einer Frau aus seinen Gedanken zurück. Sie schob ein Fahrrad den Hügel hinauf und folgte der Straße, an dessen oberen Ende Peter am Tor stand. An dem Fahrrad hing noch ein

Anhänger, in welchem ein zweijähriger Junge saß, dessen Namen Peter vergessen hatte. Peter kannte dieses Fahrrad. Es war das Rad von Yvonne, der Polizistin aus ihrer Straße.

»Hallo Peter.«, grüßte sie, als sie das Tor passierte. Peter grüßte zurück, musste sich jedoch räuspern, da seiner Stimme die Kraft fehlte. Auf seinem Körper schienen plötzlich tausend Ameisen zu krabbeln. Das war die Chance ... was sollte er nur sagen? Wie sollte er ... ach, *verdammt*.

»Yvonne?« Peter rief der Frau, welche schon vorbeigegangen war, hinterher. »Kann ich mal kurz mit dir reden?«

Die Ameisen wurden noch zahlreicher, als Yvonne zum Tor zurückkehrte und sich anhörte, was Peter ihr mit zittriger Stimme erzählte. Peter erzählte jedoch nicht viel. Hektisch versuchte er, glaubhafte Worte für das zu finden, was Smarden ihm erzählt hatte. Er sprach viel zu schnell und vergaß dabei das Atmen und musste immer wieder heftig nach Luft schnappen. So oft hatte er versucht, dieses Gespräch zu üben. Doch jetzt – so unerwartet und mit dem kleinen Zuhörer – fiel es ihm unglaublich schwer. Er reduzierte seine Geschichte darauf, dass es kein Versehen gewesen war, als sie damals für tot erklärt wurden. Er erzählte, dass er in Leipzig entführt und eingesperrt worden war, und dass er glaubte, dass dort auch heute noch andere Kinder seien.

Der Junge im Anhänger lauschte ihm gebannt. Yvonne legte ihre Hand auf die seine, welche sich so sehr um die Stange des Gartentors verkrampft hatte, dass seine Knöchel weiß hervortraten. Erstaunlicherweise lachte sie ihn nicht aus.

»Verstehe.« sagte sie nur. »Ich werden sehen, was ich tun kann.«

Damit ging sie weiter und Peter blieb allein zurück.

10

Monarch

Am Ende stehe ich

... und weine.

Tagebücher des jungen Valandar
Buch 1, Kapitel 2

Peter

Unsicher stieg Peter über die gefliesten Stufen einer breiten Treppe mit tristem Metallgeländer in den zweiten Stock des Paradies Kinderheimes. Seine Schritte hallten von den gelb gestrichenen, aber ansonsten nackten, Betonwänden wider.

Oben angekommen stand er vor einer breiten Holztür, in welche Fenster aus Milchglas eingelassen waren. Die Tür war übersät mit bunten Farbklecksen und einigen angehefteten Bildern. Geräusche von fröhlich tobenden Kindern drangen von Innen zu ihm heraus.

Hier also wohnte Smarden. Obwohl man dem Eingang ansah, dass versucht wurde, das Heim mit etwas Farbe aufmunternd zu gestalten, tat er Peter leid. Trotz der Farbe fehlte die Wärme einer Familie.

Peter hatte seinen Finger kaum auf der Klingel, da öffnete sich die Tür bereits. Ein kleiner blonder Junge, welcher sich strecken musste um an den Türgriff zu gelangen, stand mit bemüht bedrohlichem Blick vor Peter. In seiner Hand hielt er ein Holzschwert.

»Sie wünschen?«, fragte er selbstsicher.

»Ähm, tu mir nichts.« Peter hob abwehrend seine Hände und ging schmunzelnd einen Schritt zurück. »Ich suche nach

Smarden. Ist er hier?«

Der Junge grinste und zog die Tür ganz auf.

»Warum hast du das nicht gleich gesagt? Komm mit!«

Der Junge rannte los, drehte sich jedoch sofort wieder um und reichte Peter sein Schwert.

»Das wirst du brauchen. Smarden hat schlechte Laune.«

Einer pummeligen Frau in bunter Schürze, welche gerade ebenfalls auf dem Weg zur Flurtür war, rief der Junge zu, dass Smarden Besuch habe. Die Frau dankte ihm, nickte Peter zu und verschwand in einem Raum am Ende des Ganges. Geschäftiges Geklapper von Besteck und Töpfen drang von dort herüber. Peter wurde zu einer Zimmertür quer über den Gang geführt und dort allein gelassen.

»Viel Glück!«, sagte der Junge und rannte anschließend der Frau hinterher.

Mit einem Holzschwert in der Hand öffnete Peter die Tür und trat in ein geräumiges Zimmer, in welchem zwei gegenüberliegende Betten, Schränke und Regale standen. Das linke Bett war bis auf ein paar Plüschtiere leer. Darüber hingen Poster von Superhelden. Im Regal neben dem Bett standen in heroischen Posen arrangierte Plastikfiguren.

Auf dem rechten Bett saß Smarden. Er schaute reglos aus dem Fenster machte keine Anstalten, sich dem Besucher zuzuwenden. Die Wand hinter seinem Bett war kahl, wies jedoch leichte Schattierungen auf, welche andeuteten, dass auch hier einmal Poster gehangen hatten. Smardens Regale waren nahezu leer.

Peter setzte sich neben ihn, und obwohl die Aussicht nichts außer den Anblick einer einsamen Straßenlaterne bot, schauten sie gemeinsam aus dem Fenster.

»Smarden, ich ...«

Smarden unterbrach ihn, indem er aufstöhnte und seinen Kopf schüttelte. Also schwiegen sie weiter.

Nach einer Weile fing Smarden leise an zu reden.

»Vielleicht hat der alte Mann recht.« Smarden seufzte schwer. »Vielleicht habe ich wirklich einen Teil von mir verloren. Meinen Glauben ... oder wie auch immer. Ich weiß auch nicht.«

Peter blickte zu Boden und nickte stumm. Er wusste, er konnte einfach in den Äther greifen und fühlen, was Smarden fühlte. Vielleicht konnte er sogar Bilder aus seinen Gedanken erhaschen oder ihn beruhigen. Aber er schreckte davor zurück, seinen Geist dem Äther zu öffnen. Dies war viel zu intim.

»Warum ist das alles nur so schwer, Peter? Warum habe ich dir das angetan? Warum kannst du mich nicht einfach nur hassen?«

Nun war es an Peter, schwer zu atmen. Er hatte mit allem gerechnet, aber nicht mit so viel Verzweiflung und Traurigkeit. Das überforderte ihn. Er wollte Smarden so viel sagen, aber er wusste nicht, wie er es anstellen konnte. So brauchte er einige Zeit, bis er Worte gefunden hatte, von denen er glaubte, dass sie wenigstens keinen Schaden anrichten würden.

»Warum sollte ich das tun?«

Smarden starrte weiter aus dem Fenster.

»Na, weil...« seine Stimme war gebrochen und leise.

»Weil ich dir etwas versprochen habe, was es nicht gibt. Und deshalb wurden wir in ein Loch gesperrt. Da wären wir noch immer. Verstehst du? Wir wären dort gestorben ... wegen mir... wegen einer Lüge.«

»Aber das ergibt doch keinen Sinn. Absolut nicht. Smarden, überleg doch mal. Wieso sollten die uns denn wegen einem Kinderspiel einsperren? So viel Aufwand für ein paar verrückte Kinder?«

Darauf sagte Smarden nichts.

»Smarden, diese Welt, die du mir gezeigt hast. Erinnere dich. Du hast sie auf der Bühne gezeigt. Ich habe sie gesehen ... du hast mit ihr gespielt wie ein Zauberer ... und sie ist viel größer als du vielleicht glaubst. Smarden, sie ist echt! Darum habe ich dich zu

{X} gebracht. Er sieht sie auch.«

Nun endlich sah Smarden Peter an. Er sah traurig aus, aber seine Augen waren nicht feucht, so wie es Peter vermutet hatte.

»Aber ich kann sie nicht mehr sehen, Peter. Ich kann mich kaum an sie erinnern. Diese Welt… meine Zauberkraft … das war alles ein Kinderspiel was ich mir ausgedacht habe. Hier, ich zeig es dir.«

Smarden stand auf und ging zu einem Schrank in der Ecke des Zimmers. Aus der unteren Schublade holte er ein altes Notizbuch in der Größe eines Schulblocks heraus. Es hatte einen dunklen, festen Einband, welcher bereits einige Flecken und Kratzer aufwies.

»Das ist das Einzige, was ich von meinen Eltern habe. Es lag in meinem Korb, als ich als Baby abgegeben wurde.«

»Das tut mir leid.«

Smarden winkte ab. »Egal, das muss es nicht.«

Peter schluckte und griff vorsichtig nach dem Buch, auf dessen Einband in weißer Schrift stand:

Gedanken eines Valandar

»Valandar.« Peter flüsterte dieses Wort und schlug das Buch auf.

Die Seiten waren vergilbt und teilweise eingerissen. Einzelne Worte waren durchgestrichen oder geschwärzt. Die untere Ecke der ersten Seite war durch Feuer ausgebrannt wurden.

Traumawelt lautete die erste Überschrift.

Was man auf den verschmutzten Seiten erkennen konnte, waren einzelne Gedichte oder Sprüche, teilweise eingerahmt oder mit unterstrichenen Worten, welche wie eine Sammlung von Notizen oder unsortierten Tagebucheinträgen aufeinander folgten. Beim Blättern fielen Peter einige Seiten auf, welche herausgetrennt worden waren, lose im Buch lagen oder komplett fehlten.

»Ich verstehe nicht.«

»Ich auch nicht. Aber seitdem ich denken kann, versuche ich es zu verstehen. Ich suche einen Sinn darin. Und manches … manches habe ich zu einer neuen Welt zusammengesetzt. Hier, siehst du?«

Smarden nahm das Buch an sich und blätterte ein paar Seiten weiter.

Die Welt entspricht allein dem, was ich weiß!

stand da. Und:

Was ich werde, das wird sein…

»Und schau hier.«

Smarden blätterte weiter und deutete auf eine eingekreiste 17.

»Diese Zahl taucht öfters in dem Buch auf. Immer wieder ist sie irgendwie hervorgehoben. Siehst du?« Er blätterte weiter und zeigte auf eine weitere 17, diesmal in roter Farbe. »Und jetzt pass auf. Auf der letzten Seite...«

Smarden deutete auf einen Spruch, welcher auf den Buchrücken geschrieben war.

Wohin einer geht, dahin gehen wir alle.

»Das habe ich schonmal irgendwo gehört.«

»Ja, das hat Direktor Elstermann gesagt. Deshalb habe ich dich überredet, dass wir die Einladung nach Leipzig annehmen.«

Peter griff nach der Visitenkarte, welche wie ein Lesezeichen in dem Buch steckte. Auch auf dieser stand eine 17. Verblüfft erkannte er die die Visitenkarte des Hausmeisters, welcher sie damals zu dem Flugplatz brachte.

»Ich verstehe das alles nicht. Wir sollten das {X} zeigen.«

»Ach ja... dieser X« Smarden blätterte in dem Buch zurück.

»Das hätte ich fast vergessen... wo war es doch gleich... Hier!«

Er deutete auf einen Spruch, welcher halb ausgerissen war. Darunter stand, fast wie eine Unterschrift, ein geschnörkeltes X in geschweiften Klammern.

Peter stöhnte auf. Er schlug das Buch zu und reichte es Smarden. »Das kann kein Zufall sein. Wir müssen mit ihm reden. Aber jetzt...«

Peter stand auf. Er hatte Smarden eigentlich besucht, um ihn abzuholen. Pam wartete vor dem Haus und wurde bestimmt langsam ungeduldig – auch wenn Peter sie bereits vorgewarnt hatte, dass es etwas länger dauern könnte.

»Wir müssen los. Komm, Pam wartet schon. Die Polizei in Dresden wird heute eine Hausdurchsuchung bei der Universität machen und sie haben uns angeboten, daran teilzunehmen.«

»Die was? ... Echt? ... Du hast?«

»Ja, das ging alles ganz schnell. Ich habe gestern mit Yvonne gesprochen und die hat wohl mit Dresden telefoniert. Sie sagten, wir schauen das gemeinsam an und dann können wir eine Aussage aufgeben. Yvonne wirkte selbst etwas überrascht und Pam hat spontan angeboten, uns zu fahren.«

»Ähm, ok. Wer ist Yvonne?«

»Egal jetzt. Mach dich fertig.«

Smarden erhob sich von seinem Bett. Er wirkte sehr überrumpelt.

»Ich geh dann nochmal ins Bad…«

»Ach, und Smarden?« Peter grinste, griff in seine Hosentasche und holte eine kleine Plastiktüte voller Blütenblätter hervor. »Ich habe dir das hier mitgebracht. Dachte, das würde dich aufmuntern.«

Smarden griff nach der Tüte und schüttete ihren Inhalt auf seinen Schreibtisch. Skeptisch wischte er die Pflanzen hin und her.

»Was ist das? Gänseblümchen? Löwenzahn? Und das hier? Ist das Sauerampfer? Was soll ich damit machen? Mir einen Salat zubereiten?«

Peter kicherte. »Naja, ich weiß nicht. Dachte du könntest was kleines zaubern? So wie damals?«

Smarden rollte die Augen und stöhnte. »Du hast ja gar keine Ahnung. Schmeiß das weg, oder verfüttere es an Dennis. Der tut manchmal so, als wäre er ein Kaninchen.«

Damit ging Smarden aus dem Zimmer, aber Peter war sich sicher, ein Lächeln in seinem Gesicht gesehen zu haben.

Pams Auto war ein alter, kastiger Toyota Corolla in dunklem Rot und mit lautem Auspuff. An die Rückenlehnen der Autositze hatte Pam mit Heftklammern schwarze Fahnen angebracht. Darauf prangte jeweils ein Totenkopf mit einer roten Rose zwischen den Zähnen. Die Ablage war durch ein Holzbrett, welches ebenfalls mit schwarzem Stoff bezogen war, ersetzt worden. Ein kleiner gehörnter Totenkopf war darauf festgeschraubt. In die Ablage waren Lautsprecher eingelassenen, welche krächzend versuchten, die wummernde Bassrolle im Kofferraum zu übertönen. Abgerundet wurde dieses Meisterwerk durch zahlreiche an den Spiegeln hängende Ketten. Kreuze und Pentagramme baumelten daran. Neben Pam, in ihrer schwarzen Kleidung und Nietenarmband, wirkten die beiden Jungen ein wenig underdressed.

»Sehr individuell«, merkte Smarden beim Einsteigen an.

Der Weg nach Leipzig war weit. Die erste Stunde der Fahrt sangen Peter und Pam aus vollem Hals, während die Bassrolle im Kofferraum wummerte. Über Lacrimosa und die Böhsen Onkelz bis hin zu Nirvana – Peter hatte mit Pam so oft Musik getauscht, dass er alle Texte auswendig kannte. Dieser Lärm war gut. Er lenkte nicht nur ab, sondern die Musik motivierte Peter. Sie gab ihm Kraft für Heldentaten. Was hatte der Mann auf der Demonstration zu ihm gesagt?

»Musik macht Hoffnung und lindert die Angst«

Das konnten sie jetzt gut gebrauchen. Doch irgendwann wurden ihre Stimmen heiser, und da Smarden eh die Stimmung drückte, indem er still auf der Rückbank saß und aus dem Fenster starrte, waren sie gnädig, drehten die Anlage leiser und schalteten das Radio ein.

»Weiß deine Mutter denn Bescheid, wo wir hinfahren?«

»Ähm, naja. Ich weiß es nicht.«, gestand Peter. »Vielleicht hat es ihr Yvonne gesagt, aber ich glaube sie denkt, ich bin einfach bei dir. Sie weiß oft nicht, wo ich bin. In letzter Zeit… naja ich denke, sie muss zu viel arbeiten. Warte, dreh mal bitte etwas lauter.«

» … neuen Regelungen gelten ab Montag. Ob die Verwendung von Brainlink Implantaten später auch zur Pflicht werden kann, ist bislang noch nicht entschieden. Der Einsatz könnte laut Experten bedenkenlos bereits bei Kleinkindern vorgenommen werden. Unterdessen wächst der Druck auf die Regierung. Die Bevölkerung hat ein Recht auf Sicherheit – so der Pressesprecher der Polizei: ›Es kann nicht sein, dass die Bürger dieses Landes aufgrund politischer Zurückhaltung Angst um ihr Leben haben müssen. Es wird Zeit, Nägel mit Köpfen zu machen. Wir müssen jetzt die rechtlichen Grundlagen schaffen, um jeden einzelnen Bürger noch in diesem Jahr ein Implantat anbieten zu können.‹ Unterdessen wurde die Zulassung von Trackingbändern als Alternative für Menschen ohne Smartphone bis zum Ende des Jahres verlängert.

Die Zweifler hatten für kommenden Montag erneut Demonstra-

tionen in den Landeshauptstädten angekündigt. Diese Demonstrationen wurden in einem Eilverfahren verboten. Der Ministerpräsident Sachsens nahm zu dem Verbot der Demonstrationen Stellung: ›Diese Demonstrationen haben nichts mit demokratischer Meinungsfreiheit gemeinsam. Wir dürfen den Befürwortern von Terrorismus und rechtsextremen Fanatikern keine Bühne geben.‹ Trotz des Verbotes wird die Polizei mit einem Großaufgebot vor Ort sein, um die Bevölkerung vor eventuellen Randalen der Skeptiker zu schützen.«

Peter pfiff durch die Zähne. »Ich habe wohl zu lange kein Radio mehr gehört.«, stellte er überrascht fest. »Was geht denn hier ab? Die Zweifler – war das am Montag in Eisenach nicht auch so eine Demo?«

»Sag bloß keinem, dass du dort warst, du alter Fascho!«, scherzte Pam. »Spinner gibt's halt überall. Also ich möchte mich nicht in die Luft sprengen lassen, weil irgend so ein Spinner im Laden durchdreht. Wenn es Technik gibt um das zu verhindern, dann lass ich mir doch gerne so einen Chip installieren. Nur weil so ein paar primitive Affen Angst vor dem Fortschritt haben und auf der Straße Randale machen, bleib ich doch nicht im Mittelalter.«

Peter schluckte. Mit dieser Einstellung hatte er nicht gerechnet. Er spürte eine tiefe Ablehnung gegen diese Regelungen, konnte aber nicht genau sagen, warum. Doch, eigentlich konnte er es genau sagen. Er würde sich mit Sicherheit kein Smartphone in den Kopf implantieren lassen.

»Sag mal, was soll das denn eigentlich nützen? Wenn jemand mit einer Bombe in einen Laden rennen will, dann ist ihm doch mit Sicherheit egal, ob sich alle fein registriert haben, oder? Ich meine, das macht doch überhaupt keinen Sinn.«

Pam lachte. »Du klingst ja genauso wie diese Spinner.«. Sie holte tief Luft und setzte zu einer Erklärung an.

»Also: Da gibt es mehrere Vorteile. Zum einen wissen die Einsatzkräfte gleich, wer alles in dem Laden drin war, wenn etwas passiert. Und deine Verwandten wissen auch gleich, ob du dort warst oder nicht. Außerdem gibt es ja auch Leute, die im Laden durchdrehen und ein Messer zücken, weil etwas zu teuer ist oder ihnen jemand im Weg steht. Dazu haben sie Studien gemacht und herausgefunden, dass sich alle friedlicher verhalten, wenn sie sich irgendwo vorher mit ihrem Namen registriert haben. Außerdem wird beim Registrieren ein Bewegungsprofil erstellt. Somit kann automatisch geprüft werden, ob du dich in der letzten Zeit verdächtig verhalten hast. Und dieses Implantat ... das Teil bemerkt, wenn jemand aggressiv wird und kann automatisch alle anderen im Raum warnen.«

Peter brummte nachdenklich.

»Ich meine, in letzter Zeit passiert ja immer wieder etwas. Die Amokläufer, die gefangen wurden, haben gesagt, dass sie total gute Laune hatten und sich nicht erklären können, warum sie plötzlich durchgedreht sind. Jeder kann ja mal durchdrehen und zur Gefahr für andere werden. Da steckt man halt nicht drin. Ich meine, vielleicht trifft es mich ja auch mal? Ich möchte nicht irgendwann im Knast sitzen, weil ich jemanden niedergestochen habe. Die Leute sollen ruhig gewarnt werden, wenn ich einen beschissenen Tag habe und sich dann von mir fernhalten.«

Peter brummte wieder. Er konnte es nicht benennen, aber etwas stimmte an dieser Geschichte nicht. Es fühlte sich falsch an. Er würde doch nicht zu einer Gefahr für andere werden. So gut kannte er sich. Hatten andere – hatte Pam denn wirklich Angst vor sich selbst? Angst davor, die Kontrolle über sich zu verlieren? War es normal, dass Menschen Angst voreinander hatten? War *er* denn *so* anders? Diese Fragen schwirrten ihm im Kopf herum, ohne eine Antwort bieten zu können. Er verstand das alles nicht. Pam schien jedenfalls überzeugt zu sein, und ihm fehlten Argumente für diese Diskussion. Er musste erst einmal darüber nachdenken. Was würde {X} sagen? »*Du musst die richtige Frage stellen.«*

Peter hatte gehofft, dass die Erinnerungen an seine Zeit in Leipzig wiederkehren würden, sobald er sich nur wieder an diesem Ort befand. Doch als sie sich dem von hohen Mauern umgebenen Gebäude näherten, vor welchem bereits ein Einsatzwagen der Polizei wartete, wurde er enttäuscht. Das Gebäude war zwar markant, so wie das Gebäude einer historischen Schule oder Universität, jedoch war es ansonsten ein Gebäude wie jedes andere auch. Wären sie vorbeigefahren, er hätte es nicht erkannt.

Pam hielt auf der Straße und sie wurden von zwei Polizisten begrüßt.

»So. Das sind die Herrschaften, welche eine Anzeige aufgeben möchten? Hilf mir doch mal, Hubert. Weswegen sind wir hier?«

Sein Kollege schaute theatralisch auf ein Tablet.

»Kindesentführung und Folter.«

Die Tonlage der beiden Polizisten vermittelte unmissverständlich, was sie von Peters Aussage hielten. Ohne weitere Begrüßung drehten sich die Polizisten um und gingen zu einem hölzernen Tor, welches durch die Mauer zum Haupteingang des Gebäudes führte. »Na, dann wollen wir mal sehen wie viele Kinder wir hier finden.«, sagte der größere der beiden, woraufhin der Polizist mit dem Tablet in der Hand amüsiert schnaufte und den Kopf schüttelte.

Peter wusste nicht was er erwartet hatte, doch die offensichtliche Ablehnung der Polizisten war ein Empfang, welcher ihn zutiefst verunsicherte.

»Scheiße«, murmelte Smarden hinter ihm. »Die halten uns für Trolle.«

Peter brummte zur Antwort. Sie passierten das Tor und schlossen zu den Polizisten auf, welche bereits am Eingang die Klingel betätigt hatten. Nichts regte sich.

»Ach«, der große Polizist klatschte sich gegen die Stirn. »ich habe ja ganz vergessen, dass das Gebäude *leer* steht. Hilf mir mal, Hubert. Wie lange doch gleich?«

Der Kleinere zog erneut sein Tablet aus einer Beintasche und wischte darauf herum. »Warte … es müssten … zehn Jahre sein.«

»Zehn Jahre. Richtig. Gut, dass wir einen Schlüssel dabeihaben.«

Er zog einen Schlüsselbund aus seiner Tasche und schloss die große Tür auf. Das klappernde Geräusch des Schlosses hallte in den Gängen des Gebäudes wider.

»Was wird das hier?«, flüsterte Pam. »Die machen sich über uns lustig.«

»Hmm«

»So, Kinder. Bleibt vorsichtig hinter uns, hier könnten gefährliche Kidnapper lauern.«

Die beiden Polizisten entsicherten die Holster ihrer Waffen und schlüpften übertrieben vorsichtig in die halb geöffnete Tür.

»Die verarschen uns.«, flüsterte Pam erneut.

Von innen rief einer der Polizisten heraus. »Alles sicher, ihr könnt hereinkommen.«

Sie traten in einen Flur, welcher etwa zehn Meter ins Gebäude führte und dort auf einen weiteren, quer verlaufenden Flur traf. Die ersten Zimmertüren, welche von dem Flur abgingen, waren geöffnet worden – wahrscheinlich von den Polizisten, welche nun an der Wand lehnten und sie höhnisch angrinsten. Die Architektur des Gebäudes strahlte edlen Luxus aus. Der Boden des Flures bestand aus hochwertigem Parket in glänzend dunklem mahagonibraun. Türen, Wände und Decke wiesen Verzierungen auf, wie ein alter Palast. Doch sämtliche Einrichtung fehlte. Keine Möbel, keine Teppiche, keine Bilder.

»Wir müssen in den Hinterhof und von dort in den Keller.«, raunte Smarden ihnen vom Eingang her zu. Er klang nicht so, als ob er erwartete, dass er von den Polizisten ernst genommen werden würde.

»Ihr wollt dieses Spiel echt noch weiterspielen, oder?«, sagte Hubert, der kleinere Polizist.

»Na gut, wenn es sein muss, gönnen wir ihnen den Spaß. Wir schauen noch kurz in den Keller, dann haben wir alle gelacht und wir vergessen das Ganze, okay? Wir haben heute echt noch Wichtigeres zu tun.« Er stieß seinen Kollegen an, welcher genervt stöhnte, und gemeinsam bogen sie in den Flur und folgten diesem bis in den Hinterhof.

Der Hinterhof

Peter blieb im Türrahmen stehen und starrte auf eine Landefläche für Hubschrauber. Sein Magen krampfte sich schlagartig zusammen. Würgend ging er zu Boden und erbrach sich neben der Tür in den Hof.

»Na, da haben wir wohl gestern zu viel getrunken?«, lachte der große Polizist. »Erklärt vielleicht diese Schnapsidee.«

»Dort hinten.« Smarden deutete auf ein Nebengebäude schräg über den Hof. »Dort geht es mit dem Fahrstuhl in den Keller.«

Die Polizisten stöhnten und gingen über den Hof zu dem gezeigten Gebäude. Peter blieb neben dem Türrahmen zurück. Pam hockte sich besorgt neben ihn. Sie reichte ihm ein Taschentuch, doch Peters Bauch krampfte noch immer und er übergab sich erneut.

Dieser Hof... Er weckte Gefühle. Peter konnte sie nicht greifen, doch sie regten sich in ihm. Wie die Erinnerung an einen Geruch aus der Kindheit, welcher einem vertraut vorkam, den man jedoch keiner Speise zuordnen konnte. Es waren Gefühle von Verlust und Schmerz.

Jemand war hier gestorben.

Jemand, den er einmal geliebt hatte.

Diese Erkenntnis traf Peter unerwartet und er würgte erneut. Etwas tastete nach seinem Geist. Er spürte es ganz zart. Etwas zupfte an ihm. Eine Frage? Nein. Keine Frage.

»Ich kenne dich.«

Eine zarte Stimme in seinem Kopf. Sie wirkte neugierig und schüchtern.

Peter versuchte seine Übelkeit zu verdrängen und in den Äther zu schauen, doch der Brechreiz ließ sich nicht vertreiben.

»Wer bist du?«

Er kannte diese Stimme. Irgendwie passte sie zu diesem Hof.

Etwas legte sich über ihn. Wie eine große Glocke, welche in eine stürmische See getaucht wird. Er hatte plötzlich Druck auf den Ohren. Peters Atmung beruhigte sich schlagartig. Schmerzen und Übelkeit waren verschwunden. Von ihnen blieb nur eine Erinnerung.

Er nahm einen tiefen Atemzug und richtete seinen Blick in den Äther. Nun klappte es. Etwas sanftes griff nach ihm, und verband sich durch zart schimmernde Fäden mit seinem Geist. Peter griff danach – und griff direkt in seine eigenen Erinnerungen. Er sah ein Bild zu dieser Stimme. Ein Name formte sich in seinem Kopf.

»Luna.«

»Wer?«

Er hatte wohl laut gesprochen, denn Pam blickte ihn noch besorgter an als vorher. Wahrscheinlich dachte sie, er halluziniere.

»Sie war eine Freundin. Sie ist auf diesem Hof gestorben. Sie ist gestorben, damit ich leben kann.«

Das Gebäude, welches ihm eben noch unbekannt erschien, war nun voller Erinnerungen. Erinnerungen an Unterricht, an Bücher, an Lehrer. Erinnerungen, die nicht zu Smardens Geschichte passten und trotzdem dazugehörten.

»Du bist Peter.«

Die Stimme meldete sich zurück. Eine Silhouette bildete sich vor ihm. Nicht im Äther – es war eher wie die Silhouette eines Grenzwesens, nur, dass er ein solches Wesen noch nie zuvor gesehen hatte. Ein Schmetterling, welcher blau orange schimmerte, flatterte freudig um Peter herum.

»Du hast mich gefunden. Nun bin ich wieder. Ich erinnere mich an mich. Ich kann wieder sein. Ich danke dir, Peter.«

Peter krallte seine Hände in den Türrahmen und atmete schwer. Er rang mit seinen Gefühlen. Mit Freude, Liebe und Trauer. Sein

Geist war noch immer gedämpft. Er befand sich noch immer unter der Glocke, sonst wäre er wohl erneut zusammengebrochen, so überwältigt war er.

»So, Kinder. Das war ja ganz lustig, aber nun haben wir genug Spaß gehabt. Der Keller ist sauber, hier war schon seit Jahren niemand mehr. Bitte folgt uns, wir müssen nun wieder echte Verbrecher jagen.«

Peter zuckte erschrocken aus dem Äther zurück, und versuchte zu erkennen, was um ihn herum geschah. Die Polizisten kamen über den Hof auf sie zugelaufen. Smarden huschte gerade um eine Ecke des Nebengebäudes und holte schnaufend zu den Polizisten auf. Sie waren nur noch wenige Schritte von ihm entfernt.

»Zufrieden?«, fragte Hubert an Smarden gewandt, doch dieser antwortete nur mit einem verächtlichen Schnaufen.

»Okay, los jetzt. Hat schon lang genug gedauert.« Die Polizisten strahlten nun drängende Dominanz aus und duldeten keinerlei weitere Verzögerungen. Sie führten sie zurück durch die Gänge des Gebäudes und schlossen die Tür des Haupteinganges hinter sich.

»Wenn ihr wirklich noch eine Aussage machen oder eine Anzeige aufgeben wollt, dann kommt morgen auf die Wache.«, sagte der große. Dann fuhren sie davon.

»Und nun?« Pam wirkte sichtlich enttäuscht. »Zwei Stunden Autofahrt für`n Arsch.«

Sie blickte zu Smarden, der auf dem Bordstein der Pforte saß und dem Polizeiwagen hinterher blickte.

»Keine Sorge. Ich glaube dir trotzdem.«

»Okay.« Smarden grinste. »Der Boden glänzt, da sind noch Schatten von Bildern an der Wand ... Das sieht nicht aus wie seit zehn Jahren verlassen, oder? Dann lass uns jetzt mal die Kinder retten.«

»Hä? Bist du irre? Ich bin ja normalerweise nicht so ... aber hast du mich mal angeschaut? Ich meine ... Hallo. Ich bin schwer gebaut. Ich klettere bestimmt nicht über diese Mauer. Da zerkratze ich mir die Nieten am Gürtel.«

Pam hatte scheinbar mit dieser Geschichte abgeschlossen, und ärgerte sich nun darüber, dass sie diese Fahrt umsonst auf sich genommen hatte. Doch auch wenn sie keine Beweise gefunden hatten, für Peter war die Reise kein Fehlschlag gewesen. Er hatte seine Erinnerung wieder gefunden. Viel zu viel Erinnerungen. Er brauchte Zeit, diese zu sortieren. Und er hatte Luna.

»Luna!«

Erschrocken griff er in den Äther und war beruhigt, als vor ihm der Schmetterling erschien.

»*Ich bin noch hier.*«, flüsterte ihre zarte Stimme. Ein verträumtes Lächeln stahl sich auf sein Gesicht.

»Alles okay bei dir?« Pam legte ihm die Hand auf die Schulter und sah ihn skeptisch an. »Wirst du jetzt irre?«

»Ich bin doch nicht blöd.«, drängelte Smarden. »Ich habe die Hintertür zum Innenhof geöffnet, da können wir rein. Aber vorher muss ich nochmal zum Auto.«

»Na, dann bleiben wir wohl doch noch eine Weile. Vielleicht finden wir ja noch ein Souvenir. Für ein Abenteuer bin ich immer zu haben.« Pam war gut gelaunt. Sie verband keine schrecklichen Gefühle mit diesem Ort. Smarden und Peter wurden hingegen von Tatendrang, statt von Abenteuerlust getrieben.

»Sehr schön. Dann lass mich nochmal ins Auto, bitte.«

Smarden klapperte bei jedem Schritt. An seinem Gürtel hingen zwei Schlagstöcke, ein großes Messer, ein Elektroschocker, eine kleine seltsam aussehende Pistole sowie zwei weitere Taschen, aus denen die Enden von kurzen Pfeilen ragten. In der rechten Hand hielt er eine massive Taschenlampe, während er mit der linken Hand vorsichtig die Tür aufdrückte, welche in den Innenhof führte.

»Okay. Leise mir nach.«

Smarden huschte durch den Türspalt, wobei die Utensilien an seinem Gürtel lärmend gegen die Tür schlugen. »Verdammt«, fluchte er. Pam kicherte.

»Ich würde dich schon gerne damit kämpfen sehen. Wie viele Hände hast du eigentlich?«

»Ha ha. Du wirst mir noch danken.«

Auch Peter kicherte.

»Wo hattest du das ganze Zeug überhaupt im Auto versteckt?«

»Könnt ihr mal ruhig sein?«

Smarden schien es ernst zu meinen. Sein Gesicht war zur Faust geballt, und sein ganzer Körper war so angespannt wie der eines Raubtieres auf der Jagd. Peter wurde sich schlagartig der Schrecklichkeit von Smardens Geschichte bewusst. Jetzt schämte er sich für seine Gelassenheit. Trotzdem fiel es ihm schwer, auf dem verlassenen Hof eine Gefahr zu vermuten.

Sie schlichen an der Mauer entlang, was für einen Beobachter sehr amüsant aussehen musste, und bewegten sich auf das Nebengebäude zu. Dort angekommen fragte Smarden, ob Peter ihn auf den Sims heben könne, um durch das darüber liegende Fenster zu spähen. Smarden steckte die riesige Taschenlampe in eine Beintasche seiner Hose, stellte sich auf Peters Hände und versuchte, sich am Fensterbrett hochzuziehen. Auf halbem Weg fluchte er und griff mit einer Hand nach seiner Hose. »Die verdammte Hose rutscht.«

Pam versuchte leise zu sein. Sie presste sich ihre Hand vor den Mund. Trotzdem hallte ihr Lachen über den Hof.

»Das ist ja wie mit Profis.«, feixte sie.

»Mann, Ruhe jetzt.«

Nach einem weiteren Versuch, bei welchem Smardens Schlagstöcke gegen die Wand schepperten, stimmte er murrend zu, dass lieber Peter klettern sollte.

Durch das Fenster blickte Peter in ein Zimmer, worin ein Bett mit blanker Matratze, aber ohne Bettwäsche stand. Über dem Türrahmen prangte ein steinernes Auge. Für einen kurzen Moment setzte Peters Herz aus und er hätte fast den Halt verloren. Dieses Auge ... ein solches war auch in seinem Zimmer gewesen.

»Lass mich runter. Hier ist nichts.«

»Okay. Versuche, ob sich das Fenster öffnen lässt.«

Es ließ sich nicht öffnen. Auch alle anderen nicht, und natürlich war auch die Tür verschlossen.

»Peter, hier ist noch jemand.«

Der Schmetterling flog in nervösem Zickzack über den Hof, drehte ein paar Pirouetten und kam auf Peter zu.

»Ich spüre eine schwache Seele. Ich glaube, das ist nicht gut. Sie ist ganz nah. Schon fast im Licht. Du musst ihr helfen.«

»Wo?«

»Ich weiß nicht. Unten.«

Peter deutete auf einen Gullideckel, welcher sich etwa in der Mitte des Hofes befand.

»Dort drüben. Der Deckel. Da geht es runter.«

»Klar!« Smarden rannte darauf zu und versuchte, den schweren Deckel zu heben.

»Helft mir mal!«

In dem Deckel waren Löcher, durch welche sie ihre Finger stecken konnten. Mit vereinten Kräften schafften sie es, ihn ein paar Zentimeter zu heben, bevor er ihnen wieder aus den Händen glitt und laut krachend herunterfiel. Sollte wirklich noch jemand in dem Gebäude sein, so hätte er sie spätestens jetzt gehört.

Smarden griff seine Taschenlampe.

»Hier, das sollte gehen. Nochmal. Alle an einer Seite.«

Sie hoben den Deckel erneut, und Smarden schob die schwere Lampe mit seinem Fuß in den Spalt. Als sie den Deckel losließen, knackte die Lampe verdächtig. Doch sie hielt.

Anschließend hoben sie den Deckel auf der anderen Seite und drehten ihn über die Lampe zur Seite auf.

Als das geschafft war, setzten sie sich schnaufend neben das dunkle Loch. In der Dunkelheit des Schachtes konnten sie kaum etwas erkennen.

»Ähm,«, sagte Pam. »Ich will ja nichts sagen, aber eine Lampe wäre jetzt cool.«

»Hmm«, brummte Smarden.

»Die hier ist jedenfalls Schrott.«, stichelte Pam weiter und deutete auf die Lampe, welche unter dem Deckel eingequetscht war. Trotzdem war niemandem zum Lachen zumute.

Peter holte ein Handy aus seiner Hosentasche und leuchtete in den Schacht. Er reichte ein paar Meter tief, dann endete er in einem Haufen Geröll.

»Zugeschüttet«, murmelte Smarden fassungslos. »Das darf doch nicht wahr sein. Bin ich blöd, oder werden wir hier verarscht?«

»*Unten...*« flüsterte es in Peters Kopf.

»*Wiedergeburt*«

»Ich glaube nicht, dass wir verrückt werden.«, sagte Peter.

»Ich muss nachdenken. Ich kenne einen Ort … folgt mir.«

Peter führte sie an dem Nebengebäude entlang. Dieses Gebäude endete in einem modernen Anbau. Wenn er sich richtig erinnerte, lag weiter hinten der Seiteneingang zu dem kleinen Garten, welcher in einem weiteren Innenhof angelegt war. Dies war der Platz gewesen, den er mit Luna so gerne besucht hatte.

Als sie den Anbau passierten, blitzten neue Erinnerungen in Peter auf. Er keuchte auf und blieb ruckartig stehen.

Der Anbau!

Smarden prallte scheppernd gegen seinen Rücken.

„Verdammt! Besorg dir Bremslichter!«

Pam kicherte schon wieder. »Mit euch beiden ist es wie im Kabarett.«

Peter sagte nichts und ging zu dem modernen Anbau.

»Smarden, hilf mir mal bitte.«

Smarden machte eine Räuberleiter und half Peter zum Fenster. In dem Gebäude war ein weiterer Gang, dessen Boden mit quadratischen schwarzen und weißen Fliesen gefliest war.

Wie ein Schachbrett...

Gegenüber befand sich eine Tür. Zimmernummer 1408.

1408...

Peter erinnerte sich. Ein Zimmer mit Monitoren. Eine virtuelle Erde.

cyGlobe...

Er zuckte bei dieser Erinnerung zusammen. Hätte Smarden nicht so schnell reagiert, wäre er von der Räuberleiter gestürzt.

Das konnte kein Zufall sein. Das alles. Das hing zusammen.

»Das ist doch Wahnsinn.«, fluchte Peter, als er wieder auf dem Boden stand. Seine Freunde schauten ihn fragend an, doch Peter schüttelte nur den Kopf und führte sie auf die Parkbank in dem kleinen Garten.

Tief sog er die Luft ein und versuchte den Frieden zu finden, den dieser Ort einmal für ihn bereitgehalten hatte. Er hatte diesen Platz schöner in Erinnerung. Ohne Luna wirkte es hier leblos und trist.

Aber Luna war ja da.

»Luna?«

»Ich mag es, wenn du mich so nennst. Ich glaube, so hieß ich

einmal.«

»Wie möchtest du denn heißen?«

»Ich bin nur durch dich. Du hältst mich in dieser Welt. Du darfst mir jeden Namen geben. Ich fühle, wenn du mich meinst.«

Wie immer sprach Luna in seltsamen Rätseln, doch sie war gerade alles, was er brauchte. Das einzig Positive an diesem Ort.

»Ich nenne dich Luna.«

»Das ist ein schöner Name.«

Der Schmetterling setzte sich auf eine der Blumen.

»Ich habe dich vermisst, obwohl ich gar nicht wusste, dass ich dich vermisse. Ist das verrückt?«

»Ich weiß es nicht. Was ist vermissen?«

»Wenn man traurig ist, weil man nicht mit jemanden zusammen sein kann.«

»Oh.« Luna wippte auf der Blume mit dem Wind hin und her. Konnten Schmetterlinge einen grübelnden Blick haben? Peter spürte, wie Luna über das nachdachte, was er gesagt hatte. Sie wirkte wie ein kleines Kind. Noch seltsamer, als er sie in Erinnerung hatte. Vielleicht lag das ja daran, dass sie tot war.

»Ich glaube, dann habe ich mich selbst vermisst.«

»Peter?« Smarden tippte ihn an. »Wie lange willst du denn noch in dieses Beet starren? Was machen wir jetzt? Warum sitzen wir hier?«

»Ähm, warte. Ich muss denken.«

Smarden stöhnte.

»Luna? Du hast gesagt, hier ist noch jemand? Unten? Kannst du uns helfen ihn zu finden?«

»Unten, ja. Ich sehe Reinigung und Wiedergeburt. Eine Macht ... ein Ritual ... gegen die Ordnung. Sie steht am Eingang zum Licht.«

Peter grübelte. Das brachte ihn kein Stück weiter.

»Welches Licht? Wo ist das Licht?«

»Ich bin im Licht.«

Luna ist im Licht. Was meinte sie damit?

»Bin ich auch im Licht?«

Luna lachte in seinen Gedanken. Oh, wie er dieses Lachen vermisst hatte. *»Nein. Du nicht. Du bestehst aus Licht, aber du bist nicht darin. Du bist noch ganz.«*

Luna ist im Licht, aber er nicht. Weil er noch ganz war. Was sollte das bedeuten? Peter qualmte der Kopf. *»Warum sprichst du im-*

mer in Rätseln?«

Er spürte, dass ihm keine Zeit für diese Ratespielchen blieb. Dass es wichtig war.

»Warte. Meinst du den Tod? Licht ist Tod?«,

»Ja, tot. Das ist vor der Wiedergeburt.«

»Verdammt.«, Peter stand auf und lief nervös auf dem kurzen Gartenweg auf und ab. »Hier ist noch irgendwer gefangen. Irgendwo *unten*. Wir müssen ihm helfen, sonst stirbt er.«

»Woher weißt du?... «

»Das spielt doch keine Rolle. Wie kommen wir da runter?«

Smarden grübelte. »Der Fahrstuhl!« brüllte er. »Als ich hier angekommen war, haben sie mich mit einem Fahrstuhl in den Keller gebracht. Wir müssen ein Fenster einschlagen.«

»Okay,«, hektisch sah Peter sich um. »Ich erinnere mich auch an den Fahrstuhl.« Er verschwand im Gebüsch und begann, nach einem Stein zu suchen.

»Sie ist nah! Siehst du?«

Lunas Stimme in seinem Kopf ließ ihn anhalten.

»Hier! Ich habe was!«, rief Smarden von hinten.

»Halt, warte!«, rief Peter zurück. »Warte kurz. Komm her.«

Peter blickte sich um. Er sah nichts.

»Luna, wo? Ich sehe nichts.«

»Hast du verlernt zu sehen? Hier.«

Natürlich. Wie konnte er so blind sein. Der Äther.

Peter wechselte seine Sicht und blickte in den Äther. Er sah die leuchtenden Fäden, welche ihn mit dem Schmetterling verbanden. Die Verbindung war stärker geworden. Die blauen Wellen pulsierten.

»Du musst auch sehen wollen.«

Natürlich. Er griff in ihre Verbindung und eine neue Verbindung erschien. Vor ihm offenbarte sich die leuchtende Kugel eines weiteren Geists, zwar farbenfroher und vollständiger als der von Luna, jedoch viel schwächer. Ein leuchtender Nebel schwebte über diesem Geist und schien ihm alle Farbe abzusaugen.

Das Licht?

Sah so der Geist eines Menschen aus, der im Sterben lag? Er sah ein Gesicht. Ein Mädchen.

»Erinnere dich. Suche.«

Er erinnerte sich an den Tag, an dem er gemeinsam mit Luna

einkaufen war. Sie hatte sich Kleidung gekauft und er durfte ihrem Look – ihrem Skin – einen Namen geben. Bahnhof. Der Name war Bahnhof.

Warum fiel ihm das jetzt ein?

Er erinnerte sich an seine Langeweile in diesem Laden. Auch dort hatte er in den Äther geschaut. *Natürlich! Das war es!*

Durch die Verbindung vom Geist konnte er den Körper finden. Peter öffnete die Augen, behielt dabei jedoch den Blick in den Äther bei. Der schwache Faden, welcher ihn mit der geisterhaften Kugel verband, führte durch das Beet zu einer Hecke.

Peter rannte los, umrundete die Hecke und stieß auf ein frisch umgegrabenes Beet. Auf dem Beet steckte ein dickes Rohr, an welchem ein Schild angebracht war. Darauf war das Bild eines Schmetterlings. Der Faden verschwand dort im Boden.

»Scheiße. Wir müssen graben. Los!«

Gemeinsam wühlten sie mit ihren Händen die lockere Erde beiseite. Zum Glück mussten sie nicht tief graben. Bereits nach etwa zwanzig Zentimetern stießen sie auf einen Holzdeckel, in welchem das Rohr des Schildes verschwand.

»Das ist ein Luftrohr«, stellte Pam entsetzt fest. Sie hatte Tränen in den Augen. »Nein, nein, nein. Das darf doch nicht wahr sein! Ich glaub das nicht.«, stammelte sie vor sich hin.

»Komm, weiter!«

Peter wühlte mit den Händen in der Erde und suchte den Rand des Deckels.

»Wir müssen ihn ganz freilegen, sonst geht er nicht auf!«

Es dauerte eine gefühlte Ewigkeit, bis sie den Deckel heben konnten. Darin lag ein leise wimmerndes Mädchen. Das plötzlich eindringende Licht zwang sie dazu, sich die Augen zuzuhalten. Sie war nackt und abgemagert. Ihr ganzer Leib war übersät mit Schmutz und blauen Flecken. Sie zitterte heftig, stieß dabei mit Ellenbogen und Fersen an das Holz der Kiste und erzeugte dadurch ein rhythmisches Klappern.

Dieses Gesicht. Er kannte es. Er sah das Bild eines stummen Mädchens mit einem Tablett in der Hand.

Lebendig begraben in einem verlassenen Garten. Peter schauderte bei ihrem Anblick. Noch mehr schauderte ihn bei dem Gedanken, welche Angst sie in der Dunkelheit gehabt haben musste. Wie lange lag sie schon hier?

»Josie!«, schrie Smarden, sprang auf sie und versuchte, sie aus der Kiste zu zerren. Dabei klapperten die Waffen an seinem Gürtel. Sofort schrie das Mädchen auf. Sie hatte Angst. Versuchte, sich blind mit ihren abgemagerten Armen zu schützen. Smarden wich erschrocken zurück.

»Nicht anfassen, sonst zerbreche ich.«, flüsterte Josie mit zerbrechlicher Stimme, die viel jünger klang, als das Mädchen aussah.

»Sie hat recht. Wer weiß, wie lange sie sich nicht bewegen konnte. Vorsichtig.«

Pam eilte zu ihrem Auto zurück, holte eine Stoffjacke und eine halbvolle Wasserflasche, welche sie für ihre Fahrt mitgenommen hatten.

»Mehr habe ich leider nicht.«, sagte sie außer Atem. Dann übergab sie sich in die Hecke.

Josie war mittlerweile still geworden und atmete ruhiger. Eine Taube saß auf dem angrenzenden Dach und krächzte ein gequältes Gurren. Ansonsten herrschte Stille. Kein Geräusch fahrender Autos, kein singender Vogel. Die Sonne warf ihr Licht in den Sarg und zeichnete Josies dürren Körper mit abscheulich scharfen Schatten, durch die sich ihre hervortretenden Knochen deutlich abzeichneten.

Niemand sagte ein Wort.

Langsam begann Josie sich an das Licht zu gewöhnen. Sie nippte an der Flasche und schaffte es nach einigen Minuten, die Hände von den Augen zu nehmen und sich mit Peters und Smardens Hilfe aufzurichten.

11

Tresor

Siehst du mich?
Ich existiere hier,
hinter den trüben Fenstern meiner Augen,
lebe ich im Innern.

Trage all diese Last.

Ich schreie, doch meine Lippen bleiben stumm.
Tragen ein Trugbild meiner selbst.

GEFÄNGNIS

In Ehrfurcht stehe ich vor dir,
denn ich weiß, dass auch du im Innern lebst,
genauso gefangen bist,
wie ich.

Tagebücher des jungen Valandar
Buch 1, Kapitel 1

»Hätte Ihnen jemand vor der Erfindung des Internets versucht, die Idee des Internets zu verkaufen … Sie hätten es nicht verstanden. Die Tragweite dieser Entwicklung, deren gesellschaftlicher Einfluss, die unendlichen Möglichkeiten, waren einfach nicht abschätzbar. So ist es bei den meisten großen Erfindungen: Man muss sie erleben, um sie zu verstehen.

Deshalb bitte ich Sie: probieren Sie EarthConnect doch einfach selbst aus. Ich habe Ihnen vor der Präsentation einen Link zugesandt. Dieser führt sie zu einer virtuellen Arbeitsgruppe. Bei EarthConnect sagen wir dazu: *workdesk*.

Sie sehen: Dies ist mehr als nur eine vollwertige Community. Den Funktionsumfang finden Sie in den Reitern am oberen Bildschirmrand. Neben den Standardfunktionen wie Messaging, Chat und Forum, können sie hier beispielsweise gemeinsam an Dateien arbeiten. Natürlich inklusive Versionsmanagement. Es gibt auch eine Liste an gemeinsamen Aufgaben und einen Terminplaner – für die gesamte Gruppe, sowie für jedes einzelne Mitglied.

Dazu kommt, dass dieser workdesk personalisiert werden kann. Jeder hat die Möglichkeit, für sich selbst oder für die gesamte Community, Funktionen hinzuzufügen oder über unsere offene Schnittstelle sogar selbst zu erstellen. Das heißt: Sie können zum

Beispiel auf Ihre lokal gespeicherten Dateien zugreifen, auf Emails, Ihr Intranet und Ihre Office Tools. Somit wird diese Community wirklich zu Ihrem persönlichen Schreibtisch.«

Marcel gab Sascha ein Handzeichen, um ihm anzudeuten, dass er in seiner Erklärung zu technisch wurde. Obwohl dies nur eine Probe ohne weitere Zuschauer war, hatten sie sich vorher abgesprochen, dass die anderen darauf achteten, dass Saschas Erklärungen auch verständlich blieben.

Sascha stöhnte. »Echt? Wieder zu viel?«

»Ja, Mann. Gib ihnen Zeit. Lass sie lieber selber ausprobieren.«

Richi sprach dazwischen: »Und leg mehr Wert auf die Strukturierung der Gruppen. Das ist doch unser eigentlicher Mehrwert.«

»In Ordnung. Dann versuche ich es anders.«

Sascha nahm noch einen Schluck Kaffee und setzte erneut an.

»Stellen Sie sich die Organisation einer Universität vor. Sie sind ein Student und arbeiten in Ihrem Studiengang mit verschiedenen anderen Studenten an verschiedenen Themen und in verschiedenen Fachbereichen. Zusätzlich hat die Universität eine hierarchische Struktur von Fakultäten, Studienrichtungen und Jahrgängen. Professoren und Dozenten sind in verschiedenen Themen als Mentoren eingesetzt. Wie eine multidimensionale hierarchische Baumstruktur. Jeder Student hat eine ganz individuelle Sammlung an Arbeitsgruppen, Personenkreisen und so weiter.«

Marcel stöhnte erneut und klatschte sich theatralisch die Hand an den Kopf, Sascha fuhr jedoch unbeirrt fort.

»Und daneben pflegen Sie natürlich noch eigene private Gruppen für Ihre Hobbys, Mitgliedschaft in Vereinen und dergleichen. Das alles trifft sich auf Ihrem Schreibtisch. All diese Arbeitsgruppen sind über Sie und über die hierarchische Struktur der Themen oder der Universität miteinander verbunden. Stellen Sie sich vor: ein Student arbeitet mit zwei Leuten an einem Projekt zur künstlichen Intelligenz. Er sieht genau, wo sein Projekt in der Universität eingeordnet ist: in dem Beispiel in der Fakultät der Informatik, welche Mentoren ihn unterstützen und welche anderen Projekte parallel zu seinem laufen. Er kann in ähnlichen Projekten anderer Jahrgänge stöbern oder dort ebenfalls nach Hilfe fragen. Und nun stellen sie sich vor, dass er nicht nur über die Organisationsstruktur suchen kann, sondern zusätzlich nach den relevanten Themen. Über das Thema KI findet er, dass es andere Gruppen in ganz anderen Fakultäten – zum Beispiel bei der Psychologie – oder sogar in anderen Universitäten gibt. Auch dort kann er öffentlich gemachte Daten nutzen oder die betreffenden Personen direkt nach Unterstützung fragen. EarthConnect bietet also ein global vernetztes Wissensmanagementsystem in einer multidimensionalen hierarchischen Baumstruktur.«

Marcel stieß einen Schrei aus. »Argh! Alter! Lass das! Das versteht kein Mensch.«

Sascha grinste und fuhr fort.

»Und weil wir so geil sind, basiert EarthConnect nicht auf einem zentralen Server, sondern auf einem peer to peer Netzwerk. Das heißt, jeder Nutzer ist ein eigener Server. Die Daten sind im Netzwerk verteilt und nicht zensierbar.

Und nun stellen sie sich vor,« er vollzog mit seinen Armen eine theatralisch ausladende Geste, »wir legen dieses Netzwerk über das gesamte Internet. Plötzlich wird alles, jede einzelne Webseite, ein Teil von EarthConnect sein. Wir vernetzen die Menschen direkt und unabhängig von zentralen Webseiten, und geben dem Internet eine neue Struktur, die in der Hand der Benutzer liegt. Das heißt: zusätzlich zu ihrer Arbeitsgruppe ist nun jede Webseite im Internet ganz automatisch eine eigene Community, welche ebenfalls in dieser Baumstruktur mit ihren Themen und Kategorien auffindbar einsortiert ist. Ohne dass der Betreiber der Webseite dies implementiert haben muss. Sie haben damit jede Webseite thematisch kategorisiert, können im Netzwerk sehen, welche Personen als Experten für die Themen auftreten und wer die Webseite gerade anschaut. Sie können Daten tauschen, Kommentare hinterlassen und so weiter. Das heißt: wir entkoppeln die freie Community von der Hoheit der Webseitenbesitzer. Kein zentraler Onlineshop kann mehr Produktrezensionen zensieren, denn diese werden in einer demokratisch verwalteten Peer-to-Peer community abgegeben. Wir geben den Nutzern ihr Netz zurück.«

Sascha atmete tief durch und lächelte zufrieden.

»Okay, wir sind verloren. Das wird nie etwas.«, sagte Marcel und verließ den Bildschirm. Richi saß grinsend vor seiner Webcam. »Wir sind die Geilsten.«, sagte er, und prostete in Richtung Bildschirm. »Ich find's Klasse!«

»Nein, Marcel hat leider recht. Damit erreichen wir höchstens ein paar Nerds, aber bestimmt nicht die Mitglieder von Fußballclubs und auch niemanden vom Niedliche-Katzenbilder-Verein.« Sascha raufte sich die Haare. »Wir brauchen einen besseren Aufhänger. Wenn ein Messenger sagt, dass er es ermöglicht, 150 Zeichen mit der Welt zu teilen, dann schreien alle: ›*Juhu! Wie genial!*‹, und da werden Millionen verdient. Wir sind dagegen einfach viel zu kompliziert.«

»Weil wir eben auch viel geiler *sind*.«, sagte Richi. »Wir können doch nichts dafür, dass sich die Leute lieber durch ›*bunt und einfach*‹ verarschen lassen, weil sie sich nicht mehr als zwei aufeinanderfolgende Sätze merken können.«

»Ja, aber damit können wir unser Projekt gleich ganz vergessen.«

»Vielleicht sollten wir es auch so machen. Reduziere deine ganze Rede auf ›Wir sind geil!‹. Das klappt garantiert.«

»Hmm«

Sascha stand stöhnend von seinem Stuhl auf. »Wir machen erstmal ein paar Minuten Pause. Ich muss nachdenken.«

Er kannte sich doch mit Marketing aus. Wieso fiel es ihm nur so schwer, technische Produkte so zu beschreiben, dass normale Menschen sie verstanden? Immer wieder vertiefte er sich in komplizierte Details. Und sein Produkt EarthConnect bestand ausschließlich aus komplizierten Details. Ohne diese zu beschreiben, wäre es eine Community Software wie jede andere auch. Sascha verstand darin eine neue, freie Form des Internet. Wie erklärte man so etwas?

Die Entwicklung war in den letzten Wochen schneller vorangegangen als erwartet. Dafür haben die geheimen Projektdaten von Projekt cyGlobe gesorgt, welche Sascha in Leipzig gestohlen hatte. Sie gaben ihm die entscheidende Idee zur Lösung seiner eigenen Probleme.

Das Projekt cyGlobe bestand im Wesentlichen aus einem Netzwerk, welches direkt im Kern von mobilen Geräten verankert war. Vom Smartphone über den digitalen Heizkörper bis hin zur modernen Kaffeemaschine – sie alle teilten sich ihre Ressourcen über ein gemeinsames Netzwerk. Wie ein riesiges Botnetz. Es lebte durch die Geräte selbst und kam ohne zentrale Server aus, auch wenn es Kontrollschnittstellen aufwies.

Wie nicht anders zu erwarten, wurde cyGlobe vorrangig für Spionage, Kontrolle und Erpressung verwendet. Aber das würde Sascha ändern. Er hatte sich den Quellcode kopiert und konnte somit die Netzwerkstruktur seiner eigenen Software extrem verbessern. Das Rechtemanagement und die dezentrale Nutzerverwaltung konnte er fast unverändert übernehmen. Anschließend hatte er einen Trojaner in das bestehende Netzwerk von cyGlobe geschleust, welcher sich darin ausbreitete und auf seinen Befehl hin die externen Zugriffe aus Leipzig manipulieren würde. Er würde cyGlobe übernehmen, ohne dass die Kabale es bemerken würden. In etwa so, als würde man ein Foto vor eine Überwachungskamera halten, um sie vom Geschehen in dem überwachten Raum abzulenken. Dadurch sollte sein Eindringen nicht sofort auffallen. Zeitgleich würde er die Rechenleistung der verteilten Geräte für EarthConnect nutzen. Somit hatte er, durch die Verwendung von cyGlobe, sofort Zugang zu einem riesigen, globalen, verschlüsselten Peer-to-Peer-Netz, welches er der zentralen Verwaltung durch die Kabale entziehen, und den Besitzern der Geräte zur Verfügung stellen würde. Sie bekamen die Kontrolle über ihre Geräte und ihre Daten zurück, ohne dass sie es merkten. Dieser letzte Baustein löste nicht nur einige technische Probleme von EarthConnect, sondern ermöglichte auch dessen sofortige Verbreitung. EarthConnect wurde plötzlich zu einer vorinstallierten App im Betriebssystem der Smartphones. Integriert in alles, was der Benutzer im Internet tun wollte.

Gut, vielleicht war dies ja nicht ganz legal … auch wenn Sascha damit ein bösartiges Spionagenetzwerk in etwas Gutes verwandelte: Er nahm sich dadurch dasselbe arrogante Recht heraus, welches auch die Hersteller der Geräte für sich beanspruchten, wenn sie die Nutzer mit vorinstallierten und versteckten Funktionen bevormundeten. Daher hatte er dieses kleine Detail Richi und Marcel nicht in Gänze erzählt. Aber wen störte denn diese kleine Notlüge?

Doch auch wenn EarthConnect automatisch installiert wurde: Es war noch immer verwundbar. Nur wenn er es schaffte, möglichst schnell möglichst viele Menschen davon zu überzeugen, EarthConnect auch zu *verwenden*, würde es gegen die zu erwartenden Angriffe gewappnet sein. Deshalb hatte Sascha zwei Entscheidungen getroffen:

Erstens verblieb die Hoheit über das Botnetz weiterhin in Leipzig. Diese Arschlöcher würden sich quasi selbst angreifen und ihre Machenschaften verraten, sollten sie versuchen, juristisch gegen den Diebstahl vorzugehen.

Zweitens wollte er die Nutzer nicht bevormunden. Sobald Sascha cyGlobe übernommen hatte, würden die Benutzer automatisch über dieses Botnetz aufgeklärt. Die üblen Machenschaften dieser geheimen Überwachung wären damit so oder so erledigt. Die Nutzer würden gefragt werden, ob sie dieses Spionage-Netzwerk aus ihrem Gerät entfernen wollten, oder ob sie stattdessen EarthConnect aktivieren und somit in eine komplett neue Welt der Kommunikation eintauchen möchten. In diesem Fall würde die bestehende Infrastruktur des Botnetzes durch Sascha für EarthConnect verwendet werden. Sie hatten also die Wahl.

Doch hier biss sich die Katze in ihren Schwanz: Er musste EarthConnect verständlich erklären…

»Ich habe eine Idee.«

Plan B

Sascha ging zurück zu seinem Platz und blickte in die Kamera.

»Wir lassen das mit den Vereinen bleiben. Wir starten in Universitäten und stellen EarthConnect über deren Rechenzentren den Studenten zur Verfügung. Damit sollten wir EarthConnect nur einigen Professoren erklären müssen, welche es dann im Unterricht verwenden. Die Studenten werden beginnen, EarthConnect auch privat zu verwenden, in ihren Vereinen und Clubs vorstellen und es als Absolventen auch mit in die Wirtschaft nehmen. Das wird zwar länger dauern, aber es könnte klappen.«

Dadurch würden die Universitäten ihm die Arbeit abnehmen, EarthConnect zu erklären. Auf diese universitären Projekte könnte Sascha dann einfach verweisen, wenn er cyGlobe übernahm. Das machte gleich einen viel seriöseren Eindruck.

»Außerdem ...«

Sascha blickte in die nachdenklichen Gesichter auf seinem Monitor. Zusätzlich würde er Mustafa bitten, EarthConnect einzusetzen. Er könnte damit seine Programmierkurse verwalten und der NerdsClub könnte neue Funktionen als Plugins für die Software bauen – zum Beispiel einen Stundenplan oder Ähnliches. Für sein Marketing wäre das doch ein super Aufhänger: *›EarthConnect ist so einfach, dass selbst Kinder neue Module programmieren können.‹* Sascha sah vor sich schon die passenden Artikel in Fachzeitschriften.

»Außerdem werden wir mit Geld locken. Wir benötigen ja Moderatoren für die einzelnen Themen und Kategorien im Baum. Vorerst zumindest, bis unsere KI so weit ist, um demokratische Entscheidungen der Community umzusetzen. Das können wir nicht alles alleine machen. Es wird Hasskommentare und Trolle geben. Mobbing, Nacktfotos von Kindern, all dieser Bullshit. Ich denke, wir werden kaum Probleme haben, weil solche Sachen, wenn sie anonym gepostet werden, sofort bei der ersten Meldung wieder gelöscht werden. Aber trotzdem ... wir brauchen Moderatoren mit Verantwortung. Diese Moderatoren sollen die Möglichkeit bekommen, Geld zu verdienen. Stellt euch vor, wir würden in den einzelnen Kategorien Werbung schalten. Die wäre zielgruppenorientiert, weil sie auf das Thema der Gruppe fokussiert. Also ohne, dass die Nutzer dafür ausspioniert werden müssen. Das ist eine Goldgrube. Dieses Geld soll fast komplett an die

Moderatoren der Gruppen fließen.«

»Das ist genial!«, Richis Augen leuchteten.

»Aber uns fehlt die Technik dazu. Darauf sind wir gar nicht vorbereitet.«, Marcel übernahm mal wieder die kritische Rolle. Und Sascha dankte ihm für seine Zweifel.

»Richtig. Deshalb starten wir ein Crowdfunding Projekt, um diesen Marketing-Teil zu entwickeln. Damit schlagen wir drei Fliegen mit einer Klappe. Wir machen Werbung für EarthConnect, wir erhalten Moderatoren und wir erhalten finanzielle Mittel.«

Beide nickten.

Und anschließend übernehmen wir cyGlobe und aktivieren EarthConnect mit einem Schlag auf allen Geräten.

»Gut. Ich setze Susi gleich daran, ein Crowdfunding Projekt zu gestalten. Die Beschreibung kann dabei viel präziser auf die Moderatorenrolle zugeschnitten werden. Das bekommen wir hin.«

Saschas Handy vibrierte und sein Serverschrank gab einen seltsamen Piepston von sich. Erschrocken fuhr er zusammen.

»Okay. Baut ihr zwei doch schon einmal Kontakt zu einigen Unis auf. Ich melde mich…«

Damit beendete er das Meeting und loggte sich aus.

Verwirrt schaute er auf sein Handy. Dies war nicht sein Klingelton. Die Meldung auf dem Display rief ihm in Erinnerung, dass er vor einiger Zeit einen Daemon installiert hatte. Ein Programm, welches er von *player_17* erhalten hatte. Es sollte auf Ereignisse reagieren, welche zu den vorgegebenen Schlüsselworten passten. Scheinbar hatte dieser Daemon nun eine Nachricht für ihn. Daher auch das Piepsen des Serverschrankes.

Sascha meldete sich am Server an und suchte an der Konsole nach den Logausgaben des Daemon, welcher als Prozess im Hintergrund lief.

Er fand darin eine Ausgabe:

```
match: (Rot, 17, Angriff)
```

Gefolgt von einem Link zu einem Zeitungsartikel. Voller Erwartungen öffnete Sascha diesen Artikel, entdeckte dort jedoch nichts Auffälliges.

Die Überschrift lautete:

Innenminister rechtfertigt Löschung von 17.000 Kommentaren

Darunter stand:

Dies ist kein Angriff auf die Meinungsfreiheit

Der Artikel handelte davon, dass die Regierung die Löschung von fremdenfeindlichen Kommentaren gefordert hat. Das begleitende Foto zeigte den Innenminister, mit einer spiegelnden Reflektion auf der Kameralinse, welche zu einem rot leuchtenden Punkt in der Ecke des Bildes führte.

Rot.

Okay, Sascha verstand, worauf der Daemon reagiert hatte. Aber er wurde aus dem Artikel trotzdem nicht schlau. Was wollten sie ihm damit sagen?

Er durchsuchte den Text nach Koordinaten oder Hinweisen auf Computerspiele, Chaträume oder Links.

Nichts.

Sollte dies ein fehlerhafter Fund des Daemon sein?

Falsch positiv?

Sascha kam eine Idee. Die meisten Programme besitzen eine Option, welche eine kurze Hilfemeldung ausgeben. Er wechselte zurück in seine Konsole, und rief den Daemon mit dem Argument -h auf.

```
Contactbot -h
```

Warum hatte er nicht früher daran gedacht? Tatsächlich. Auf der Konsole wurde eine Hilfe angezeigt. Der Daemon bot eine Option, ihn direkt mit einem Link zu füttern. Als Ausgabe sollte ein Verzeichnis angegeben werden.

Sascha versuchte es mit dem Link zum Zeitungsartikel.

```
Contactbot spiegel.de/17000/ ./out
```

Der Daemon speicherte ein Bild in dem angegebenen Ausgabeverzeichnis. Das Bild zeigte ein Bildschirmfoto des Artikels. Jedoch war nun ein großes schattiertes Q auf dem Gesicht des Innenministers. Zusätzlich waren einige Buchstaben im Text umsortiert und hervorgehoben. Diese Buchstaben ergaben eine Adresse und eine Uhrzeit. Saschas Herz setzte für einen Moment aus.

Scheinbar bat ihn 17 um ein Treffen.

Die Adresse führte ihn zu einer Schule für Kampfkunst in der Mitte von München. Nach der ersten Freude, erneuten Kontakt zu 17 zu haben, hatte er lange darüber nachgedacht, warum er gerade jetzt zu einem Treffen gebeten wurde. Wusste 17 von EarthConnect? Oder von Projekt 22, dessen Daten Sascha zurückgehalten hatte? Oder Vielleicht wurde sein Eindringen in cyGlobe bemerkt? Immerhin hatte 17 ebenfalls die gestohlenen Dokumente über cyGlobe erhalten. Doch trotz allen Unbehagens war Saschas Neugier größer. Noch hatte er bei seinem Kampf gegen diese Verbrecher nichts bewirkt. Die red rooms existierten weiterhin. Scheinbar war es Zeit für die nächste Runde.

Am Tresen begrüßte ihn ein grauhaariger Mann mit Vollbart und Glatze. Sein massiger Körper sah eher nach Übergewicht als nach Training aus. Der Mann passte in einen Biker-Club und nicht in eine Kampfsportschule. Außer ihm waren ein paar weitere unsportlich aussehende Menschen damit beschäftigt, mit Stöcken gegen Boxsäcke zu schlagen.

Unsicher ging Sascha auf den Tresen zu und stellte sich vor. Zu spät fiel ihm auf, dass er, nervös wie er war, seinen echten Namen genannt hatte. Jetzt hoffte er, dass der Mann nichts mit seinem Namen anfangen konnte. 17 sollte ihn eigentlich nur unter seinem Synonym *DarkCrow* kennen. Er erwartete daher keine weitere Reaktion, außer vielleicht das Angebot, eine Probestunde Unterricht zu nehmen. Stattdessen fischte der Mann jedoch eine blecherne Keksdose unter dem Tisch hervor und hielt sie ihm entgegen.

Eine tiefe brummende Stimme, welche zur Optik des übergewichtigen Mannes passte, sagte: »Du wurdest angekündigt. Bitte alle technischen Geräte hier herein. Wir möchten ja nicht, dass etwas beim *Sport* kaputtgeht.« Also war er unter seinem echten Namen bekannt. Scheiße, das ging ja gut los. Das letzte mal, als jemand aus dem Darknet herausgefunden hatte wer er war, waren seine Eltern gestorben. Doch jetzt gab es kein Zurück mehr.

Er war hier, um diese Ungerechtigkeit zu rächen.

Sascha legte sein Handy in die Dose.

»Ist das alles?«

Er nickte.

»Gut.«

Der Mann drehte sich zu einem Stahlschrank, welcher hinter dem Schreibtisch an der Wand stand, und schloss die Dose dort ein. Dann bat er Sascha, ihm zu folgen.

Er führte ihn über eine schmale Wendeltreppe hinunter in den Keller. »Dieses Studio war früher einmal eine Bankfiliale gewesen. Ein richtiger Glücksgriff. Im Keller haben wir sogar noch einen Tresorraum. Wundervolle Aura dort drin. Keine Strahlung. Man fühlt sich wie im Urlaub, du wirst sehen.«

Sascha war so nervös, dass er dem Mann wie ein willenloser Zombie hinterherlief.

Die schwere Tresortür am unteren Ende der Treppe stand offen und führte in einen schlicht aber modern eingerichteten Raum, in dessen Mitte ein runder Tisch stand. An diesem saßen zwei ernst dreinblickende Männer mit kurzem Haarschnitt.

»Ihr Gast ist da.«, kündigte der dicke Mann Sascha an und deutete auf den Tisch. Als Sascha sich auf dem freien Stuhl niederließ, schloss sich die schwere Tresortür hinter ihm.

Plötzlich lag der Raum in absoluter Stille.

Die Ankündigung des Mannes traf zu. Saschas Kopf fühlte sich plötzlich ... unbelastet an. Schwer zu beschreiben. Irgendwie ... frei und sauber.

Trotzdem wandelte sich Saschas Nervosität in aufkeimende Angst. Ab jetzt gab es kein Entkommen mehr. Eingeschlossen in einem Tresorraum, welcher wahrscheinlich auch schalldicht war. Er war direkt in eine Falle getappt. Was machte er hier? Er hätte wenigstens jemandem sagen sollen, wohin er geht. Nun war es dafür zu spät. Nach all seinen Erlebnissen in den letzten Jahren war er noch immer kein Stück klüger geworden. Er konnte nur auf sein Glück vertrauen, hier lebend wieder herauszukommen.

Ein leises Rauschen begann, dann reichte ihm einer der Männer lächelnd die Hand.

»Schön dich persönlich kennenzulernen.«

Die Stimme des Mannes klang sympathisch. Es würde schon alles gut gehen ... wieso auch nicht? Schließlich kämpften sie gegen den gleichen Feind. Oder?

Er versuchte, das Zittern seines Körpers in den Griff zu bekommen und seine Stimmer wieder zu finden. Immerhin wollten sie etwas von *ihm*. Er war der Krieger, der den Feind überlistet hatte. Er sollte Selbstvertrauen ausstrahlen.

»Und sie sind 17?«, fragte Sascha und erwiderte den Händedruck. Der andere Mann nickte ihm nur zu, reichte ihm jedoch keine Hand.

»Ich gehöre zu 17, ja.«

»Keine Sorge, hier drin können wir sprechen. Das Rauschen kommt von einem Audiojammer, welcher versteckte Mikrofone stört. Einen Tee vielleicht?«

Der Mann griff nach einer roten Kanne und schob Peter eine Teetasse über den Tisch.

»Nein, danke.«

»Natürlich.« Der Mann schenkte sich selbst einen Schluck ein und nippte von seiner Tasse. »Ist ungefährlich. Nur etwas heiß.«

An die Möglichkeit, vergiftet zu werden, hatte Sascha gar nicht gedacht. Aber wenn er so darüber nachdachte ... Ihm fröstelte. Er war so unvorbereitet.

»Ähm, trotzdem nicht. Vielen Dank.«

»Also gut.« Der Mann stellte die Kanne beiseite. Der zweite Mann blieb reglos. Auch er nahm sich keinen Tee – es gab nicht einmal eine dritte Tasse.

»Wir haben lange überlegt, wie du uns nennen könntest. Heute ist Wochenbeginn, also nenne mich einfach Montag. Und mein stummer Begleiter hier ist Dienstag.« Er deutete auf den Mann neben sich. »Du fragst dich bestimmt, warum du hier bist.«

Sascha nickte.

»Du hast uns sehr geholfen, Krähe. Wir dachten, wir sind dir einige Antworten schuldig.«

Krähe? Sascha gefiel der Name.

»Wir gehören zu einer Spezialeinheit des Militärs. Eingesetzt gegen internationales Verbrechen, Menschenhandel, Drogenhandel und dergleichen. Hauptsächlich arbeiten wir im Internet. Wir decken kriminelle Zellen auf, indem wir in ihre Kommunikation eindringen und ihre Netzwerke abhören. Und ich möchte ehrlich zu dir sein: Du bist der Erste, der eine Farm von innen gesehen hat. Und du bist der Erste, der Daten direkt von einem ihrer Forschungsserver abgezogen hat.«

Sascha hatte plötzlich viele Fragen im Kopf. Sein Wissensdurst wurde geweckt und vertrieb seine Vorsicht.

»Farm?«

Der Mann kratzte sich am Kopf. »Ja, eine Farm. Junge, du weißt nicht, wo du da hineingeraten bist.«

»Sie sagten, es wäre eine Schule oder so.«

»Schule ... ja, im Prinzip passt das genauso gut. Jedenfalls wollen wir dir für deinen Einsatz danken.

Ich weiß, warum du dort warst. Du wolltest deine Eltern rächen, weil du vermutest, dass sie umgebracht wurden, richtig?«

Sascha kratzte nervös mit seinen Fingern auf der Tischplatte herum. Hatte er 17 über seine Absichten informiert? Er wusste es nicht mehr.

»Sie hatten dort einen Livestream aus einem Folterkeller, über den sie Geld verdient haben. Ich wollte etwas dagegen tun.«

Der Mann lächelte und griff in eine Tasche, die er neben seinem Stuhl stehen hatte. Daraus zog er eine Mappe, welcher er über den Tisch zu Sascha schob.

»Ja, ich weiß. Ich habe hier etwas, wonach du wahrscheinlich gesucht hast. Es ist die Autopsie zweier vergifteter Personen, sowie Beweise, dass der behandelnde Arzt dafür bezahlt wurde, diese auf Krebs zu behandeln und gefälschte Totenscheine auszustellen. Sieh es als Dankeschön für deine Hilfe. Aber ich warne dich. Diese Informationen können zur Gefahr für dich werden. Überlege gut, was du damit machst.«

Sascha griff nach der Mappe und schlug sie auf. Der Name seiner Eltern ... Hastig klappte er die Mappe wieder zu, legte sie sich auf den Schoß und versuchte, unauffällig die Tränen wegzublinzeln, welche ihm spontan in die Augen schossen. Er hatte ja bereits erwartet, dass 17 genau wusste, wer er war. Doch dieses Dokument ... er vertraute diesen Leuten. Und er war dankbar.

»Kann ich vielleicht doch einen Tee bekommen?«

»Aber natürlich.«

Sascha nippte an der ihm gereichten Tasse und seufzte. Es war schwer, die Fassung zu bewahren. Er hatte noch so viele Fragen, aber die Worte blieben ihm im Hals stecken. Daher war er froh, dass Montag die bedrückende Stille beendete.

»An was kannst du dich erinnern? Was hast du in Leipzig gesehen?«

Keine leichte Frage. Eine Frage, welche Finsternis in ihm hervorrief. Aber immerhin war er genau deshalb hier. Er wollte Antworten. Er wollte verstehen.

»Kinder. Unglaublich viele Kinder. Sie waren eingesperrt und wurden gequält ... und ... unterrichtet. Wie gesagt: sie nannten es Schule.«

»Nicht gerade das, was du erwartet hast, oder? Sie züchten dort die Elite von morgen. Deshalb sagen wir auch *Farm* dazu. Sie foltern Kinder und lassen nur die klügsten und stärksten überleben.«

Sascha schluckte. Dass Montag so unverblümt aussprach, was er erlebt hatte, das brachte seine Erinnerungen zurück in die Realität. Wie konnte so etwas bekannt sein und trotzdem existieren? Warum sprach niemand darüber? Wie konnten sie das zulassen? Er spürte jetzt keine Angst mehr, hier unter der Erde in diesem Tresor mit diesen Männern. Es war kein Gefängnis. Es war ein friedliches Versteck vor den Schrecken dort draußen.

»Aber das macht doch keinen Sinn. Was ist mit dem red room? Wieso unterrichten sie die Kinder, wenn sie sie dann töten?«

»Naja, sie haben auch Ärzte, weißt du? Viele dieser Kinder sind schon dutzende Male gestorben und wurden wieder zurückgeholt. Die Nahtoderfahrung ist ein Teil ihrer *Ausbildung.*

Das verpacken sie in eine Religion, so dass sich die Kinder nach Tod sehnen. Ihnen wird eingeredet, dass durch die Widergeburt so etwas wie ein Aufstieg erfolgt. Genauso, wie es auch Selbstmordattentäter glauben. Dies Ausbildung folgt dem gleichen Konzept.«

»Aber warum?«

»Naja, nur die wertvollsten Kinder werden zurückgeholt. Die schwachen Kinder sterben tatsächlich. So wird selektiert. Die stärksten und klügsten überleben und werden zu gehorsamen Sklaven ausgebildet. Wie schon gesagt: die Elite von morgen. Dies ist das Projekt Monarch, nach dem Monarchfalter benannt, der sich als hässliche Raupe verpuppt und als schöner Schmetterling wiedergeboren wird.«

»Aber …« Sascha fehlten die Worte. Das ging alles viel zu schnell. Er dachte, schlimmer als der red room könne es nicht werden. Aber *das*?

»Aber der red room? Ich meine …«

»Der wird benutzt, um … sagen wir einmal … zahlungskräftige Menschen mit bestimmten … Neigungen erpressbar zu machen. Das Geld ist Nebensache.«

Und Sascha hatte diesen Leuten seine Eltern ausgeliefert. Ohne es zu wissen. Das war zu viel. Mit zitternder Hand nahm er einen weiteren Schluck Tee.

Er versuchte zu sprechen, doch seine Stimme versagte und nur ein krächzendes Flüstern verließ seine Kehle. »Vermisst diese Kinder denn niemand?«,

Montag seufzte. »Leider nein, das wäre zu einfach. Diese Kinder existieren gar nicht. Sie sind nicht registriert. Die Mädchen dieser Farmen werden bereits ab einem frühen Alter regelmäßig geschwängert. Sie tragen bis zu zwei nicht registrierte Geburten aus. Jedes Jahr. Dazu kommen noch die Kinder von Flüchtlingen, Waisen und Straßenkinder, die niemand vermissen würde. Außerdem gibt es Eltern, die ihre Kinder direkt nach der Geburt an solche Farmen verkaufen.«

»Warte, es gibt *mehrere*?« Das Montag von den Farmen in der Mehrzahl sprach, fiel ihm erst jetzt auf.

»Ja. Stell dir vor, es gibt eine Parallelwelt. Wie bei Alice im Wunderland. Sie umgibt uns alle. Sie kontrolliert uns, aber wir sehen sie nicht.«

Sie kontrolliert uns?

Sascha flüsterte: »Projekt cyGlobe.«

Der Mann schenkte sich Tee nach.

»Stell dir vor, die Sklaverei wäre nie abgeschafft worden. So, wie wir es aus alten Zeiten kennen. Du weißt schon ... das alte Ägypten mit den Arbeitssklaven und den Peitschen. Die Farmer im alten Amerika. Die Arbeitslager der Nazis. Alles Formen der Sklaverei. Stell dir vor, so etwas wäre heute noch vorhanden, wie seit langer, langer Zeit. Nur die Form der Sklaverei wurde perfektioniert.

Was denkst du, kleine Krähe: Was ist der perfekte Sklave?«

»Ähm ... einer, der sich nicht wehrt?«

»Richtig. Stell dir vor, du hättest einen Elitesklaven, der jeden Auftrag erfüllt. Blinder Gehorsam, sogar gegen den eigenen Selbsterhaltungstrieb. Er würde sofort alles töten was er liebt, nur wenn es sein Herr befiehlt. Und er würde nie dagegen rebellieren. Besser noch: er weiß gar nicht, dass er ein Sklave ist. Er weiß auch nichts von seinen Aufträgen oder was er für seinen Meister tut. Er lebt als Schläfer versteckt unter uns, als normaler Mensch mit einem normalen Leben und wartet darauf, geweckt zu werden. Der perfekte Sklave. Einsetzbar als Soldat, als Auftragskiller, Drogenhändler, Waffenhändler, Prostituierter ...«

»Polizist, Politiker, Richter, ...« Dienstag hatte die Aufzählung ergänzt. Die ersten Worte, die Sascha von ihm gehört hatte. Ihm wurde übel.

»Somit wird jedes Opfer auch gleichzeitig Täter und bildet neue Sklaven aus. Das ist es, was sie seit Dekaden in ihren Farmen tun. Sie bilden Sklaven aus und du hast gesehen, was sie unter einem Sklaven verstehen. Und sie machen das nicht einmal versteckt. Es gibt sogar Filme darüber – d*er Manchurian Kandidat, Die Bourne Identität, Threadstone, Eyes Wide Shut* – um nur einige zu nennen. Und das ist clever. Dadurch können sie jedem, der etwas in dieser Richtung erfahren hat unterstellen, dass er es im Fernsehen gesehen hat.

Aber was ist der nächste Schritt? Wie kann man dieses System noch weiter verbessern? Es vollenden?«

Sascha sagte nichts.

»Sie wollen sich nicht mehr verstecken. Sie wollen uns alle kontrollieren. Die gesamte Menschheit – gesteuert von ein paar wenigen Menschen, deren Blutlinien seit Jahrtausenden auf dieses Ziel hingearbeitet haben.«

»cyGlobe«, sagte Dienstag.

»Aber cyGlobe versklavt doch niemanden. Es ist doch nur ein Spionagenetzwerk.«

Die beiden Männer blickten sich an und nickten sich zu. Scheinbar hatten sie darauf gewartet, dass Sascha ihnen zeigte, dass er seine Hausaufgaben gemacht hat.

Dienstag ergriff das Wort. »Wenn du einen Brainlink damit verbindest, dann schon. Dann wirst du selbst ein Bot in einem globalen Botnetz. Direkte Kontrolle über die Gedanken, Wahrnehmung, Wissen und Motorik. Eine ganze Welt voller willenloser Zombies.«

cyGlobe in den Köpfen der Menschen? Was bedeutete das für seinen Trojaner? Er merkte, wie ihm die Kontrolle über sein Gesicht entglitt und er eine entsetzte Fratze machte. Was bedeutete es, dass cyGlobe mit den Brainlinks verbunden wurde? Was bedeutete es für sein eigenes Projekt? Er wollte mit seiner Software doch nicht in die Gehirne der Menschen eindringen. Wenn EarthConnect nun Fehler enthielt … irgendeine Schwachstelle, die er zu verantworten hatte? Dabei konnte so viel schief gehen.

So viel Verantwortung …

»Die Hirnimplantate!«, flüsterte er.

Dienstag trommelte mit seinen Fingerspitzen auf die Tischplatte. »Richtig. Wenn du die Dateien gelesen hast, dann weißt du auch, dass die Implantate nur der Plan B waren. Plan A war ein gewisses Projekt 22, von welchem wir nichts wissen. Aber da die Implantate seit eurem Ausbruch aus Leipzig massiv in Politik und Medien gepusht werden, gehe ich davon aus, dass Projekt 22 gescheitert ist.«

Projekt 22. Das war Peter. Peter war der Schlüssel um die Menschen zu versklaven? Das konnte nicht sein.

»Aber ihr habt es im Griff, oder? Ich meine, ihr seid das Militär. Ihr kämpft ja gegen diese Leute. Ihr wollt nur nicht, dass sie es merken und wenn ihr gesiegt habt, dann wird es die ganze Welt wissen und die Leute werden aufwachen und bemerken, wie sie vom Feind manipuliert wurden. Oder?«

Montag lachte.

»Ich liebe deinen Optimismus, kleine Krähe. Durch dich haben wir Leipzig gefunden. Es wurde ... sagen wir mal, es wurde geschlossen. Aber insgesamt ... es sieht für uns leider nicht gut aus. Du siehst es ja selbst. Schau dir die Umfragen an. Das Volk *möchte* sich kontrollieren lassen. Es fällt auf die billigsten Tricks herein. Wir streuen zwar Informationen, bringen Interviews mit echten Experten, aber das Volk legitimiert Menschen trotzdem in ihrer Autorität, welche diese absolut nicht verdient haben und gibt freudig seine Freiheit auf.

Sie alle habe gelernt, dass es immer eine einfache Lösung für Probleme gibt. ›Das ist das Problem, und das musst du tun, dann ist alles gut.‹ Und darauf hören dann die Menschen und sind glücklich damit, ohne nachzudenken, ob es wirklich Sinn macht. Die Realität ist jedoch viel komplizierter und die Lösung – sofern es denn eine gibt – meist viel schwerer zu ertragen. Deshalb will sie keiner hören… und es hat auch niemand die Zeit dazu, nach solchen Antworten zu suchen. Solange niemand für sich selbst einsteht, können wir kaum etwas bewirken.«

Komplizierte Dinge einfach erklären? Dieses Problem kam Sascha bekannt vor.

»Aber… was kann ich tun?«

Montag kicherte.

»Dein Weg endet hier, kleine Krähe. Aber wir haben noch ein Geschenk für dich.«

Er griff erneut in seine Tasche und holte daraus eine kleine Box hervor.

»Technik allein ist nie gut oder böse. Es kommt auf die Verwendung an.« Grinsend reichte er die Box an Sascha. »Das ist ein gerooteter Brainlink. Du kannst seine Software analysieren und eigene darauf spielen. Ich dachte, wenn wir schon irgendwann dazu gezwungen werden diese Dinger zu tragen, dann willst du vielleicht selbst die Kontrolle darüber haben, was in deinem Kopf vor sich geht.«

Mit diesen Worten erhoben sich die beiden Männer, und Montag reichte ihm die Hand.

»Es war mir eine außerordentliche Freude. Ich wünsche mir, dass du dieses belastende Wissen erträgst und deine Kraft behältst. Du hast danach gesucht und wir wollten dir diesen Wunsch erfüllen. Aber ertragen musst du es nun selbst. Ich wünsche mir von Herzen, dass du trotz allem optimistisch bleibst. Werde glücklich, kleine Krähe. Hoffentlich müssen wir uns nie wieder sehen.«

Dienstag nickte ihm zu. Dann drehten sie sich zum Gehen.

Sascha rauschte der Kopf. Das konnte es noch nicht gewesen sein. Er wollte mehr tun. Nicht still und einfach die Verantwortung abgeben. Er wollte kämpfen.

»Wartet!«

Die Männer blieben stehen. »Krähe, ich weiß das ...«

»Ich habe Zugang zu Projekt 22!«

Die Männer wechselten einen überraschten Blick. »Dann solltest du mir die Daten übertragen. Ich sende dir einen Link.«

»Nein. Ich will mitmachen. Nehmt mich zu eurem Einsatz mit. Ich will es sehen. Das ist der Deal.«

Sascha streckte die Hand aus und wartete auf einen Handschlag. Die Männer zögerten. Sascha war bewusst, dass sie sich in diesem Moment nicht sicher waren, ob sie ihn als Feind betrachten sollten. Er hielt Daten vor ihnen zurück und wollte ihre Missionen ausspionieren.

»Das ist es wert. Bei meinem Leben, ihr werdet es nicht bereuen. Ich will kämpfen. Wenn nicht gemeinsam, dann werde ich es alleine tun. Projekt 22 ist *die* Möglichkeit, das Blatt zu wenden. Die werde ich nutzen. Mit euch, oder ohne euch. Ihr wisst, dass ich nicht aufhören werde.«

Die Männer wechselten erneut Blicke und Dienstag zuckte mit den Schultern.

»Also gut. Wir melden uns.«

Damit öffneten sie die Tresortür und verließen das Zimmer.

12

Zweifel

Geboren aus Licht,

wandle ich in den Schatten

um gegen das Dunkel zu kämpfen.

Mit brennendem Zorn

und glühender Liebe.

Doch bei all dem frage ich mich:

Kann Licht denn ohne Dunkel existiern?

Tagebücher des jungen Valandar
Buch 1, Kapitel 2

Dunkle Gestalten mit Schutzschilden rückten durch den Wald auf Peter zu. Sie bewegten sich im Gleichtakt, grunzten und zuckten. Mit leeren Augen stampften sie stur geradeaus. Eine Welle der Angst schwappte über ihn. Er ließ sich fallen, presste seinen Körper flach auf die Erde und fand sich plötzlich in einem Kugelhagel wieder. Links und rechts schlugen Projektile in Baumstämme. Holzsplitter regneten von allen Seiten auf ihn herab. Die Zombies mit den Schutzschilden rannten brüllend auf ihn zu. Hinter ihm schossen andere, in Uniform gekleidete Zombies, auf die herannahende Horde.

Es war Krieg.

Der Äther breitete sich vor Peter aus, doch er wusste instinktiv, dass er dort nichts finden würde. Die Gestalten waren seelenlos. Ferngesteuert. Ein fallender Ast traf Peters Kopf. Es wurde dunkel. Als er die Augen öffnete, lag er in einem Bett. Ein einzelnes, in Stein gemeißeltes Auge prangte über ihm und starrte ihn von der Decke aus an. Es blickte tief in ihn hinein – direkt in seine Seele. Dort blockierte es sein Selbst und machte ihn zu einer Marionette ohne eigenen Willen.

»Befolge meinen Willen!«

Träumte er, oder war er wach?

Das steinerne Auge hatte den schwarzen Nebel vertrieben und blickte ungehindert in ihn hinein. Träume von Angst und die Finsternis ... Peter erkannte, dass der Nebel ihn nicht bedroht hatte. Er hatte ihn beschützt. Nun war er verschwunden und ließ ihn schutzlos zurück. Nackt und hilflos einer kalten Dunkelheit ausgesetzt, welche vorher durch den Nebel verborgen worden war.

Das Auge starrte ihn an. Es schien ihm bestätigen zu wollen, was er schon seit langer Zeit zu fühlen glaubte. Das Gefühl, ständig beobachtet und kontrolliert zu werden. Ein ständiger Blick über seine Schulter.

Gott sieht alles!

Seltsame Gedanken.

Aber dieses Auge kam nicht von Gott. Diese Leute waren nicht Gott und diese Zombies waren nicht Gottes Armee. Gott bewachte. Beschützte. Gott war eine im Wesen gute Instanz des Miteinanders. Dieses Auge... es beschützte nicht. Es gehörte zum Gegenteil von Gott. Es zerstörte den freien Willen. Es überwachte zu seinem eigenen Vorteil.

Dieses Auge wurde von Leuten geschaffen, die das Böse verkörperten. Peter hatte gesehen, was diese Leute anderen Menschen antun konnten. Er hatte gesehen, wie gering der Wert war, den ein Leben für sie hatte. Ihnen unterstellte er keine guten Absichten.

Fragen schwirrten durch seinen Kopf. Viele Fragen, von denen er geglaubt hatte, sie nie stellen zu müssen. Doch nun bangte er darum, sie zu vergessen. Er wusste, dass er träumte – es war ihm nie klarer gewesen. Also versuchte er, sich eine Liste zu machen, um die Fragen, welche aus dem gelüfteten Vorhang des schwarzen Nebels drangen, in die reale Welt mitzunehmen. Wenn es sie denn gab, diese reale Welt.

Ja, es gab sie.

Er spürte, wie sich sein Körper – sein realer Körper in der realen Welt – in seinem Bett umherwälzte. Aber er wollte noch nicht auftauchen. Noch nicht! Er wollte in der Vision seines Traumes verbleiben, seine Fragen sammeln und mitnehmen. Nichts vergessen.

Die erste Frage, die wahrscheinlich älteste seiner Fragen, war die Frage nach {X}. Er hatte diese Frage nicht gekannt, und doch schon immer gewusst, dass sie da war.

Wer ist {X}? Und was wusste er? Der alte Asiate war plötzlich in seinem Leben aufgetaucht. Zum richtigen Zeitpunkt. Als hätte er nur darauf gewartet, Peter aus der Hölle zu ziehen. Konnte er ihm vertrauen? Peter hatte schon einmal vertraut und dieses Vertrauen endete in einer dunklen Kiste. Hatte er daraus gelernt?

Die Kiste ... Die Erinnerungen an seine Zeit in Leipzig waren zurückgekehrt. Wie konnte es sein, dass sein Leben seitdem so normal verlief? Dass niemand fragte? Wie konnte es sein, dass diese Welt sich weiterhin drehte? Nach allem, was geschehen war? Welche Last hatte er zu tagen ... allein. Und Smarden? Auch er trug diese Last. Auch er war allein. Wie hielt man einen Freund, wenn man sah, dass er fiel? Vor der persönlichen Hölle, welche dieser Freund in sich trug, stand man als Außenstehender nur hilflos und blind.

Verständnis? Gut gemeinte Heuchelei!

Eine weitere Frage verdrängte die Erste. Er konnte sie kaum greifen. Sie zog vorbei und wäre fast wieder verschwunden gewesen, hätte Peter nicht nach ihr gegriffen und sie zurückgeholt. Er betrachtete die Frage, doch verstand sie nicht. Sie hatte etwas mit Licht zu tun.

Licht.

Luna war im Licht. Er bestand aus Licht, war aber nicht darin. Was sollte ihm das sagen? Was konnte er mit diesem Wissen anfangen? Wie lautete die Frage, nach der er suchte? Wie konnte er etwas verstehen, wenn er nicht einmal die Frage kannte?

Ein Schlagstock und das tote Gesicht eines Polizisten sprangen mit einem Knall in seinen Halbschlaf. Diese Frage verstand er sofort.

Smartphones im Kopf ... die Demonstration ... cyGlobe auf einem schimmernden Erdball ... Überwachung ... das Auge. Wie stand das alles in Verbindung? Was geschah mit dieser Welt? Warum sah keiner, was hier geschah? Welche Menschen waren es, die dieses System steuerten? War es ein Herr Burner, der verrückte Techniker aus Leipzig, der die virtuelle Welt zu seinem eigenen Vergnügen drehte und dabei die Menschen wie Schafe auf einer Weide betrachtete?

Kategorisieren, Bewerten, Aussortieren...

Ein Rumpeln drang in Peters Traum und öffnete seine Augen. Kam es aus der realen Welt? Oder war ihm ein Donner aus seinen Träumen gefolgt?

Erneutes Rumpeln. Nein, es kam nicht aus seinem Traum. Es kam von unten, aus dem Haus.

Peter wischte sich den Schlaf aus den Augen und setzte sich auf. Er brauchte eine Weile, bis sein Blick nicht mehr verschwommen war, und ihm die Umrisse seines Zimmers zeigte, welches durch schmale Lücken zwischen den Vorhängen vom Licht des Vollmondes erhellt wurde. War da ein Auge an der Wand? Wo war die Tür? Er blinzelte. Nein, da war kein Auge. Die Umgebung seines Zimmers drang langsam in seinen Verstand und vertrieb die Bilder seines Traumes.

Er stöhnte und richtete sich auf. Wovon hatte er geträumt? Fragen? Er wusste sie kaum noch, konnte sich aber daran erinnern, dass sie wichtig waren. Er hatte das Verlangen, nach dem Zettel zu suchen, auf welchem er die Liste seiner Fragen notiert hatte, doch gleichzeitig fiel ihm auf, dass auch dieser Zettel in seinem Traum zurückgeblieben war.

Wie dämlich von mir.

An eine Frage konnte er sich jedoch erinnern. Sie handelte von {X}.

Ein erneutes Rumpeln weckte seine Neugier. Peter öffnete die Zimmertür, trat in den Flur und schlich die knarzende Holztreppe ihres Hauses hinunter ins Erdgeschoss. Das Haus war dunkel. Peter versuchte sich daran zu erinnern, wer heute alles hier schlafen sollte. Seine Mutter hatte Nachtschicht in der Klinik. {X} war heute hier. Und Josie. Sie schliefen gemeinsam im Gästezimmer.

Die Frage nach {X} machte Peter unsicher. Warum schlief er bei Josie? War das normal? Peter hatte dies einfach als gegeben akzeptiert. Er hatte es *sinnvoll* gefunden. {X} kümmerte sich. Er kümmerte sich immer. {X} war das unbestreitbar Gute, oder etwa nicht? Wieso zweifelte Peter plötzlich daran?

Er streckte seine Arme aus, um sich durch den Flur zu tasten. Jeder seiner Schritte entrang den Dielen des Bodens ein leises Knarzen. Peter biss sich auf die Lippe, als er mit seinem Zeh gegen den Blumentopf der kleinen Palme stieß, welche rechts neben der Badezimmertür stand. Der Topf stieß an die Wand und gab ein helles ›*Klong*‹ von sich.

Verdammt.

Den Topf hatte er vergessen. Er hatte auch nicht bemerkt, dass er schon so weit gegangen war.

Peter schlich langsam weiter, wobei er seine ausgestreckten Arme nun kreisförmig um sich herum bewegte, um weiteren Hindernissen rechtzeitig ausweichen zu können. Ihm war klar, dass sein Vorantasten unglaublich peinlich aussehen musste, aber so sehr er sich auch bemühte, er konnte in der Dunkelheit nicht das Geringste erkennen.

Am Gästezimmer angekommen, setzte sich Peter neben die Zimmertür und lauschte.

Stille und Dunkelheit.

Dann drangen leise Worte, deren Inhalt Peter nicht verstand, aus dem Zimmer. Kurz und schwach. Als würde ein kleines Kind etwas brabbeln. Dann wieder Stille. Allein das Rauschen seines Blutes und sein Atem waren zu hören.

Stille

Leises Geklapper

Schmatzgeräusche

Stille

Jetzt hörte er die tiefe Stimme von {X}. Leise. Liebevoll. Wie das Flüstern eines Vaters, welcher sein Kind zur Nachtruhe verabschiedete.

Plötzlich und unerwartet ertönte ein schmerzvolles Stöhnen. Erneutes Rumpeln, diesmal laut, als wäre jemand heftig gegen einen Schrank gestoßen. Peter stockte der Atem. Sollte er einschreiten? Was geschah hier? Er sprang auf und stürmte in das Zimmer.

Es war Dunkel. Das Licht des Mondes war hier lange nicht so kräftig wie in der oberen Etage. Es drang nur über Umwege durch die Fenster. Doch Peter sah genug.

Er sah, wie zwei Gestalten im Halbschatten auf dem Boden saßen und miteinander rangen. Josie kämpfte gegen eine Umklammerung von {X}, welcher hinter ihr saß und ihr mit einer Hand die Arme hinter dem Rücken zusammenzog. Seine andere Hand hielt ihren Kopf. Auch seine Beine hatte er um sie geschlungen, presste damit ihre Knie auseinander, stemmte seine Füße gegen die Ihren und hinderte das Mädchen somit am Aufstehen. Der sonst so einfühlsame Bär wirkte plötzlich übermächtig und unbekannt.

Josie krümmte sich, versuchte sich mit Gewalt zu befreien und stöhnte qualvoll.

»Lass sie los!«, schrie Peter, der gar nicht fassen konnte, was hier geschah.

»Das kann ich nicht.«, sagte {X} in ruhigem Tonfall. »Es ist alles gut. Geh wieder schlafen, wir reden morgen.«

»Nein! Du lässt sie los! Was tust du, und wer bist du überhaupt?«, schrie Peter weiter. Gar nichts war hier *gut*.

Josie hustete und atmete tief durch. Sofort ließ {X} ihre Hände los, strich ihr über den Kopf und lockerte seine Beine. »Hallo Josie.«, sagte er. Sie schmiegte sich an ihn, legte ihren Kopf an seine Brust und ließ sich seine Nähe gefallen.

Im Dämmerlicht erkannte Peter, dass Josie einen langen Schlafanzug trug. {X} war noch in Alltagskleidung gekleidet, trug eine Jogginghose und einen dünnen Pullover. Die Kleidung passte nicht zu dem Bild, welches Peter in seinem Kopf hatte. Was war hier los?

Josie hustete erneut, streckte sich, rieb sich erst den Kopf und dann ihre Schultern. Sie gab ein leises »Aua« von sich, wandte sich an {X} und flüsterte: »Hilf mir. Bitte, hilf mir.«

Peter dachte erst, Josie meinte ihn, da er dafür gesorgt hatte, dass sie aus der Umklammerung freikam. Doch sie wandte sich mit ihrer Bitte an {X}. Wirklich an {X}, nicht an Peter.

Dann sprang sie plötzlich mit einem bösen Lachen auf, schnappte sich einen Stift, welcher auf dem Schrank neben dem Bett lag, holte aus und hätte {X} ihre Hand nicht rechtzeitig in der Luft gefangen, so hätte sie sich den Stift in ihr eigenes Ohr gerammt.

Peter stand mit offenem Mund in der Tür. Das ergab überhaupt keinen Sinn. Josie krampfte sich vor Schmerzen zusammen und gab ein langgestrecktes, »Argh« von sich. Dann ein lautes Knacken. Sie jammerte und drückte sich die Hand gegen ihre Rippen.

»Ich habe es im Griff.«, sagte {X} ruhig zu Peter, während er sich erneut hinter sie klammerte und ihren Kopf streichelte.

»Geh jetzt wieder schlafen. Wir reden morgen.«

Trotz der ruhigen Stimme war sein Blick drängend. Er schien ihm sagen zu wollen, dass Peter die Szene durch seine Anwesenheit nur verschlimmerte. Verwirrt verließ Peter das Zimmer. Als er die Tür schloss, hörte er Josie gerade wieder husten.

An Schlaf war natürlich nicht zu denken. Aufgewühlt und mit zitternden Beinen tastete sich Peter in die Küche, wo er polternd eine Schüssel Müsli verschlang. Doch auch das Essen half nicht, ihn zu beruhigen.

Was hatte er gesehen? Josie war ... sie war ängstlich und bösartig zugleich. Vielleicht konnte er ... Peter blickte in den Äther und suchte nach Josies Geist. Der leuchtende Ball, welcher vor ihm erschien, schien ganz normal zu sein. Peter versuchte, nach ihm zu tasten. Er spürte Angst und Dankbarkeit. Nicht gerade, was er erwartet hatte. Doch plötzlich entglitt ihm Josies Geist. Nicht langsam und gleitend, nein, es war, als würde er schlagartig weggezogen und durch einen anderen Geist ersetzt werden. Dieser neue Geist wirkte, als läge er in Ketten. Peter tastete erneut nach Josie, doch seine Verbindung zu ihr war nun viel schwächer. Sie war noch immer von Angst getrieben, doch nun lag ein alles beherrschender Zwang über ihr. Ein Drang nach Strafe. Strafe wofür? Peter versuchte, Josies Theta zu drücken und ihren Drang dadurch etwas zu zügeln, doch sofort wurde ihr Geist durch einen anderen ersetzt und Peter verlor erneut die Verbindung. Verwirrt zog er sich aus dem Äther zurück. Vielleicht machte er wirklich alles nur schlimmer. Was zur Hölle war hier blos los?

Es war erst halb Zwei. Viel zu tief in der Nacht, um so wach zu sein. Er musste sich beruhigen. Morgen ... Heute stand in der Schule ein Ausflug nach Buchenwald an. Konnte Peter vielleicht im Bus noch etwas Schlaf nachholen? Sofort verwarf er diesen Gedanken wieder. Vor seiner Klasse einschlafen? Alles, nur das nicht.

Aber wie sollte er jetzt schlafen können? Im Gästezimmer

herrschte so etwas wie Krieg, und er sollte sich ruhig in sein Bett legen und nichts tun? Sich einfach in seine Decken wickeln und schlafen? Das konnte er nicht. Er brauchte jetzt … ja, was brauchte er?

Vielleicht ein Feuer, in welches er hineinstarren konnte? Manchmal half das. Und Aras. Zwei Dinge, die es immer schafften, ihn zu beruhigen.

Peter holte sein Bettzeug und schleppte es in den Keller. Das letzte Zimmer des Keller, jenes, welches durch eine Tür mit dem Garten verbunden war, war mit einem Kamin und einem Sofa ausgestattet. Eigentlich war es seltsam, diesen Raum als Keller zu bezeichnen, da er ja oberirdisch aus dem Hang des Grundstücks ragte und durch eine große Glasfront einen Blick hinaus in den Garten bot. Durch diese Glasfront flutete nun der Vollmond das Zimmer mit leisem und friedlichem Licht. Das Licht einer melancholischen Nacht.

Auch Aras schien diesen Ausblick zu lieben. Der Hund schlief gerne hier, zusammengerollt vor dem Sofa. So war es auch heute. Um diese Uhrzeit war er jedoch zu träge, um aufzustehen, und so begrüßte er Peter lediglich dadurch, dass er seinen Schwanz rhythmischen auf den gefliesten Boden klopfte.

Peter entzündete im Kamin ein Feuer. Die fürsorgliche Pflege, welche er der kleinen Flamme entgegenbringen musste, bis sie endlich lernte sich selbst zu verpflegen und zu einem ausgewachsenen Feuer pubertierte, lenkte seine Gedanken eine Zeit lang ab. Zwischen den Flammen beobachtete er Lichtfetzen, welche wie freudig lachende Gesichter in die Höhe wirbelten. Er sah diese Wesen öfter im Feuer, war sich aber nicht sicher, ob es sich ebenfalls um Grenzwesen handelte, oder ob seine Fantasie ihm durch das flackernd blendende Licht des Feuers einen Streich spielte.

Wie dem auch sei, Peter konnte die Freude dieser Wesen nicht teilen. Es war zu viel, was er in den letzten Tagen erlebt hatte. Sie fanden die halb verhungerte Josie, lebendig begraben in einer Kiste. Trotzdem war das Mädchen zu stolz gewesen, um sich tragen zu lassen, so dass sie ewig benötigten, sie ins Auto zu bringen. Josie hatte sich mit allen Mitteln dagegen gewehrt, in ein Krankenhaus geschafft zu werden. Sie schien verzweifelte Angst vor Ärzten zu haben. Kein Wunder, wenn man bedachte, dass in der Leipziger Einrichtung ebenfalls Ärzte gearbeitet hatten – oder zumindest konnte man diese Leute hinter den Monitoren durchaus mit Ärzten verwechseln.

Ein weiterer Anruf bei der Polizei hatte ebenfalls keinen Erfolg, sondern führte im Gegenteil zu einer ungehaltenen Belehrung und Androhung von Strafen, wenn sie die Polizei weiterhin belästigen würden. Pam dachte darüber nach, einfach mit Josie in der Polizeizentrale aufzutauchen, aber als Peter mit {X} telefonierte, drang dieser darauf, dass sie Josie mit nach Hause nahmen. {X} war auf seine unnachahmlich ruhige Art ziemlich aufgebracht gewesen, dass Peter heimlich eine Reise nach Leipzig unternommen hatte. Aber immerhin war Peters Mutter Ärztin. Auch wenn sie sich noch eine Geschichte ohne Särge und Widergeburt ausdenken mussten, so würde sie doch helfen können.

Also waren sie nun hier, und Josie schlief bei {X} im Gästezimmer, während seine Mutter auf Arbeit war. War das nicht seltsam? Und schlafen konnte das auch nicht genannt werden. Vielmehr rang sie unter Schmerzen mit {X} und bat ihn darum, sie davon abzuhalten, sich selbst zu verletzen. So hatte es zumindest ausgesehen. Und dabei schien Josie wieder unerwartet stark zu sein. Schon nach ihrer kurzen Autofahrt hat man ihr kaum noch angemerkt, dass sie kurze Zeit zuvor dem Tode nahe gewesen war.

Peter fühlte sich, als würde er in einen Abgrund blicken und dort eine Welt sehen, welche seinem Verständnis von der Hölle ziemlich nahekam. Und {X}, welcher für ihn immer mehr zu einem Rätsel wurde, schien irgendwie darin verwickelt zu sein. Er wusste definitiv zu viel und schien auf dieser Welle von Entsetzen, welche Peter zu verschlingen drohte, wie ein lässiger Surfer zu reiten. Peter konnte es kaum erwarten, bis {X} aus dem Zimmer trat und ihm endlich ein klärendes Gespräch anbot. Peter würde ihn mit Fragen überschütten. Er musste nur noch die richtigen Worte für seine Fragen finden. Bis jetzt bestanden diese nämlich einfach nur aus einem großen Fragezeichen, welches über einer zerbrochenen Welt schwebte. Denn derzeit stellte er einfach alles in Frage.

Als die Flamme im Kamin nicht mehr auf Peters Pflege angewiesen war und er sich gemütlich auf dem Sofa niederließ, dauerte es nicht lange, bis die Hitze des Feuers in seinem Gesicht unerträglich wurde. Das hatte er sich irgendwie angenehmer vorgestellt. Auch Aras versuchte vor dieser Hitze zu flüchten. Zuerst versteckte sich der Hund in Peters Schatten. Er sprang mit auf das Sofa, streckte sich hinter Peter aus, wodurch Peter fast von der Liegefläche geworfen wurde, und schnarchte ihm mit üblem Mundgeruch ins Ohr. Als Peter den Hund genervt verjagte, legte er sich vor die kühlende Ausgangstür und schnarchte dort weiter. Sehnsüchtig blickte Peter hinaus in den friedlichen Garten. Vielleicht fand er dort endlich die Ruhe, nach der er suchte?

Er rollte sich vom Sofa herunter, öffnete die Tür, und schob Aras damit über die Fliesen beiseite. Der Hund ließ es geschehen. Er machte sich keine Mühe, aufzustehen. Erst als Peter in den Garten trat, barfuß in die Stille der Nacht, folgte er ihm.

Wenn sie im Urlaub in den Süden fuhren, dann waren die Nächte voller Klang. Dort zirpten unzählige Grillen im Rhythmus der Nacht. Aber hier? Hier gab es keine Grillen. Hier herrschte absolute Stille. Nicht einmal der Wind schenkte der Welt Bewegung. Als wäre Peter das einzig wache Leben.

Peter ging in dieses Stillleben hinein. Das Gras streichelte seine nackten Füße. Feucht und kühl. Aus dem Schornstein seines

Hauses stieg eine zarte Fahne Rauch in den ansonsten klaren Himmel. Das einst so zarte Feuer, welches Peter geboren und aufgezüchtet hatte, strebte nun dem Mond entgegen. Suchte den Wind, welcher es in die Welt tragen könne. Leise. Anmutig.

In diese Stille brach plötzlich ein entfernter Knall. Wie ein Böller, oder der Schuss aus einer Schreckschusswaffe. Beantwortet wurde er vom Bellen eines Hundes. Nur kurz, dann kehrte die Stille zurück.

Peter holte sich eine Hängematte aus der Scheune und spannte sie zwischen ihrem Pflaumenbaum und dem rostigen Gerüst der alten Kinderschaukel. Die Stille des Gartens, die Energie der Natur, das alles würde ihn heilen. Er war sich sicher, dass ihm dieser kühle Frieden besser tat, als die Hitze des Feuers.

Von hier aus konnte er das dunkle Fenster des Gästezimmers erkennen. Peter fühlte sich verstoßen und ausgeschlossen. Was mochte dort oben wohl vor sich gehen? Bedrückt starrte er es an, bis er sich einbildete, hinter der spiegelnden Glasscheibe des Fensters Bewegung zu erspähen und Geräusche zu vernehmen. Ihm war klar, dass dies seiner Fantasie entsprang. Allein die Sterne spiegelten sich in dem geschlossenen Fenster, und hier unten Geräusche aus dem Zimmer zu hören, war so gut wie ausgeschlossen.

Er blickte in die pulsierend leuchtenden Formationen der Sterne. Aras legte sich neben ihm ins Gras. Trotz der friedlichen Stille spendete hier draußen, unter dem freien Himmel, die entspannte Wachsamkeit des Hundes einen willkommenen Schutz. Peter wusste, dass er sich auf die Reaktion von Aras verlassen konnte. Sollte sich etwas im Gebüsch verstecken, würde sein Hund ihn wecken. Dies minderte Peters Drang, nach jedem kleinen Rascheln im Dunkel zu lauschen. Er entspannte sich.

»Luna? Bist du da?«

»Ich bin hier.«

Sie erschien als zart schimmernder Schmetterling, welcher aus dem Nichts angeschwebt kam und sich auf seinem Bauch niederließ.

»Bist du jetzt auch ein Grenzwesen? So wie die Grünlinge?«

»Ich? Ein Grünling?« Peter hörte ein Kichern in seinem Geist.

»Nein. Ich bin etwas Anderes. Ich glaube, ich bin an dich gebunden.«

Lunas weiche Stimme. Eine Stimme, welche er, ohne es zu wissen vermisst hatte. Er vermisste die verstohlene Berührung ihrer zarten Haut. Ihre Wärme. Den Moment ihrer ersten Berührung, damals im Leipziger Turmzimmer. Jetzt schämte er sich nicht mehr dafür.

Wie konnten seine Erinnerungen an Leipzig nur so widersprüchlich sein? So dramatisch schön ... und gleichzeitig so dunkel? Sehnsucht und Entsetzen zugleich.

Er tauchte in den Äther und fand Lunas Geist fast augenblicklich. Das Geflecht verschiedenfarbiger Wellen, welche sich wie ein Knäul Bindfäden umkreisten und andauernd neue Muster bildeten, wirkte vollständiger als das der Grenzwesen. Es war bunter, dynamischer. Fast so, wie bei einem lebenden Menschen. Einen solchen Geist hatte Peter schon einmal gesehen.

»Du bist so, wie Val. Der weiße Hund von {X}. {X} sagte, er wäre sein Schutzengel. Also bist du jetzt mein Schutzengel?«

Der Schmetterling flog in die Luft und umkreiste Peters Kopf.

»Ich bin ein Engel? Das klingt wunderbar. Aber Engel führen ins Licht. Ich möchte dich nicht ins Licht führen.«

Luna wirkte irgendwie anders. Verspielt, so wie ein kleines Kind. Der Tod hatte sie verändert. Das Licht ... ihm fiel die Frage aus seinem Traum wieder ein. Doch er kannte ihre Antwort. Licht bedeutete Tod. Daran musste Peter sich noch gewöhnen. Aber in Gedanken schrieb er eine neue Frage auf seinen Zettel: Wer oder was war Val? Und wie kam {X} zu seinem Begleiter?

Peter suchte nach Worten. Mit Luna zu sprechen fühlte sich irgendwie an, als würde er beten – und mit Religion hatte er überhaupt keine Erfahrung.

»Nein, ich möchte nicht ins Licht. Aber du bist es. Kannst du auf mich aufpassen? Kannst du mir helfen, dass ich nicht auch ins Licht gehe?«

Fast hätte Peter ein Amen angehangen.

»Ja, ich glaube, das kann ich. Wenn du es wünschst, dann bin ich dein Engel. Aber du darfst nicht zu mir kommen. Versprochen?«

Peter glaubte zu verstehen, was sie meinte.

»Versprochen.«

»Abgemacht!«

Der Schmetterling stieg weiter in die Luft auf, wendete, und stürzte Pirouetten schlagend wieder zu ihm herunter. Scheinbar freute sie sich, von ihm eine Aufgabe bekommen zu haben.

»Woran kannst du dich erinnern?«, fragte Peter, als Luna wieder auf seinem Bauch gelandet war.

»Ich erinnere mich daran, dass ich dich mag. Und jetzt ... ich weiß nicht. Alles ist verschwommen. Ich schwimme auf dem Licht, aber ich kann nicht abtauchen, weil du mich oben hältst. Ich glaube, ich erinnere mich an dich, weil du mich hältst. Reicht das?«

»Weißt du noch, warum du ins Licht gekommen bist?«

»Als Belohnung natürlich, du Dummerchen. Ich habe wohl etwas

richtig gut gemacht und deshalb durfte mich der Engel holen. Im Licht! Endlich im Licht.«

Sie stieg wieder in die Luft auf und schlug weitere Pirouetten. Etwas richtig gemacht ... durch irgendeine kranke Logik machte das sogar Sinn. Immerhin hatte sie ihn dadurch gerettet ... Sie hatte ihn vor sich gerettet. Das machte schon wieder keinen Sinn mehr. Etwas richtig gemacht ... diese Gedanken passten nicht zu Peters Erinnerung an ihren Tod.

»Warum hast du mich dann zu Josie geschickt? Warum hast du sie vor dem Licht bewahrt?«

Der Schmetterling hielt in der Luft an.

»Hmmm... ich weiß es nicht... es fühlte sich ... richtig an. Sie hatte es sich wohl noch nicht verdient. Glaube ich.«

Oje. Das war ja schwieriger als erwartet. Dieser Luna Schmetterling machte Peter wahnsinnig.

»Luna, wie alt bist du?«

»Ich denke, ich bin schon viele Jahre alt, aber ich bin gerade erst geboren. Macht das Sinn?«

Peter stöhnte. »*Nein ... nicht wirklich.«*

Trotz des anwesenden Schmetterlings begann er Luna zu vermissen. Seine Luna, das Mädchen aus Fleisch und Blut. Er erinnerte sich an ihr Gesicht, welches von bunten Kabeln umgeben war. Auch an seinem Kopf waren Kabel gewesen. Er erinnerte sich an Bilder auf Monitoren und ... an Hirnwellen. Das war es, was sie auf den Monitoren maßen. Seine Hirnwellen. Irgendwie waren diese eine Repräsentation der Wellen des Äthers, welche er sah, wenn er abtauchte und nach einem Geist suchte. Dann mussten sie auch mit den Grenzwesen zusammenhängen. Der Geist eines Smorg erschien verhältnismäßig dunkel, fast schwarz. Im Gegensatz dazu war der Geist von Luna viel bunter. Wurden Grenzwesen nicht auch als Alpha bezeichnet? Als Wächter? Die Alpha Wellen hatten im Äther eine schwarze Farbe. Waren alle Grenzwesen Alphas? Er hatte so viele Fragen...

Die Kühle der Nacht kroch langsam durch den dünnen Stoff der Hängematte in Peters Knochen. Er blinzelte und sah, dass die Sonne bereits am Horizont erschien. Das Geräusch der ersten Autos kündigte die Hektik eines neuen Tages an. Scheinbar war er doch noch eingeschlafen. Von der Nacht in der Hängematte war Peters Körper schmerzhaft steif geworden. Mühsam stolperte er zurück ins Haus, um sich auf den Schultag vorzubereiten. Vielleicht hatte er ja Glück und würde {X} in der Küche antreffen. Es fühlte sich an, als würde er einen schweren Rucksack voller bedrückender Zweifel mit sich herumschleppen, und er hoffte, dass {X} es schaffte, ihm diese Last abzunehmen. Jedoch war es auch {X} selbst, an dem er zweifelte. Diese Zweifel waren es, die am schwersten wogen und ihn nervös und unsicher machten.

13

Ratten

Es ist nicht so, dass mich die Menschen meiden, weil sie mich nicht leiden könnten.

Vielmehr haben sie Angst vor meiner Wahrheit.

Als hätte es schon jemals geholfen, wegzusehen.

Depression

{X}

Als der Reisebus auf den Schulhof einbog, war Frau Petermann noch immer damit beschäftigt, die Smartphones der Schüler zu registrieren. Dies gehörte mittlerweile zur allmorgendlichen Normalität. Normalerweise mussten sie beim Betreten und Verlassen des Schulgebäudes einfach mit einer vorgeschriebenen App einen Barcode am Eingang der Schule scannen, aber bei einem Ausflug schien dieser Prozess etwas komplizierter zu sein.

Peter saß alleine auf dem Bordstein und bekam von Ihrem Versuch, Ordnung zu schaffen, kaum etwas mit. Ihm erschloss sich der Sinn dieser Maßnahmen sowieso nicht und er wunderte sich, dass sie scheinbar diskussionslos hingenommen wurden. Jeder schien es zu genießen, sein Handy während des Unterrichts eingeschaltet lassen zu dürfen.

Langsam forderte die schlaflose Nacht ihren Preis.

Als er aufgerufen wurde, schrak er hoch und begann, seinen Rucksack zu durchsuchen. Er konnte sein Smartphone nicht finden. Wahrscheinlich hatte er es in der Küche zurückgelassen, als er hektisch zur Schule aufgebrochen war. Bis zur letzten Minute hatte er gewartet, ob vielleicht {X} oder Josie erwachten, das Gästezimmer verließen und ihn in der Küche aufsuchten. Doch er hatte weder sie noch seine Mutter gesehen, bevor er in die Schule aufbrechen musste.

»Habe es vergessen.«, sagte Peter kleinlaut. Er bemerkte, dass sein Gesicht bei diesem Geständnis peinlich rot wurde. Er hasste es, wenn alle ihn anstarrten.

»Schon wieder ein Eintrag, Peter? Eigentlich dürfte ich dich so gar nicht mitnehmen. Wenn der Bus angehalten wird, müssen wir Strafe bezahlen. Du weißt, dass alle registriert sein müssen.«

Frau Petermann fluchte und tippelte nervös hin und her.

»Ich habe es auch nicht.«, sagte Hannes leise, der sich gerade neben Peter auf den Bordstein setzte. »Ich bin doch nicht verrückt, den Scheiß mach ich nicht mit. Und ich denke, diese Strafe werden sie vor keinem Gericht durchsetzen. Ich lass mir keine Fußfessel anlegen und auch nicht so sinnlose Regeln vorschreiben. Ich bin doch kein Verbrecher.«

Peter hätte vielen seiner Klassenkammeraden eine Rebellion zugetraut. Aber Hannes? Das war überraschend.

»Du brauchst so etwas.« Hannes wedelte mit seinem Handgelenk vor Peters Gesicht herum. Darum war ein gelb leuchtendes Bändchen geschlungen.

»Hat meine Mutter vom Amt bekommen, weil sie dort diskutiert hat, dass ich kein Handy bekommen soll.« Er lachte. »Ist doch passend, oder? Wie ein Judenstern bei den Nazis. Vielleicht lassen sie mich heute gleich in dem Lager.«

Hannes hatte mit diesem Vergleich wahrscheinlich gar nicht so unrecht. Peter konnte darüber nicht lachen.

»Herr Richter, herkommen!«, rief Frau Petermann barsch. Er stand stöhnend auf und ging zu ihr, wobei er die Traube wartender Klassenkameraden umrunden musste. Dabei bemerkte er, wie die Mädchen tuschelnd in seine Richtung blickten. Im Vorbeigehen schnappte er einige ihrer Kommentare auf:

»Ist wohl auch so ein Zweifler.«

»Spinner.«

»Hast du gehört? Die haben gestern wieder randaliert.«

Frau Petermann hielt ihm ein gelbes Armband entgegen.

»Du hast Glück, dass unser Ausflug eine Pflichtveranstaltung ist. Da müssen wir nun etwas improvisieren. Hier, zieh das an.«

Peter nahm das Band entgegen. UNREGISTRIERT stand in roter Schrift darauf.

»Judenstern.« murmelte Peter vor sich hin, als er sich das Band um sein Handgelenk legte.

»Darüber macht man keine Witze, junger Mann! Noch ein Eintrag gefällig?«, sagte Frau Petermann streng und rief den nächsten Namen von ihrer Liste.

Vor ihm hielt der Bus und öffnete zischend seine Türen, so dass Peter der Erste war, der einsteigen konnte. Er wählte einen Fensterplatz in der letzten Reihe des Busses, reservierte mit seinem Rucksack den Platz neben sich für Smarden, lehnte seinen Kopf gegen die Scheibe und seufzte erleichtert. Auf der Fahrt würde er sich hoffentlich eine Weile ausruhen können.

»Hey, Penner! Hinten sitzen die coolen Leute!«

Lars griff nach seinem Rucksack und beförderte ihn in den Gang. Hinter ihm drängelten sich bereits die ›coolen Leute‹ seiner Klasse auf die Plätze. Vanessa und Tanja, die beiden Mädchen, welche er vorhin beim Tuscheln belauscht hatte, waren auch dabei. Ebenso wie Alexander, obwohl dieser ihm mittlerweile der Sympathischste aus der Gruppe geworden war. Von Alexander bekam Peter neuerdings keinen einzigen blöden Kommentar mehr zu hören. Manchmal unterstützte er ihn sogar.

Peter stöhnte, verließ genervt den Platz und drängelte sich gegen den Strom im Bus nach vorne. Durch das Fenster sah er Smarden, welcher gerade noch rechtzeitig zur Abfahrt eintraf und vor der Bustür bei Frau Petermann mit seinem Smartphone eincheckte.

Gut, dass Smarden die Situation mit Lars nicht mitbekommen hatte. In diesem Schuljahr war sein Freund leicht reizbar und hätte mit Sicherheit einen sinnlosen Streit heraufbeschworen. Es war Peter ohnehin schon unangenehm, dass Smarden sich aufführte, als müsste er ihn beschützen.

Peter fand weiter vorne im Bus noch einen freien Fensterplatz und reservierte den Nachbarsitz mit seinem Rucksack.

»Warum lässt du dich so behandeln?«

In der Fensterscheibe erschien die Spiegelung eines bläulich schimmernden Schmetterlings.

»Ist doch egal.«

»Ich denke, die sind neidisch, weil du viel besser bist als sie.«

Peter hustete gekünstelt und musste schmunzeln.

Auch wenn er Lunas Meinung nicht teilen konnte, so ging dieses Kompliment doch runter wie Öl. Verträumt lächelte er aus den Fenster und malte mit seinem Finger den Umriss des Schmetterlings nach. Als er bemerkte, wie dämlich er dabei von außen aussehen musste, räusperte er sich erschrocken und sah sich kurz um, ob ihn nicht jemand dabei beobachtet hatte.

»Ich will einfach keinen Streit.«

»Du brauchst doch keinen Streit. Erinnerst du dich, was wir gelernt haben?«

Vor seinem Geist flackerten Bilder von bunten Wellen auf. Die rote Welle war Beta. Sie bestimmte das logische Denken. Theta war gelb. Mit ihr konnten Gefühle und Erinnerungen beeinflusst werden. Die blaue Delta-Welle nutzte Peter schon ganz beiläufig, wenn er Bilder und Gedanken mit anderen teilte. Sie war die Verbindung zwischen den Seelen. Die komplizierteste Welle war Alpha. Sie schimmerte schwarz, genauso wie der Geist der Grenzwesen, und stellte so etwas wie die Brücke zum Unterbewusstsein dar.

Peter wusste, dass er diese Wellen manipulieren konnte. Er konnte an ihnen ziehen und sie dadurch verstärken, oder sie drücken und schwächen.

Keinen Streit ...

Die Frage war: Was sollte er tun? Vielleicht ein wenig mehr Empathie? Mehr Einfühlungsvermögen für die Rüpel seiner Klasse? Würde das helfen, oder waren sie für solche Gefühle vielleicht zu stolz?

Ohne sich umzudrehen versuchte Peter sich zu erinnern, wer auf den hinteren Plätzen saß – was ihm nicht schwerfiel, da es die »coolen« Großmäuler seiner Klasse waren – und im Äther nach ihrem Geist zu suchen. Das war einfach. Nun musste er nur ein wenig am Delta ziehen...

»Klappt es?«

Er hatte keine Ahnung wie er den Erfolg seines Experiments prüfen sollte. Wurde es ein klein wenig leiser im hinteren Teil des Busses? Es kam ihm zumindest so vor, aber vielleicht bildete er es sich auch nur ein.

Smarden ließ sich schnaufend auf den Platz neben ihm fallen. »Bist ja ausgepreist.«, feixte er und deutete auf Peters Armband.

Peters Blick schnellte erschrocken aus dem Äther zurück. Peinlich ertappt blinzelte er Smarden an und folgte seinem Finger.

»Ausgepreist? Ähm ... Ja. Ich habe das Handy vergessen. Aber ist ja eigentlich besser so.«

Smarden zog die Augenbrauen hoch. »Besser? Naja, ich weiß ja nicht. Erinnerst du dich denn nicht an das Shoppingcenter?«

Das *Shoppingcenter.* Natürlich erinnerte sich Peter an das Center. Zumindest erinnerte er sich seit Kurzem wieder daran. Er erinnerte sich aber auch daran, dass er dazu benutzt wurde, einen harmlosen Menschen dazu zu bringen, Amok zu laufen. Seitdem glaubte er nichtmehr daran, dass solche Dinge zufällig geschahen.

»Habe ich dir nicht von cyGlobe erzählt? Von der Überwachung über die Handys? In Leipzig? Ich denke, das sind die gleichen Leute, die hier diese Brainlinks verkaufen wollen.«

»Meinst du nicht, dass du da etwas übertreibst? Wieso sollten uns diese Folterknechte vor Amokläufen beschützen wollen? Das macht doch keinen Sinn.«

Peter hätte nicht im Traum daran gedacht, dass Smarden diese neuen Regeln nicht in Frage stellen würde. Ihm wurde schmerzlich bewusst, dass Smarden noch nicht von seinen Erlebnissen in Leipzig geheilt war. Er schien noch immer in diesem Keller gefangen zu sein und begriff einfach nicht, was um ihn herum geschah. Für ihn war Leipzig ein kleiner Einzelfall. Diese Theorie einer *großen Verschwörung*, die gehörte für ihn in den gleichen Topf wie die Geschichten über Grenzwesen. Eine gefährliche, kindische Fantasie, aus welcher er herausgewachsen war. Smarden hatte verlernt zu sehen und er war nicht bereit, zu akzeptieren, dass vielleicht doch mehr hinter diesen Geschichten in seinem Buch stecken konnte.

Peter stöhnte. Ihm fehlten gerade die Worte und er war für solche Diskussionen einfach viel zu müde.

Smarden hingegen versuchte, Peter zu beruhigen. Wahrscheinlich hatte er Angst davor, dass Peter sich in einer Welt verirrte, welche einfach nicht mit der Realität kompatibel war. Er dachte wahrscheinlich wirklich, dass er Peter in dieser echten Welt helfen würde, indem er ihm seine Augen verband und ihm seiner Fantasie beraubte. Einfach nicht hinsehen. Smarden hatte zwar erlebt, wozu diese Leute fähig waren, jedoch hatte er nicht das gesehen, was Peter gesehen hatte.

»Leipzig war ein Einzelfall. Ein paar einzelne Hacker und Verbrecher. Die haben doch nichts mit der Regierung zu tun. Dreh mal bitte nicht durch, ja?«

Was für eine verzwickte Situation. Sie beide versuchten dem Anderen zu helfen, indem sie ihn von ihrer eigenen Wahrheit überzeugen wollten. Vielleicht sollte Peter Smarden noch einmal ausführlicher berichten, was er in Leipzig erlebt hatte? Seit Peter seine Erinnerungen wiedererlangt hatte, hatten sie kaum Zeit dazu gehabt.

Aber jetzt gerade war er einfach zu müde für Gespräche. »Wie du meinst.«, sagte er stöhnend.

»Egal. Was ist mit Josie? Ist sie in einer Klinik? Geht es ihr gut?«

Josie ... noch so ein kompliziertes Thema. Die Autofahrt von Leipzig zurück war gruselig gewesen. Sie hatte Parallelen zu einem Exorzismus, wie man ihn aus Horrorfilmen kannte. Natürlich hatte die Ausstattung von Pams Auto einiges dazu beigetragen.

Als sie die Türen des Autos zum Einsteigen geöffnet hatten, hatte Josie zuerst panisch reagiert. Der schwarze Stoff, die Totenköpfe und Kreuze – Josie war gerade aus einem Sarg auferstanden, da war Pams Deko plötzlich gar nicht mehr cool, sondern hatte einen sehr realistischen Beigeschmack. Das Böse ist wohl nur so lange anziehend, wie man es nicht selbst erlebt.

Als sie schon fast verzweifelt waren, war Josie endlich doch eingestiegen. Im Auto wirkte sie plötzlich wie ein kleines Kind, brabbelte vor sich hin und begann, mit dem gehörnten Totenkopf zu spielen, welcher auf der Ablage verschraubt war. Josie erweckte damit die dunkle Kulisse des Autos zum Leben. Bis auf dieses Gebrabbel schwiegen sie alle auf der Rückfahrt und waren froh, als sie Josie endlich mit der Hilfe von Peters Mutter aus dem Auto helfen konnten, wodurch die bedrückende Stimmung endete.

»Nein, sie ist nicht in der Klinik. {X} hat sich ihr angenommen. Ich weiß nicht warum, aber er hatte irgendwie sofort gewusst, wie er mit ihr umgehen musste. Sie hat heute bei uns geschlafen.«

»{X}, ja?«, Smarden zog erneut seine Augenbrauen fragend zusammen.

»Ja, {X}. Ich weiß... Ich habe sie heute auch noch nicht gesehen. Sie hat noch geschlafen, als ich zur Schule bin. Du kannst ja nachher mit zu mir kommen.«

Damit entschuldigte er sich bei Smarden, legte seinen Kopf gegen die Fensterscheibe und begann zu dösen.

Das Gefühl des Besuches in Buchenwald war für Peter wie ein Déjà-vu. Die Barracken, die Hochöfen und Gräber ... das alles war schrecklich erdrückend. Man fühlte sich einer Macht ausgeliefert, deren Unmenschlichkeit überhaupt nicht fassbar war.

Über all dem prangte ein Spruch, welcher von Boshaftigkeit kaum zu übertreffen war:

›Jedem das seine‹

Wie konnte ein Mensch zu so etwas fähig sein? Konnte man eine solche Bosheit überhaupt noch Mensch nennen?

Doch letztendlich waren es die Fotos der medizinischen Einrichtungen, welche Peter den Atem raubten und ihn zusammensinken ließen. Medizinische Experimente an Menschen. Versuche mit experimentellen Medikamenten und gezielt verursachten Krankheiten, denen tausende zum Opfer fielen. Dass sie gerade heute einen solchen Ausflug machen mussten, grenzte an pure Ironie.

Irgendwie erinnerte ihn dieses Gefühl an seinen Aufenthalt in Leipzig. Die ganze Anlage wirkte, wie eine sinnvolle Konsequenz. Eine zu Ende gedachte Idee von Psychopathen, welche die Abfälle ihrer Experimente irgendwo vernichten mussten. Peters Schrecken spiegelte sich auch in Smardens blassem Gesicht wider.

»Eine weitere solche Forschungseinrichtung befand sich in Auschwitz.«, erklärte Frau Petermann gerade, während sie neben einem der Bilder stand. Peter kniete am Boden im Kies und bangte darum, sich nicht übergeben zu müssen.

»Dort experimentierte Mengele, der bekannteste und perverseste Mediziner der Nazis. Er war einer der medizinischen Treiber, welcher eine reine, kontrollierbare Rasse züchten wollte. Dazu verwendete er menschenverachtende Experimente, setzte Drogen ein und so weiter.«

»Wahrscheinlich haben sie auch an Peters Mutter experimentiert!« Dieser Kommentar kam von Lars. Die Klasse lachte. Frau Petermann fuhr jedoch unbeirrt fort.

»Wir wissen, dass die Wissenschaftler des dritten Reichs daran arbeiteten, die gesamte Menschheit zu kontrollieren. Dazu forschten sie in Bereichen der Vererbung, Eugenik und Gedankenkontrolle, sowie der Sterilisation. Mengele wurde übrigens nach dem Krieg nie gefasst.«

»Weil er über die Rattenlinien und Project Paperclip nach Amerika geholt wurde!«, rief Alexander.

»Das ist Blödsinn, Alexander, und äußerst unangebracht.«

»Dann informieren sie sich doch einmal dazu, Frau *Lehrerin*.«

Peter war die Geschichte Deutschlands normalerweise ziemlich egal. Für ihn bedeutete sie auf der einen Seite Schuld und Scham, und auf der anderen Seite stand der Stolz von fremdenfeindlichen Schwachköpfen. Peter identifizierte sich mit keiner dieser beiden Gruppen. Er lebte im Hier und Jetzt – wie {X} sagen würde. Die Vergangenheit zählte für ihn genauso wenig wie die

Angst vor einer möglichen Zukunft. Machte das Sinn?

Doch jetzt, wo sich die Geschichte scheinbar zu wiederholen begann, wurde sie plötzlich relevant. Und der Kommentar von Alexander ... der machte auf erschreckende Weise Sinn. Er schlug den Bogen zwischen diesem Buchenwald hier und der Forschung in Leipzig. Die Forschung hatte nie aufgehört. Leipzig war die Weiterentwicklung. Vielleicht sollte Peter doch einmal mit Alexander reden.

»Schluss jetzt! Noch ein Kommentar und du wartest im Bus!«

Smarden war aufgestanden und hatte scheinbar seine Fassung wiedererlangt. Zumindest wies sein Gesicht nun etwas mehr Farbe auf. Er stöhnte und beugte sich zu Peter herunter, doch bevor er etwas sagen konnte, rief Alexander erneut dazwischen.

»Wie es nach dem Krieg weiterging, davon steht natürlich nichts in unseren Schulbüchern. Aber das Wissen, was hier erforscht wurde, das ist ja nicht einfach verschwunden. Es gibt immer irgendwelche machtgeilen Arschlöcher, die weitermachen. Suchen sie doch einmal nach dem Projekt MK-Ultra.«

»Jetzt reicht es! Das gibt einen Brief an deine Eltern!«, brauste Frau Petermann auf, doch Alexander hatte sich bereits von ihr abgewandt und stampfte wütend davon.

»Meinst du ...« Peter wollte Smarden fragen, ob er auch eine Verbindung zwischen Buchenwald und den Experimenten in

Leipzig sah, doch er musste mitten im Satz würgen. Die Frage wäre eh nicht nötig gewesen. Gedankenkontrolle, Drogen ... das alles kam ihm nur zu bekannt vor. Ihm wurde plötzlich kalt und er begann am ganzen Körper zu zittern.

»Das Angebot mit dem Bus nehmen wir gerne an.«, rief Smarden Frau Petermann zu und ignorierte ihren darauffolgenden Tadel, wofür Peter ihm außerordentlich dankbar war. Peter wurde von Smarden auf die Beine gezogen und sein Freund stützte ihn, während sie sich in Richtung Parkplatz schleppten.

Die Klasse war ruhig und der Bus fuhr monoton brummend über eine Landstraße in Richtung Eisenach. Peters Müdigkeit hielt noch immer an. Der Besuch in Buchenwald hatte seinen Zustand nicht gerade verbessert. Jedoch war es ihm noch immer nicht möglich einzuschlafen, auch wenn er sich so sehr nach ein wenig Erholung sehnte. Sein Magen fühlte sich an, als wäre er zu lange Karussell gefahren. Diese Übelkeit wollte einfach nicht wieder verschwinden.

Sie hatten schon den halben Weg hinter sich gebracht, da brach Smarden endlich das Schweigen.

»Sag mal, was ich mich schon die ganze Zeit frage: Woher hast du von Josie gewusst? Woher hast du gewusst, dass wir graben müssen? Ich bekomme das einfach nicht zusammen.«

Wie sollte Peter das erklären, wo Smarden doch nicht mehr an die Grenzwesen glaubte? Das machte alles so viel komplizierter. Auch wenn er kaum noch Zeit ohne Smarden verbrachte, so fühlte er sich dennoch verlassen und allein. Smarden wollte seine Welt einfach nicht mehr teilen. Wie konnte er den alten Smarden nur wieder zurückholen? Er suchte nach Worten und seufzte.

»Smarden, also ... kannst du dich an unsere Meditationsübungen erinnern? Damals im Wald? Du hast mir einen Smorg gezeigt. Weißt du noch? Den großen Dicken.«

Peter versuchte zu grinsen, doch Smarden rollte nur mit den Augen. »Erinnere mich bitte nicht daran. Aus dem peinlichen Alter bin ich raus.«

»Und wie erklärst du dann, dass mir ein Grenzwesen den Weg zu Josie gezeigt hat?«

»Ach hör schon auf damit. Du verarschst mich doch.«

Peter stöhnte. »Was denkst du denn, was sie in Leipzig von mir wollten? Du hattest recht, Smarden. Du hattest die ganze Zeit recht. Sie hatten nach mir gesucht. Ich kann scheinbar Dinge, die sonst niemand kann. Und {X} kann...« Peter hatte schneller gesprochen als er gedacht hatte, und verschluckte daher den Rest des Satzes, als er bemerkte, in welche Richtung er sich manövrierte. Wie {X} in dieses ganze Thema verwickelt war, das war Peter immer weniger klar. Das war ein Punkt, welchen Peter jetzt eigentlich nicht ansprechen wollte. Bisher hatte er auch verschwiegen, dass Jack – oder Shadow, wie Smarden ihn nannte – und {X} sich kannten. Mehr noch. Peter wusste, dass {X} Jacks Vater war.

Er räusperte sich. »Smarden, du hast mich damals als einziger nicht für einen Spinner gehalten. Und du hattest Recht. Schau!«

Peter tauchte in den Äther und nahm an, dass Smarden die wirbelnden Wellen ebenfalls sehen konnte. Ganz so wie am Anfang, als Smarden den Smorg durch Peters Augen gesehen und bewundert hatte. Doch heute wurden Smardens Augen nicht zu schwarzen Tunneln, und Peter fühlte sich dämlich, weil er dies erwartet hatte.

»Was *schau*? Jetzt siehst du aus wie ein Spinner, das sehe ich. Und jetzt hör auf mit dem Quatsch. Sag schon, woher wusstest du es? Was hast du dort erlebt?«

Peter stöhnte und stützte seinen Kopf in die Hände.

»Luna?«

Der Schmetterling erschien und setzte sich zwischen sie auf die Armlehne.

»Kannst du dich ihm zeigen?«

»Ich kann mich leider niemandem zeigen, der mich nicht sehen will.«

So kamen sie also auch nicht weiter. Also versuchte Peter es direkter.

»Smarden, erinnere dich. Bitte. Du musst mit meinen Augen sehen. Versuch es doch einmal. Bitte. Wovor hast du denn Angst?«

»Das ist albern.«, Smarden lehnte seinen Kopf zurück und schloss die Augen. Peter seufzte. Ja, das fühlte sich wirklich albern an. Langsam sah er sich in Smardens Augen selbst als einen Verrückten. Wie konnte er erwarten, jemanden, der entschieden hatte blind zu sein, von der Existenz imaginärer Wesen überzeugen zu können?

Er hatte eine Idee.

»Hast du denn dein Buch dabei? Das von deinem Vater?«

»Natürlich *nicht*.« Smarden redete, ohne die Augen zu öffnen.

Peter gab seine Versuche auf. Vielleicht war es ja auch besser so. Vielleicht sollte er es darauf beruhen lassen, bevor er Smarden als einzigen Freund in der Klasse auch noch verlor. Schon jetzt behandelte Smarden ihn wie ein kleines Kind. Vielleicht hatte er ja recht damit. Diese Gedanken taten weh.

Er lehnte den Kopf an die vibrierende Scheibe des Busses und ließ seinen Blick in die Ferne schweifen. Er hasste es, dass ihn niemand verstand. Peter, die verträumte Lachnummer der Klasse. Er hasste es so sehr. Ihre Blicke, ihre Kommentare. Er konnte mit ihren banalen Gesprächen einfach nichts anfangen. Sinnloses Geplapper über belanglose Dinge. Scheinbar waren es solche Belanglosigkeiten, über die Freundschaften geschlossen worden. Was die Menschen verband, war ihm zu oberflächlich. Sie redeten von Fußball, von Mopeds und von Alkohol. Keine schlechten Dinge, aber irgendwie so ... egal. Warum war er selbst so anders, dass ihn das alles nicht interessierte? Selbst wenn er sich bemühte, er fand einfach keinen Weg, sich in die Gespräche seiner Klasse einzubringen. Dabei gab es durchaus einige Mädchen, die er gerne näher kennenlernen wollte. Aber sie interessierten sich nicht für den Außenseiter, der heimlich schweigend ihren Gesprächen lauschte oder sie auf der Suche nach Gesprächsthemen dämlich anstarrte. Warum war seine Welt so anders als die ihre? Konnte er es ihnen erklären? Wollte er es überhaupt?

Die anderen Mädchen waren Peter mittlerweile egal. Es war ihm fast alles egal, seitdem er Luna kannte. Durch Luna war sein Interesse an anderen Mädchen verblasst. Luna, das Mädchen, welches ihn nicht ausgelacht hatte. Das Mädchen, welches seine Gedanken teilte. Das Mädchen, mit welchem er stundenlang über die tiefgreifenden Zusammenhänge dieser Welt philosophieren konnte, dem er sein Herz ausschütten und darüber lachen konnte. Und nun ... die tote Luna. Sein Schutzengel. Seine imaginäre Freundin. Wie peinlich war das denn bitte?

Der Bus fuhr an ausgedehnten Feldern vorbei. In Peters Fantasie senkte sich plötzlich ein rechteckiger Teil dieser Felder ab und öffnete ein Tor zu einem unterirdischen Hangar. Ein Helikopter stieg daraus empor. Darin saßen wichtige Menschen. Eine Spezialeinheit, welche die Menschheit retten würde. Sie hielten den Bus an und verlangten nach ihm. Peter, der Junge, welcher etwas Besonderes war. Der Außenseiter. Was würden seine Klassenkammeraden für Augen machen, wenn Peter in diesen Hubschrauber einsteigen würde? Ein Hubschrauber aus einem unterirdischen Superheldenbunker. Sie würden nicht mehr lachen. Sie würden ihn ausfragen, an seinen Lippen hängen. Sie würden bemerken, wie oberflächlich sie selbst waren und wieviel komplizierter die echte Welt war. Eine Welt, die Peter ihnen erklären konnte. Sie würden erkennen, was sie selbst alles nicht wussten – oder bisher einfach nicht wissen wollten.

Der Lärm eines Motorrads, welches den Bus donnernd überholte, ließ Peter aus seinen Träumen emporschrecken. Peinlich berührt wischte er sich die Augen. Hatte jemand etwas von seinen kindischen Gedanken mitbekommen? Hatte er im Schlaf vielleicht wieder dämlich gegrinst?

Keiner schien etwas bemerkt zu haben. Einige blickten begeistert aus dem Fenster und fachsimpelten über das Motorrad, welches sie gerade wie ein Blitz überholt hatte – ein Blitz, gefolgt von lautem Donner. Der Busfahrer schüttelte den Kopf und murmelte: »Immer diese Organspender.« Wahrscheinlich war auch er durch den Donner des Motorrads aus seiner monotonen Tätigkeit gerissen wurden.

Kaum eine Minute später fluchte der Busfahrer erneut. »Och man, was soll denn das?«

Vor dem Bus stand der Motorradfahrer quer auf der Straße und bedeutete dem Bus, das er anhalten solle. Als der Fahrer bremste, gaben die Bremsen des Busses ein widerwilliges Pfeifen von sich. Das monotone Fahrgeräusch endete jäh und weckte dadurch das Interesse der Fahrgäste. Alle blickten gespannt nach vorne und versuchten zu erkennen, warum der Bus hielt. Frau Petermann, welche in der ersten Reihe neben dem Busfahrer saß, beugte sich vor und fluchte ebenfalls.

Die vordere Bustür öffnete sich zischend und ließ den Motorradfahrer einsteigen. Er trug eine schwarze Lederkombi. Ein Helm mit getöntem Visier klemmte unter seinem Arm. Smarden war plötzlich so angespannt wie ein Krieger vor einer Schlacht. Neben Peter wühlte er hektisch in seinem Rucksack herum, zog einen Schlagstock heraus und legte diesen versteckt auf seinen Schoß. Mit der anderen Hand drückte er gegen Peters Schulter und murmelte: »Egal was passiert: Bleib ganz ruhig, verstanden?«

Was war denn mit dem los? Peter wusste nicht, was Smarden

erwartete, sagte jedoch nichts.

Der Motorradfahrer sprach leise mit Frau Petermann und dem Busfahrer und hielt ihnen dabei einen Zettel entgegen. Frau Petermann schüttelte nach einer Weile fassungslos den Kopf, nahm den Zettel an sich und steckte ihn in ihre Mappe. Dann stand sie auf und wandte sich an die Klasse.

»Peter, kommst du mal bitte vor?«

Peter zog scharf die Luft ein. Damit hatte er nicht gerechnet. Doch Smarden kam ihm zuvor. Er versteckte den Schlagstock unter seinem T-Shirt und stand auf. »Ich mach das.«, tuschelte er und ging auf die Erwachsenen zu. »Peter geht es nicht so gut. Was ist denn?«, fragte er laut. Ansonsten herrschte gespannte Stille im Bus.

»Smarden, das ist nett gemeint, aber es geht wirklich um Peter.«

Frau Petermann drückte sich im Gang an Smarden vorbei und ging zu Peters Platz. Peter sah, wie Smarden nun den Motorradfahrer anstarrte und einen Schritt rückwärts stolperte.

»Peter, es geht um deine Mutter. Sie wurde ins Krankenhaus gebracht. Du bist für heute entschuldigt. Dieser Mann ist hier, um dich abzuholen.« Frau Petermann hatte sich zu ihm heruntergebeugt und leise gesprochen, doch Peter wusste, dass die umliegenden Schüler alles mitgehört hatten.

Er wurde nervös. Instinktiv glaubte er Frau Petermann kein Wort. Diese Szene erinnerte ihn zu sehr daran, wie er von Herrn Elstermann überredet wurde, die Reise nach Leipzig anzutreten. Hilfesuchend blickte er zu Smarden. Dieser nickte ihm jedoch zu und zeigte einen Daumen hoch. Auch das hatten sie schon einmal. Hatte Smarden denn nicht aus seinem Fehler, dem Direx zu vertrauen, gelernt?

»Nimm deine Sachen, Peter.» Frau Petermann wirkte echt betroffen. Zitternd nahm Peter seinen Rucksack auf die Schultern und folgte ihr durch den Gang. Der Motorradfahrer nickte und verließ den Bus. Smarden folgte ihm.

Als sie sich vor dem Bus trafen, wusste Peter, warum Smarden beim Anblick des Motorradfahrers erschrocken war. Auch er stolperte kurz und musste sich an Smardens Schulter festhalten, um nicht zu stürzen.

Dieses Gesicht kannte er. Es verursachte Schmerzen. Es gehörte zu den Erinnerungen, welche aus der schwarzen Nebelwand hervorgedrungen waren.

»Du?«

Das war alles, was er herausbrachte.

»Grüß dich, Peter. Keine Sorge, alles wird gut. Machen wir los?«

Die übertriebene Fröhlichkeit des Jungen irritierte Peter, doch als

Frau Petermann mit einem »Dann lasse ich euch mal alleine.« in den Bus zurückging, bemerkte er, dass diese Maskerade wahrscheinlich ihr galt.

Als sie verschwunden war, reichte der Mann ihm die Hand. »Ich bin Sascha. Wir kennen uns. Lass uns später reden, hier ist nicht der richtige Ort dazu.«, raunte er verschwörerisch.

»Ohne mich geht Peter aber nirgends hin.«, schritt Smarden dazwischen und sah den Mann drohend an.

»Tut mir leid. Ich hatte keine Ahnung, dass du auch hier bist.«, sagte Sascha an Smarden gerichtet. Er wirkte ehrlich dabei. Doch Peter wusste, dass das nichts zu bedeuten hatte. Trotzdem. Er hatte keine Lust, ständig wie ein hilfloses Kind behandelt zu werden. Er brauchte keinen Beschützer.

Peter schob Smarden beiseite. Er wollte wissen, was hier los war. Auch wenn die Wahrscheinlichkeit groß war, dass dies eine erneute Falle war und er diesem Mann nicht trauen sollte. Aber immerhin hatte dieser Mann ihn damals aus Leipzig befreit. Er hatte eine Chance verdient. Vielleicht war ja tatsächlich etwas mit seiner Mutter?

»Smarden, lass gut sein, ja?«

Smarden schnaufte. »Vergiss es! Nicht noch einmal!«

»Hey.« Der Mann wollte seine behandschuhte Hand auf Smardens Schulter legen, doch dieser spannte sich blitzschnell an, griff nach der Hand und verdrehte sie in einer schmerzhaften Geste, welche Sascha auf die Knie zwang. Der stöhnte überrascht auf.

»Uff. Ich wollte nur ein paar Meter mit dir vom Bus weg.«, sagte er.

Nun war es Peter, der seine Hand auf Smardens Schulter legte. »Gib ihm eine Chance, ja?«

Smarden brummte und lockerte seinen Griff.

»Dauert es noch lange da draußen? Wir wollen weiter.«, schnauzte der Busfahrer durch die offene Tür.

Sascha und Smarden gingen ein paar Meter und unterhielten sich leise.

Als sie zurückkamen, war Smardens Blick resigniert. »Ich hoffe, du weißt was du tust.«, sagte er, als er an Peter vorbei zurück in den Bus stieg.

Unsicher folgte Peter dem Mann zu seinem Motorrad. Sascha sah viel zu jung aus, um so eine Maschine fahren zu dürfen. Peter erinnerte sich an den kleinen, dünnen Jungen im Keller, welcher das Gesicht dieses Motorradfahrers trug.

»Darfst du denn schon fahren?«, fragte er, bevor er sich der Beleidigung bewusst wurde, welche diese Frage beinhaltete. Sascha wirkte tatsächlich getroffen und reichte ihm einen Helm.

»Willst du meinen Ausweis sehen?«

Der Bus hatte gestartet und fuhr schnaufend am Motorrad vorbei, welches noch immer die Straße blockierte. Im Vorbeifahren sah Peter Smardens Gesicht, wie es enttäuscht zu ihm hinausschaute.

»So, jetzt entspann dich. Deiner Mutter geht es gut. Ich habe das Schreiben gefälscht, weil ich dich brauche.«

Peter hatte so etwas schon geahnt, starrte Sascha aber dennoch entsetzt an.

»Was willst du von mir?«

»Ich weiß, ich hätte dich vorwarnen müssen. Ich habe einfach gehofft, dass du genauso sehr wie ich etwas gegen diesen Abschaum unternehmen möchtest. Und wir haben nicht viel Zeit. Ich kenne Leute, die heute einen Angriff auf eine ihrer Zellen durchführen. Ich habe sie überzeugt, dass wir dabei sein dürfen.«

Peter spürte, wie das Blut in seinen Adern zu kochen begann. Adrenalin schoss durch seine Adern und er hörte sein Herz in den Ohren hämmern. Die Dunkelheit kam zurück und drohte, ihn gänzlich zu verschlingen.

»Ein Angriff?«, stammelte er. »Wir? Moment mal, es gibt gar kein *wir.* Wie kommst du darauf, dass ich da mitmache?«

Er wollte mit diesen Leuten nichts mehr zu tun haben. Erst recht nicht ohne Smarden. Oder Pam. Er war ein Feigling, kein Held. Es war ein Fehler, Smarden fahren zu lassen. Er hätte zurück in den Bus steigen sollen. Hätte...

»Du bekommst ja eine Panikattacke.« Sascha sah wirklich überrascht aus. Hektisch tippelte er hin und her, kramte eine Packung Taschentücher aus einer seitlichen Motorradtasche, schüttelte seinen Kopf und steckte das Päckchen wieder zurück.

»Ähm ... keine Sorge. Wir werden weit vom Geschehen weg sein. Wir fahren in einem Technikwagen mit.« Diese Worte kamen bei Peter nicht an. Sie beruhigten keineswegs. Er hyperventilierte und bekam kaum Luft. Verzweifelt versuchte er Halt zu finden und griff nach dem einzigen Strohhalm, der ihm einfiel. Luna.

»Luna? Hilf mir!«

Sogar im Geist war seine Stimme zittrig. Luna kam und legte sich wie Watte auf seine Panik. Fast sofort wurde er ruhiger und konnte wieder klarer denken. Peter atmete tief durch. *»Danke.«*

»Na siehst du.«, auch Sascha entspannte sich wieder und stieß erleichtert Luft aus.

»Hör mal, ich weiß, dass du Dinge kannst, die diesen Leuten

Angst machen. Und ich weiß, dass ihr noch einmal in Leipzig bei der Polizei wart. Ich nehme daher an, dass du etwas gegen sie unternehmen möchtest. *Ich* biete dir die Chance dazu. Wenn du nicht möchtest, dann fahre ich dich nach Hause und wir vergessen die Sache. Aber ich versichere dir: Uns wird nichts passieren.«

»Du willst, dass ich für dich kämpfe?«, Peter lachte ungläubig und taumelte einen Schritt rückwärts.

Gegen das Dunkel kämpfen? Diesen Schrecken? Diese Monster? Ihm wurde übel.

»Wie soll ich kämpfen? Ich bin viel zu schwach und feige.«

Luna meldete sich wieder zu Wort. Peter hatte ganz vergessen, dass sie ja seine Gedanken hören konnte.

»Was denkst du, wer ist der stärkere Mann? Ein Marathonläufer? Oder der, der sich ohne Beine mit seinen Armen vorwärts ziehen muss?«

Peter verstand nicht. *»Was willst du mir damit sagen?«*

»Nur weil du leiser als all die anderen bist, bist du nicht feige. Im Gegenteil. Du stellst dich täglich deiner Angst, und das macht dich schon jetzt zu einem mutigen Krieger.«

Peter schluckte. So viel Weisheit hätte er dem verspielten

Schmetterling gar nicht zugetraut. Sie war wirklich sein Schutzengel.

»Wusstest du,«, fragte Sascha, »dass es bei der Polizei in Leipzig nie einen offiziellen Eintrag in den Protokollen gab? Sie haben euch verarscht.«

»Und woher weißt du ...«

»Ich habe ... Möglichkeiten. Keine Sorge. Wir sind nur als Zuschauer dabei. Keiner wird uns sehen. Also, was sagst du?«

Peter fühlte sich wie unter Drogen. Er traf keine bewusste Entscheidung. Vielmehr hörte er sich dabei zu, wie er auf Saschas Frage antwortete.

»Nur aus der Ferne, ja?«

»Sicher. Nur aus der Ferne.«

Sascha reichte ihm die Hand und Peter sah, wie sein Körper unsicher nach dieser griff. Scheinbar wurde eine Entscheidung getroffen.

14

Wut

Ich bin der *Valandar*!

Der Sehende unter den Blinden. Nicht Hirte und nicht Schäfer, sondern das versteckte Loch im Weidezaun.

Der Dorn im Fers des Hirten.

Der Traum des Schafs.

Ein Krieger ohne Lob.

Unentdeckter Mut lodert in meinem Gewissen.

Gegen die blendende Dummheit des Lichts und die verachtende Kälte der Finsternis. Unzerbrechlich, doch verhöhnt von beiden Seiten.

Reich mir deine Hand.

Wenn die Flut die Weide verschlingt, werden wir gemeinsam zur Arche werden.

Tagebücher des jungen Valandar

Buch 1, Kapitel 1

Peter

Es war bereits dunkel, als das Motorrad endlich in ein leeres Parkhaus einbog. Sascha manövrierte sie über endlose Kurven nach oben, bis der Weg vor einem Bauzaun endete, welcher den Zugang zu den oberen Etagen versperrte. Ein mit einer Warnweste und gelbem Helm bekleideter Mann kam ihnen entgegen und rückte den Bauzaun beiseite. Sascha fuhr die letzten zwei Etagen nach oben und hielt die Maschine auf dem Dach des Parkhauses. Steif stieg Peter ab. Nach der langen Fahrt konnte er seine durchgefrorenen Knochen kaum noch bewegen.

Außer ihnen stand nur ein weiterer schwarzer Transporter auf dem Dach. An diesem lehnten zwei Männer in schwarzen Overalls.

Sascha zog sich den Helm vom Kopf und ging auf sie zu.

»Hallo Montag. Entschuldigt die Verspätung.«

Der angesprochene Mann schenkte Sascha einen grimmig fragenden Blick.

»Kennen wir uns? Wer zum Teufel ist Montag?«, fragte er.

Sascha wirkte verwirrt. »Ähm, ich meine...«

Der Mann zwinkerte grinsend. »Heute bin ich Mohammed.«, sagte er und reichte Sascha die Hand.

Sein Kollege nickte. »Jesus.« brummte er knapp und stieg als Fahrer in den Wagen. »Du bist nicht allein und spät dran.«, rief er grimmig, bevor er die Fahrertür schloss.

»Er hat recht, ich bereue schon jetzt, dass wir auf den Deal eingegangen sind.«, sagte Mohammed. »Wer ist das?« Er deutete auf Peter.

»Ähm... das ist ... Schweigefuchs.« Sascha grinste ihn an. »Nein, im Ernst. Ich halte mich an den Deal. Wir halten die Klappe und fahren nur mit. Weiter nichts. Ihr bemerkt uns gar nicht. Dann bekommt ihr die Unterlagen zu Projekt 22. Mein Freund wird keinen Ärger machen. Ich brauche ihn zum Kartenspielen, falls uns langweilig wird.«

Der Mann brummte missmutig und griff nach dem Funkgerät, welches an seinem Gürtel steckte. »Hey, Buddha. Wir haben hier doch noch eine Fleischbeschauung. Komm mal rüber.«

Das Funkgerät antwortete mit einem knarrenden »Verstanden«.

Weiter unten im Parkhaus startete ein Wagen. Die Geräusche des startenden Motors hallten übermäßig laut herauf. Kurze Zeit später hielt ein weiterer Transporter neben ihnen, aus dessen Seitentür ein kleinwüchsiger Mann stieg. Jesus, der Peter die gesamte Zeit über finster angestarrt hatte, deutete auf ihn, woraufhin der kleine Mann nickte, einen rustikalen Koffer aus dem Fahrzeug nahm, und damit auf Peter zuging. Scheppernd stellte er den Koffer vor Peter ab und öffnete den Deckel. Ein Hund wurde wohl durch den im Parkhaus widerhallenden Lärm alarmiert und bellte in der Ferne.

Aus dem geöffneten Koffer zog der Mann einen Monitor. Peter reagierte mit plötzlicher Panik, noch bevor er seine Reaktion verstand. Er schrie auf und hechtete zurück. Die Szene erinnerte ihn einfach zu sehr an seine Zeit als Versuchskaninchen.

Sascha ging dazwischen. »Hey, ganz ruhig. Alles ist gut. Sie wollen dich nur überprüfen, okay? Du bist hier bei den Guten.« Peter bemerkte den entschuldigenden Blick, welchen Sascha dem Mann am Transporter zuwarf. Er atmete tief durch und straffte sich.

»Ist in Ordnung. Entschuldigung.«

Der kleine Mann nickte und schaltete den Monitor ein. Darauf liefen Zahlen und Buchstabenkombinationen durchs Bild. Es folgten verschiedene Pfeifsignale und etwas, das wie Morsecodes klang. Dann der Klang fliegender Hubschrauber, gepaart mit leuchtend flackernden Farben.

»Okay.«, sagte der kleine Mann. »Ich muss dich noch kurz abtasten. Geht ganz schnell.«

Ohne auf eine Antwort zu warten, trat er hinter Peter, schob seine kalte Hand unter Peters Jacke und tastete ihm am Rücken herum. Aus dem Augenwinkel sah Peter noch, wie sie ein weiterer Mann aus der Seitentür des zweiten Transporters beobachte-te.

»Alles Okay.«, sagte der kleine Mann, klappte seinen Koffer wieder zusammen und ging zurück zu seinem Wagen. Der Mann, welcher sie beobachtet hatte, nickte ebenfalls und zog sich wieder in den Innenraum des Transporters zurück.

»Zumindest gehört er zu keiner uns bekannten Programmierung.«, sagte Mohammed an Sascha gewandt. »Du hast Glück, dass wir keine Zeit für weitere Diskussionen haben. Aber ich warne dich, Krähe. Wenn etwas schiefläuft, dann schuldest du uns nicht nur Projekt 22.«

Dann stieg er über die seitliche Schiebetür in den Transporter. Peter atmete tief durch. Willkommen fühlte er sich hier nicht.

»Projekt 22? Was verschweigst du mir?«, raunte Peter in Saschas Ohr.

»Nicht jetzt.«, raunte dieser zurück. Er deutete Peter an ihm zu folgen, und gemeinsam stiegen auch sie in das wartende Fahrzeug. Sie setzten sich auf zwei Klappsitze im hinteren Teil des Transporters. Der Innenraum war vollgepackt mit Monitoren und Bedienstationen. Zwei Drehstühle befanden sich links und rechts. Auf einem von ihnen nahm Mohammed Platz, auf dem anderen saß bereits ein Mann, welcher mit einem Headset auf dem Kopf konzentriert einen schwarzen Monitor beobachtete. In weißer Schrift rauschten Zahlen über den Bildschirm.

»Schnallt euch an und sprecht nicht mit Moses. Er ist beschäftigt.«, kommandierte der Mann namens Mohammed. Er betätigte einen Schalter und die Seitentür des Wagens schloss sich lautlos.

»Kann losgehen, Jesus.«

Die Monitore klapperten und schwankten, während sie schweigend durch die Nacht fuhren. Es dauerte etwa eine Stunde, bevor Moses begann, in sein Headset zu sprechen.

»Wir sind kurz vor dem äußeren Kreis. Beziehen jetzt Warteposition.«

Als der Wagen schließlich hielt und den Motor abstellte, waren die Monitore die einzige Lichtquelle. Fenster besaß dieser Transporter nicht, und die Fahrerkabine, in welcher Jesus saß, war durch eine schwarze Scheibe vom hinteren Bereich abgetrennt.

Trotz der durch das plötzlich endende Klappern der Technik bedrückenden Stille, zwang sich Peter, sich an die Vorgaben zu halten und nicht zu sprechen. Schließlich drehte sich Mohammed mit seinem Stuhl in ihre Richtung und brach das Schweigen.

»Also. In etwa drei Stunden beginnt in der Nähe ein satanistisches Ritual der Kabale. Sie feiern heute Satans Hochzeit, daher werden viele wichtige Leute anwesend sein. Der Äußere Kreis müsste bereits vor Ort sein und das Gebiet sichern. Die Mitglieder des inneren Kreises treffen wahrscheinlich erst kurz vor dem Beginn ein. Bis dahin warten wir hier und beobachten die Gegend.«

Peter räusperte sich. »Was für ein *Ritual*? Und was machen wir, wenn es losgeht?«

Der Mann stöhnte und sah Sascha skeptisch an.

»Er ist okay. Er war mit in Leipzig. Wir sind dort gemeinsam geflohen.«

Überraschtes Erkennen zeigte sich in Mohammeds Blick und er wurde augenblicklich freundlicher.

»Du bist der Junge aus der Schule in Eisenach.« Er rieb sich die Augen und stützte anschließend seine Ellenbogen auf den Knien ab. »Dass ich das nicht eher bemerkt habe. Also, jetzt, wo du hier bist: Es tut mir aufrichtig leid, was dir zugestoßen ist. Ich kann nicht leugnen, dass wir daran eine Mitschuld tragen.« Er seufzte. »Wir hatten den Direktor schon eine Weile observiert. Als sie plötzlich Interesse an dir zeigten, kam uns das bereits seltsam vor. Daher hatten wir dir einen Sender untergeschoben, um dich tracken zu können. Leider hatten wir nicht genügend Zeit für Nachforschungen und wir hatten unterschätzt, wie viel Mühe sie sich machen würden, um dich verschwinden zu lassen. Dadurch haben wir die Spur verloren. Es war purer Zufall, dass dich unsere kleine Krähe hier gefunden hat.«. Er nickte zu Sascha.

Peter war verwirrt. Sie wussten davon? Die ganze Zeit über? Sein Herz machte einen Sprung. Er fühlte sich plötzlich so ... wie sollte man das in Worte fassen? Beschützt? Hoffnungsvoll? Es gab hier scheinbar jemanden, der für ihn kämpfte. Das erste Mal seit Leipzig fühlte er sich verstanden. Er war nicht allein.

»Einen Sender?«

»Eine Visitenkarte.«, Mohammed zuckte mit den Schultern. »Uns ist auf die Schnelle nichts Besseres eingefallen.«

»Der Hausmeister.«, murmelte Peter – mehr zu sich selbst. »Und der Direktor?«

»Den haben wir ... befragt. Leider wusste er auch nicht, wohin sie dich gebracht haben. Wir haben nur erfahren, dass sie Interesse daran hatten, wie unser kleiner Schweigefuchs hier ihren geplanten Anschlag in einem Shoppingcenter vereitelt hat. Im Übrigen eine ziemlich interessante Frage, auf die wir später bestimmt noch zurückkommen werden.« Der Mann schien zu bemerken, dass seine Äußerung zu erneuter Panik bei Peter führte und fügte an:

»Nein, nein. Keine Sorge. Hier fasst dich keiner an.«

Sie schwiegen eine Weile. Diese Informationen musste Peter erst einmal sortieren. Die Gedanken wirbelten in seinem Kopf herum. Mohammed gab ihm diese Zeit, blickte ihn jedoch weiter nachdenklich an. Er wusste, dass weitere Fragen folgen würden.

»Wer sind diese Leute?«

»Eine gute Frage.« Der Mann brummte.

»Also, eine kurze Zusammenfassung: Seit Jahrtausenden gibt es Menschen, welche danach streben, andere Menschen zu beherrschen. Doch anders als viele meinen, gehören Zwang und Gesetze nicht zu den besten Mittel der Kontrolle. Das beste Mittel ist und war schon immer die Religion. Sie pflanzt sich in deinen Kopf und sorgt dafür, dass du dich selbst an ihre Richtlinien hältst. Und zwar unabhängig von regionalen Grenzen. Die alten Blutlinien der Herrscherdynastien haben diese Kunst über die Jahre immer weiter perfektioniert. Sie haben geheime Forschung betrieben und Wissen gehortet. Sie haben sich in Netzwerken organisiert, welche alle im Verborgenen ihre geheime Religion praktizieren. Die Anbetung von Bahl, der einzig wahre Satanismus. Sie tragen viele Namen. Manche nennen sie die Feinde der Menschheit, den Kult der Schlange, die Kabale, die Illuminaten, die chasarische Mafia. Wir nennen sie einfach nur den Kult. Ihre Mitglieder haben global alle Machtstrukturen und alle anderen Religionen mit ihren Anhängern infiltriert.«

»Also waren die Leute in Leipzig Satanisten?«, fragte Peter, der nun einige Gesichter aus seiner Erinnerung vor sich sah. Frau

Gerstner, Herr Sachse – sie alle wirkten nicht gerade auffällig religiös. Sie trugen weder schwarze Kleidung noch umgedrehte Kreuze. Sie waren sogar nett gewesen. Anfangs zumindest.

»So ungefähr.«, erwiderte Mohammed.

»Sie haben schon früh erkannt, dass man den Geist von Menschen durch Folter zerbrechen kann. Diese einzelnen Splitter existieren dann unabhängig voneinander. Mit der Forschung der letzten Jahrzehnte haben sie diese Form der Gedankenkontrolle perfektioniert. Stell es dir so vor, als würden viele verschiedene Menschen in ein und demselben Körper leben. Alle mit einem eigenen Wissen, eigenen Fähigkeiten, Wünschen und sogar unterschiedlichen Sprachen ... ganz so, wie wirklich eigenständige Menschen. Und diese einzelnen Splitterpersönlichkeiten trainieren sie für verschiedene Aufgaben.«

Das musste Peter sich nicht vorstellen. Er kannte Luna. Sie war so eine zerbrochene Seele. Doch Peter dachte nun auch an die geschundenen Kinder, welche im Keller in Käfigen vor sich hinvegetierten. Diese sollten für Aufgaben trainiert werden? Wofür? Um die Machtstrukturen der Gesellschaft zu infiltrieren? Das war doch absurd.

»Aber wie können solch kaputte Menschen ... ich meine, das müsste doch auffallen?«

»Eben gerade nicht. Die Alltagspersönlichkeit, welche wir als den

Menschen wahrnehmen, weiß normalerweise nicht einmal etwas davon, dass sie noch andere Persönlichkeiten in sich trägt. Sie bekommt nichts davon mit, dass Splitterpersönlichkeiten in ihrem Körper an grausamen Ritualen teilnehmen. Sie hat dann einfach eine Gedächtnislücke und vielleicht auch einmal eine Verletzung, deren Herkunft sie nicht weiß. Wir nennen soche Menschen Schläfer.«

Das konnte Peter leider sehr gut nachvollziehen. Immerhin hatte er sich selbst nichtmehr an die Ereignisse in Leipzig erinnern können. Selbst seinen Freund Smarden hatte er vergessen gehabt.

Mohammed fuhr fort: »Solche Personen haben im echten Leben ganz normale Freunde und vielleicht sogar eine Familie oder Kinder, welche nichts von ihrem geheimen Doppelleben mitbekommen. Sie sind dafür geschaffen worden, gerade nicht aufzufallen.«

»Also ist es eine Religion, deren Mitglieder nichts von ihrer Religion wissen?«

Mohammed lachte. »Verrückt, oder? Aber genau das ist es zu einem großen Teil – zumindest für jene Leute, die wir als Opfer bezeichnen, obwohl sie genau genommen ebenfalls zu den Tätern gehören. Das macht es für uns so schwer, die Mitglieder zu erkennen. Es ist wie eine Schattenwelt, welche genau vor unseren Augen die grausamsten Verbrechen begeht, ohne dass wir es sehen können. Als Außenstehender denkt man, dass selbst die Opfer freiwillig handeln und sich gerne foltern oder ermorden lassen. Dabei sind es nur Splitterpersönlichkeiten, welche darauf trainiert wurden, den Tod als Belohnung anzusehen. Wie gesagt: das ist alles eine Religion. Sie opfern sich Satan offensichtlich freiwillig. Sie drehen alle Logik um: Gut ist böse, Tod ist Leben und so weiter. Eine Parallelwelt, wie bei Alice im Wunderland. Und diese falsche Welt stülpen sie immer weiter über unsere Welt, ohne dass wir es bemerken. Sie lassen uns freiwillig entscheiden, uns selbst widersinnigen Regeln zu unterwerfen, uns gegenseitig zu misstrauen oder uns gegen Dinge abzustumpfen, von denen wir wissen, dass sie unmenschlich und falsch sind. Einfach nur, weil wir naiv sind und somit den Hintergrund nicht verstehen. Wir verstehen nicht, dass wir für sie nichts weiter als dumme Schafe auf einer Wiese sind.

Erst letzte Woche haben wir beispielsweise ein Computerspiel offline genommen, bei welchem die Spieler militärische Drohnen gesteuert und auf Siedlungen im Nahen Osten geschossen haben. Nur dass diese Drohnen eben echt waren und die Spieler dies nicht wussten. Sie sind also auf eine satanische Verlockung hereingefallen und haben freiwillig Kriegsverbrechen in irgendeinem Dritte Welt Land begangen, ohne dass sie es wussten. Für sie war es nur ein Spiel, doch ihre Opfer sind real gestorben. Das ist es, was sie aus uns machen. Sie machen uns zu Mördern, ohne dass wir es bemerken. Und wir lieben sie auch noch dafür.«

Sascha verkrampfte sich auf seinem Sitz. »Du redest nicht etwa von CaD, oder?«

Der Mann seufzte. »Doch, genau das. Hast du wohl auch gespielt, was? Keine Sorge, die Frage nach der Schuld brauchst du dir nicht zu stellen. Wird den Unwissenden ihre Schuld bewusst, werden sie daran zerbrechen. Tu dir das nicht an, kleine Krähe.«

Peter sah, dass das Saschas Schock keineswegs linderte. Sein Blick wanderte ins Leere und sein Gesicht wurde so bleich wie Kreide. So musste auch Peter ausgesehen haben, als ihn die Bilder seiner Erinnerung an Leipzig einholten.

»Und ihr seid von der Polizei und verhaftet sie jetzt?«

Mohammed lachte. »So einfach ist das leider nicht.«

Moses meldete sich mit einem knappen: »Sie sind jetzt da.« zu Wort.

»Okay, Ruhe jetzt. Wir reden später.«, sagte Mohammed, setzte sich ebenfalls ein Headset auf und griff nach dem Joystick, welcher vor ihm auf der Konsole befestigt war.

Sascha und Peter saßen schweigend auf ihren Plätzen, während die beiden Männer Knöpfe betätigten und ihre Monitore beobachteten. Es dauerte eine Ewigkeit und Peters Müdigkeit meldete sich zurück. Während Sascha noch sichtbar damit beschäftigt war, gegen die Dämonen seiner eigenen Gedanken zu kämpfen, lehnte Peter seinen Kopf gegen die Seitenwand des Transporters und schloss die Augen.

Persönlichkeitssplitter, viele Menschen in einem Körper? Eine Alltagspersönlichkeit, die nicht weiß, dass sie aus vielen besteht? Gedächtnislücken? Peter versuchte sich das vorzustellen. Vielleicht ein wenig wie Schlafwandeln? Ja, vielleicht war es das. Aber nein ... das, was er bei Josi gesehen hatte, war mehr als nur Schlafwandeln. Und bei Luna? Sie hatte sich selbst in den Kopf geschossen. *Luna* sagte, *Luna* sei zu schwach, um ihn zu schützen. Aber *sie* konnte es. Er hatte das nicht verstanden. Das hatte überhaupt keinen Sinn ergeben. Doch wenn es gar nicht Luna war? Peter erinnerte sich daran, dass Luna gesagt hatte, sie hieße Jacob.

Und er dachte, verrückter konnte es gar nicht mehr werden.

Die gedämpfte Stimme von Moses riss ihn aus seinen Gedanken. »Okay. Alle Teams in Position. Die Zugänge zu den Tunneln sind in den Gartenlauben. Team Beta übernimmt das. Bereitmachen. Zeus beginnt in 0 30. Zugriff in 10.«

»Alles klar.«, kam Mohammeds Antwort.

»Jesus, langsam vorwärts. Und ihr Zwei,«, er blickte zu Peter und Sascha. »haltet die Klappe, verstanden?«

Sascha brummte widerwillig. Auch wenn er zu Beginn den aufgeklärten Insider markiert hatte, wirkte er nun geläutert wie ein kleines Kind. Das Herz in seiner Brust raste sicherlich genauso, wie es auch bei Peter der Fall war. Der Raum war geschwängert von einer unbestimmten Vorahnung. Obwohl Mohammed und Moses professionelle Gelassenheit ausstrahlten, konnte man doch spüren, dass dieser Einsatz alles andere als harmlos war. Sie setzten sich mit einem Spezialkommando in Bewegung, um Satans Hochzeit zu sprengen? So etwas kannte Peter sonst höchstens als belanglosen Actionfilm im Fernsehen. Was sonst durch banale Schusswechsel im Abendprogramm für Entspannung sorgte, war hier, in diesem Transporter, um einiges realer. Nun spürte er keine Entspannung. Er spürte Wut, er spürte Tatendrang und er spürte Angst. Und das, obwohl er das Geschehen auch hier nur auf Bildschirmen verfolgen konnte.

Obwohl Peter keinen brummenden Motor hörte, begann sich der Transporter langsam zu bewegen. Schotter, welcher unter den Rädern des Wagens knirschte, verursachte die einzig wahrnehmbaren Geräusche. Mohammed und Moses suchten über ihre Monitore den Himmel ab.

»Ich hab eine.«, sagte Moses.

Es war ein leises »Fump« zu hören, dann sah man auf Moses Monitor, wie ein Vogel von einem Baum stürzte.

»Dort ist noch eine.«, sagte Mohammed.

»Was tut ihr?«, fragte Sascha, welcher ebenfalls gebannt die

Monitore beobachtete. »Warum schießt ihr auf Vögel?«

»Das ist ein gerichteter EMP Strahl.«, erklärte Mohammed, ohne von seinem Monitor aufzusehen. »Einem Vogel könnte der nichts anhaben. Das sind keine Vögel, sondern Drohnen. Lautlose Luftüberwachung. So sichert der Kult das Gelände rund um das Ritual.«

»Fump«

Auf Mohammeds Bildschirm konnte man deutlich erkennen, wie etwas von einem Baum kippte und zu Boden stürzte. Von draußen konnte man jetzt auch ein Krächzen hören. Es klang, wie das Krächzen echter Raben.

»Sie schlagen Alarm. Team Beta, sichert die Eingänge zu den Tunneln. Zugriff!« Moses schien das Sagen zu haben und die Einheiten zu koordinieren. Auf einem weiteren Monitor tauchten rot leuchtende Punkte auf.

»Das Radar zeigt sechs Vögel in der Luft.« Moses drückte ein paar Knöpfe, dann schossen die Kanonen in schneller Abfolge.

Fump Fump Fump

»Erledigt.«

Das Geräusch eines elektrischen Motors war zu hören. Als würde eine Klappe geöffnet. Dann änderte sich das Bild auf Mohammeds Bildschirm und zeigte viele kleine Kacheln, welche die Bilder verschiedener Überwachungskameras zeigten.

»Drohnen sind raus.«, sagte er.

Die Kameras, welche die Videostreams auf den Kacheln erzeugten, begannen schnell in die Luft zu steigen. Man konnte den Transporter von oben sehen, dessen Dach aus mehreren Luken bestand. Aus zwei der Luken ragte so etwas wie ein beweglicher Ring mit einem kurzen Lauf davor. Es sah aus, als hätte man das LNB einer Satellitenschüssel durch ein Fernrohr ersetzt. Das mussten die EMP Kanonen sein. Die mittlere Luke des Dachs war leer. Von dort waren die Drohnen gestartet.

»Wir bekommen Probleme.«, rief Jesus von vorne aus der Fahrerkabine und klopfte dabei an die Trennwand. Auf dieser Trennwand erschien nun das Bild einer Kamera, welche die Straße vor dem Wagen zeigte. Die Straße führte in einem Bogen an einem großen Haus vorbei. In etwa einhundert Metern schob sich hinter diesem Haus langsam eine Polizeisperre ins Bild.

»Ruhig bleiben.«, antwortete Moses.

»Nichts, womit wir nicht gerechnet hätten. Delta, seid ihr bereit?«

Eine Antwort konnte Peter nicht hören, da die Männer über ihre Headsets sprachen.

»Haltet euch an das Standardprotokoll.«, sagte Moses.

»Jesus! Stealthmodus beenden. Begrüßen wir sie mal.«

»Alles klar.«

Der Motor des Transporters erwachte brummend zum Leben. Jesus fuhr direkt auf die Polizeikontrolle zu und hielt ordnungsgemäß vor ihr an. Zwei Polizeiwagen versperrten den Weg. Peter erkannte vier Polizisten.

Während die Polizisten aus dem vorderen Videobild verschwanden, klopfte einer von ihnen an die Seitenscheibe. Durch die Trennwand konnte Peter gedämpft hören, wie Jesus mit einer Polizistin redete.

Mohammed vergrößerte das Bild einer einzelnen Drohne, welche ihren Transporter von oben zeigte. Die Kanonen waren eingefahren. Dies musste lautlos geschehen sein, denn Peter hatte nichts davon mitbekommen. Man konnte sehen, wie die Polizistin an der Fahrertür des Wagens stand. Die anderen drei standen nun etwas abseits und betrachteten den Transporter von den Seiten. Dabei wirkten sie entspannt und harmlos. Das Bild einer ganz normalen Straßensperre, bei welcher sich während einer ereignisarmen Nachtschicht die gelangweilten Polizisten ein wenig ihre Zeit vertrieben. Dieses Bild passte nicht zu der Wut, welche Peter durch das verspürte, was Mohammed ihm über diesen Kult erzählt hatte. Er wusste nicht, was er erwartet hatte. Aber das hier? Das wirkte so normal. Eine gelangweilte Polizeikontrolle in der Nacht? Das war doch nichts Besonderes. So etwas konnte man doch immer und überall beobachten. Oder? Waren sie sich wirklich sicher, dass hier etwas gewaltig Böses vor sich ging? Unvorstellbar.

»Verstehe, aber das geht wirklich nicht. Die Gartensparte ist wegen eines Einsatzes gesperrt. Bitte wenden Sie. Ich wünsche Ihnen trotzdem noch eine gute Nacht.«

Das war die freundliche Stimme der Polizistin, welche mit Jesus sprach und ihn zum Wenden aufforderte.

»Jetzt.«, sagte Moses in sein Headset. Peter hörte einen dumpfen Knall, so, als würde man mit dick behandschuhten Händen klatschen. Auf dem Videobild der Drohne sah er, wie alle vier Polizisten gleichzeitig in sich zusammensackten.

Peter hielt die Luft. »Was machen die da?«, flüsterte er an Sascha gewandt.

»Ich weiß es nicht. Ich glaube, sie haben gerade die Polizisten erschossen.«

»Und wir sind hier wirklich die Guten?«

»Ähm ... klar. Zumindest besser als der Kult ... denke ich.«

»Ruhe bitte.«, sagte Moses, ohne von den Bildschirmen aufzusehen.

Peter sprach trotzdem laut. Jetzt erst recht. Er war viel zu erschrocken.

»Was macht ihr hier? Wieso erschießt ihr Polizisten?«

»Es geht nicht anders, die sind nicht mehr zu retten. Kaputte Menschen, infiltriert vom Kult. Du hast wohl eben nicht richtig zugehört? Und jetzt Ruhe bitte.«

Ein neuer roter Punkt tauchte auf dem Radar auf. »Fump«

Der Punkt verschwand.

Scheiße, was machen wir hier?

Peter hatte Lunas Gesicht vor sich. Sie hielt sich eine Waffe an den Kopf. Sie war der beste Mensch, den er je gekannt hatte. War sie wirklich verloren gewesen? Hätte er sie nicht retten können? Das konnte er nicht glauben, und er wollte es auch nicht glauben.

Auf dem vorderen Bildschirm traten zwei neue Polizisten aus dem Wald. Das musste Team Delta sein. Sie gaben ein Zeichen in Richtung des Transporters, dann stieg einer der Beiden in einen der Polizeiwagen und fuhr ihn an den Straßenrand. Der andere zog die Leiche der Polizistin beiseite, welche neben dem Rad des Transporters zusammengebrochen war. Der Weg vor ihnen war nun frei.

Jesus fuhr ihren Transporter durch die Straßensperrung bis zu dem Gartenzaun einer kleinen Laube. Dort hielt er an.

»Sind in Position.«, sagte Moses.

Mohammed vergrößerte das Videobild einer anderen Drohne, welche auf eine luxuriöse Gartenlaube mit Poolanlage fokussierte. Davor standen weitere Polizisten. Mit gezogenen Waffen blickten sie die Straße hinunter. Wahrscheinlich waren sie durch die ausbleibende Rückmeldung ihrer Kollegen von der Straßensperre unruhig geworden.

Auf dem tonlosen Bild sah Peter, wie sich die Polizisten plötzlich in Richtung des Waldes ausrichteten und ihre Waffen hoben. Doch sie waren zu langsam. Noch bevor sie richtig zielen konnten, waren sie zusammengebrochen.

Peter keuchte auf. »Scheiße.« Er wünschte sich gerade ganz weit weg von hier.

Schwarz gekleidete Männer mit Nachtsichtbrillen und Sturmgewehren kamen aus dem Wald und sicherten den Eingang des Gartengrundstücks.

Drei Männer dieser Einheit drangen in die Gartenlaube ein. Kurz darauf führten sie eine Person und zwei Kinder aus dem Gebäude.

»Oh, sie lassen jemanden am Leben.«, murmelte Peter leise. Die Ironie in seiner Stimme war nicht zu überhören.

Der Erwachsene, dessen Hände hinter seinem Rücken gefesselt waren, wurde grob vorwärts gestoßen. Die beiden Kinder trotteten hinterher. Das Grüppchen wurde auf die Straße und von dort in die Richtung des Transporters geführt. Dabei mussten sie die Leichen der erschossenen Polizisten passieren. Der erwachsene Gefangene wurde um eine Leiche herumgeführt, die Kinder stiegen jedoch einfach darüber hinweg – geradeso, als würde nichts weiter als ein umgefallener Müllsack auf der Straße liegen. Peter glaubte seinen Augen kaum. Waren sie wirklich so sehr an den Anblick des Todes gewöhnt? Oder war das der Schock?

»Du weißt Bescheid.«, sagte Mohammed. Moses gab ein bestätigendes Brummen von sich, während seine Finger über eine Tastatur jagten. »Ja ... bin dran.«

Plötzlich passierte etwas auf den Monitoren. Die Gefangenen fielen zeitgleich zu Boden und krümmten sich. Peter konnte ihre Schreie bis in den Innenraum ihres Transporters hören.

Peter schrie los. »Was macht ihr mit Ihnen? Hört auf damit!«

Der schwarz gekleidete Kämpfer, welcher die Gefangenen geführt hatte, nahm seine Waffe und erschoss alle drei. Zuerst die Kinder, anschließend den Erwachsenen. Dann blickte er in den Himmel in Richtung der Drohne.

»Scheiße!«, schrie Moses und schlug auf seine Tastatur.

Eine unhaltbare Welle aus Wut brach aus Peter heraus, und ließ die Männer im Transporter beinahe von ihren Stühlen fallen, wären diese nicht fest mit dem Boden verschraubt gewesen.

»Ihr Mörder!«, schrie er, sprang von seinem Sitz hoch und stürzte auf Mohammed zu. »Mach die Tür auf. Sofort.«, schrie er ihn an.

Peters Wut spiegelte sich als panische Angst in Mohammeds Augen wider. Sein Gesicht hatte sich in eine fürchterliche Fratze verwandelt. Er starrte Peter an und wimmerte, konnte sich aber vor Angst kaum bewegen.

»Los! Lass mich raus!«

Mohammed wich vor ihm zurück. Er stolperte von seinem Stuhl und verkroch sich in der gegenüberliegenden Ecke des Fahrzeugs. Peter fluchte. Es musste einer von den weißen Schaltern sein, welche auf dem rechten Bedienfeld der Konsole angebracht war. Ungehalten schlug er darauf, drückte alle Knöpfe auf einmal. Moses presste ein langgezogenes »Neeiiin« hervor, welches so klang, als würde er gerade von dem Geist aus einem Horrorfilm verspeist werden.

Doch Peters Aktion zeigte Wirkung. Durch seinen Schlag auf die Bedientafel wurde eine grelle Deckenbeleuchtung eingeschaltet. Das Bild der Monitore erlosch und irgendein Computer gab einen gequälten Piepton von sich... und die Seitentür des Wagens öffnete sich. Lautlos. Peter grinste. Perfekt.

Sascha

Als Peter den Wagen verlassen hatte, ließ der Druck auf Saschas Brustkorb allmählich wieder nach. Sein Herz schickte Wellen des Schmerzes in seine Arme und seinen Kopf. Keuchend rieb er sich über die Augen. Eine solche Angst hatte er noch nie verspürt. Sie hatte ihn gelähmt und ihn an seinen Sitz gefesselt – unfähig sich zu bewegen. Er hätte geschrien, doch ihm fehlte die Luft dazu.

Das war ... Wahnsinn.

Wie zum Teufel hatte Peter das gemacht? Was war er?

»Was zum Teufel war das?«, stöhnte Mohammed und kam unsicher aus seiner Ecke hervor. Sein Zusammenbruch war ihm sichtlich peinlich. Moses hatte sich als erster aufgerappelt und die Technik wieder gestartet. Als Mohammed seinen Stuhl erreichte, flackerten gerade die Monitore wieder auf.

Wütend sah er Sascha an und deutete auf ihn. »Scheiße! Was für eine Scheiße!«

»Warum musstet ihr sie auch alle umbringen?«

Mohammed trommelte nervös auf seiner Konsole. Er wartete

darauf, dass die Computer starteten. Ohne Sascha anzublicken, antwortete er. »Früher haben wir es versucht. Aber es gibt keine Heilung. Die Menschen, die vom Kult zerstört wurden, sind für immer zerstört und werden immer ein Werkzeug des Kultes bleiben.«

»Und die Kinder? Musstet ihr sie auch erschießen?« Sascha wurde wütend. Auch wenn diese Leute den Tod verdienten – er dachte an die schrecklichen Folterknechte in dem Keller in Leipzig – so war es falsch, wenn sie hier einfach Polizisten und Kinder erschossen.

Moses seufzte und drehte sich zu Sascha.

»Um sie zu retten, Junge. Dieser Kampf ist mehrschichtiger als du sehen kannst. In der Luft sind Funksignale unterwegs, welche den Kult in ständiger Verbindung halten. Die Mitglieder des inneren Kreises, also die Gäste der Hochzeit Satans, dürfen nicht gestört werden. Aber die Funksignale erzeugen ein Knacken im Kopf dieser Mitglieder. Dadurch senden sie Morsecodes und informieren sich. Wir stören diese Signale mit unserem Wagen. Da noch niemand aus dem inneren Kreis in die Tunnel fliehen wollte, scheinbar mit Erfolg. Aus diesem Grund mussten wir so nah heranfahren.«

»Das beantwortet keineswegs meine Frage. Warum habt ihr die Kinder erschossen?«

»Also. Zwei Dinge. Zum einen sind Kinder nicht unbedingt so harmlos wie du denkst. Alle die du hier als Opfer erkennen würdest, werden zu anderen Anlässen auch als Täter eingesetzt. Wir haben es aufgegeben, sie retten zu wollen. Wir bekommen es einfach nicht hin, zerbrochene Menschen wieder zu heilen. Es ist kaum möglich, und nur bei wirklich jungen Kindern sehen wir eine Chance. Deshalb haben wir überhaupt versucht, sie mitzunehmen. Wir wollten sie nicht erschießen.

Und zum anderen versieht der Kult seine Mitglieder mit dem Mal des Teufels. Das ist ein Tötungschip. Eine kleine Kapsel, welche an der Wirbelsäule implantiert wird. Diese enthält Säure und wird über Funk gesprengt. Der Kult tötet lieber seine Mitglieder, als sie gefangen nehmen zu lassen. Und diese Kapsel ist sehr, sehr qualvoll. Wir hatten vermutet, dass wir durch die Störung ihrer Kommunikation auch diese Kapseln deaktivieren können. Leider haben wir uns getäuscht.

Du hast gesehen, dass sie sich unter Qualen gewunden hatten, bevor wir sie erschossen. Die Kinder waren schon tot. Wir haben nur ihr Leiden verkürzt.«

Mohammeds Monitore zeigten mittlerweile wieder die Kacheln mit den Videostreams der Drohnen. Er schaltete die Drohnenbilder durch, bis er Peter auf einem der Videos entdeckte.

»Hab ihn. Wir müssen ihn aufhalten.«

»Scharfschützen, habt ...«

Sascha war aufgesprungen und riss Moses das Headset vom Kopf. »Nein! Beschützt ihn!«, schrie er.

»Krähe, es reicht!« Moses stieß ihn zurück. »Keine Ahnung, wie wir hier wieder heil herauskommen. Aber du hast genug zerstört. Du kannst froh sein, wenn wir dich nicht als Feind betrachten.«

Sascha war durch den Stoß zurückgestolpert und gegen den Stuhl von Mohammed gestoßen. Er griff ihn energisch an den Schultern.

»Nein, ihr versteht nicht. *Das* ist Projekt 22. Schweigefuchs ist Projekt 22!«

Die beiden Männer hielten inne und starrten ihn entgeistert an.

»Bist du vollkommen übergeschnappt? Du bringst die mächtigste Waffe des Kultes zu uns?«

»Nein, er ist nicht ihre Waffe. Sie haben Angst vor ihm. Vertraut mir. Egal was er macht, beschützt ihn und haltet euch fern.«

Moses brummte etwas Unverständliches, dann nickte er und nahm Sascha sein Headset aus der Hand.

»Schweigefuchs muss beschützt werden. Wiederhole. Beschützt den Fuchs, aber haltet euch fern. Und sichert weiter die Gegend. Achtet darauf, dass kein Ziel flieht.«

»Na das kann ja heiter werden. Verfluchtes Chaos. Gut, dass *ich* heute keinen Bericht schreiben muss.«, maulte Mohammed und manövrierte seine Drohne so, dass sie weiter über Peter blieb und ihn beobachtete.

Sascha atmete erleichtert auf.

Peter

Wenn der Äther ein Meer war, so herrschte darin nun ein Sturm. Peter drosch einfach wahllos auf die See ein, ohne zu wissen, was er tat. Er wollte einfach, dass es aufhörte. Das Morden, die Gewalt. Sie sollten einfach alle still sein. Sie waren Schuld. Schuld! Und sie sollten es erkennen. Kriechen sollten sie vor ihm und seiner verzweifelten Wut. Dies war nicht mehr seine Welt, dies war die Hölle und er wollte augenblicklich daraus erwachen.

Mit sicherem Schritt folgte Peter der Straße, auf welcher der Transporter gehalten hatte. An der Straßensperre, welche hinter dem Transporter zu sehen war, war bereits begonnen worden, die Leichen der Polizisten in Fässer zu stopfen und auf die Ladefläche eines kleinen Pickups zu verladen. Doch als Peter in diese

Richtung blickte, schoss ihnen auch sein Zorn entgegen. Erschrocken stellten sie ihre blutige Arbeit ein und starrten ihn an, als würden sie in ihm den Teufel persönlich sehen. Dann ließen sie alles fallen, was sie gerade in ihren Händen hielten, und rannten um ihr Leben. Nun war dort niemand mehr. Sie hatten nur den Tod zurückgelassen.

Zerstörung und Tod.

Es waren nicht nur Menschen, die hier starben. Es war Peters Welt, die sie ermordet hatten. Und Peter wollte sie zurückhaben. Seine Welt, in der die einzigen Probleme aus dem Essen seiner Mutter und den dummen Kommentaren seiner Klassenkameraden bestanden. Plötzlich kam ihm diese Welt wie eine rosarote Seifenblase vor. Und verdammt, ja, er liebte Seifenblasen. Er hatte nicht darum gebeten, dass sie sie zerplatzten. Es war nicht die erwartete Ehre eines Superhelden, in dieser Hölle hier zu landen.

Zerstörung und Tod.

Seine Wut nährte den Sturm. Er wollte sie alle wegspülen. Er war die Flut und der Äther war der Ozean, welcher sie alle verschlingen sollte. Die Waffen. Die Mörder. Diese Monster, die Kinder in Käfige sperrten und verkabelten. Die Menschen zu Waffen machten, zu Attentätern, zu Bomben. Die Mengeles dieser Welt, sie alle sollten ertrinken in seinem Sturm.

Die Straße führte am Waldrand entlang. Links von ihm waren die umzäunten Grundstücke einer Kleingartenanlage. Es waren ungewöhnlich luxuriöse Gärten mit massiven Gartenhäusern, Pools und Kletterburgen. Davor parkten die Autos der Reichen. Doch trotz des offensichtlichen Luxus wirkten diese Autos irgendwie falsch. Aufkleber mit Monsterkrallen waren darauf. Peter sah den Aufkleber eines explodierenden Totenschädels. In den glänzenden Chromfelgen eines Pickups mit Suchscheinwerfern prangten modellierte Totenköpfe. Und die Nummernschilder ... die Nummernschilder wiesen Kombinationen auf, welche er eher bei rebellischen Jugendlichen als bei teuren Luxusautos erwartet hätte.

Dabei waren Kombinationen mit FF-666 – der Nummer des Teufels, oder auch HH-88, was für Heil Hitler stand. Das wusste Peter von den Tattoos der Rechten, welche regelmäßig bei den Dorffesten in ihrer Umgebung herumlungerten, wenn er mit Timon und Pam unterwegs war.

Er erreichte jene Gartenlaube, vor welcher die Leichen der beiden Kinder und der Polizisten lagen. Während er sich einen Weg durch die toten Leiber bahnte, war sein Gesicht eine ausdruckslose Maske. Doch hinter dieser steinernen Fassade tobte der Sturm. Mit zornigen Augen lief er geradeaus weiter, wurde weder langsamer, noch schneller. Schwarz gekleidete Einsatzkräfte blickten ihn entsetzt an und wichen langsam vor ihm zurück. Als er näherkam, wurden sie von Peters Wut überrollt und sie rannten ängstlich davon, wobei sie ihre Waffen scheppernd fallen ließen.

Er war die Flutwelle, welche von der Kraft eines ganzen Ozeans gezehrt wurde. Die Flut kennt kein Mitleid, kein Erbarmen. Peter bildete sich ein, Luna in seinem Geist zu hören. Leise. Flüsternd. Aber es war nur ein kurzer Moment, dann versank auch sie in seinem Meer aus Wut. Immerhin tat er das auch für sie. Sie hatten sie ihm genommen. Luna war nun ein Teil jenes Ozeans, welcher seine Wut speiste. Ein Teil seiner Rache. Er war die Flut, und die Flut ließ sich nicht aufhalten.

Rechts hinter dem Gebäude führte ein von Fackeln beleuchteter Weg in den Wald. In diesen Weg bog Peter nun ein. Er wurde von Steinbrocken und Fackeln gesäumt und schlängelte sich einen seichten Hügel empor. Dort führte er zu einem von flackerndem Feuerschein beleuchteten Platz. Er war geschmückt mit blutig roten Fetzen und Schläuchen, welche von den Ästen der umstehenden Bäume hingen.

Auf diesem Platz stand ein schrecklich verzerrtes Wesen. Sein Gesicht war eine, von einem grau verfilzten Wulst an Haaren umrahmte, unförmige Fratze. Aus dem Kopf ragten zwei krumme Hörner. Er hielt die Hand einer nackten, mit Blut verschmierten Frau, deren Kopf eine schwarze Krone zierte. Männer in roten Roben bildeten einen Kreis um dieses abstoßende Paar, doch das gehörnte Wesen in ihrer Mitte überragte sie alle.

Obwohl unter den Kapuzen keine Gesichter zu erkennen waren, wusste Peter, dass es Männer waren, welche in ihren Roben einen Kreis um das Hochzeitspaar bildeten. Er konnte es an ihren Stimmen hören, da sie ununterbrochen Verse in einer fremden Sprache wiederholten, welche immer wieder durch den Ausspruch »Preiset Satan« beendet und von neuem begonnen wurden.

Satans Hochzeit

Doch schlimmer als der Anblick dieser Zeremonie waren die Opfer, die dem Paar dargeboten wurden. An die Stämme der Bäume waren nackte Frauen gefesselt.

Als er den Ozean auf den Platz brachte, schien ihn niemand zu bemerken. Das Ritual wurde einfach fortgeführt. Peters Flut begann zu stocken. Sie prallte an dieser Zeremonie ab, als wäre sie nicht würdig, hier zu stören. Peters Wut war zu klein, zu unbedeutend. Dies war die Hochzeit des gehörnten Gottes. Diese Wesen spürten keine Furcht. Peter taumelte, stolperte aber weiter in die Richtung des Brautpaares. Seine Flut gab ihm noch genug Kraft, um nicht unter der Last dieses Anblicks zusammenzubrechen, doch seine Welle brandete und der Ozean begann, sich zurückzuziehen. Aufzugeben. Als er näherkam erkannte er, dass an dem Baum, welcher bisher von dem Brautpaar verdeckt war, ebenfalls eine nackte Frau gefesselt war. Sie war in der Mitte des Kreises. Alle anderen gefesselten Frauen starrten sie an. Vor ihr stand eine Wanne voll Blut, in der etwas Totes schwamm. Daneben lagen eine große Säge, eine Heckenschere und ein Schwert. Was Peter jedoch am meisten verstörte, war ihr Gesicht. Sie freute sich. Ja, sie lachte regelrecht. Jetzt erkannte Peter auch, dass das, was er zuvor als Schläuche erkannt hatte, in Wahrheit Därme waren, welche um die Äste gewunden von den Bäumen hingen.

Peter stieß eine letzte, verzweifelte Welle Wut aus, versuchte, das Meer zurückzuholen um es noch einmal gegen diese Wesen zu schleudern. Doch als auch diese Anstrengung bei der Gemeinschaft keine Reaktion verursachte, sackte er zusammen und übergab sich.

Nun endlich drehte sich einer der Männer zu ihm um. Das Gesicht unter der Robe wurde durch eine weiße Maske verdeckt.

»Du bist als Opfer unwürdig.«, sagte der Mann.

»Du wurdest gesehen. Geh, und lebe in Angst. Wir werden dich finden.« Dann drehte er sich wieder um und stimmte in den Sprechgesang der anderen Männer ein.

Peter versuchte, seinen Verstand wiederzufinden. Er hatte eine Flut aus Wut gegen sie geschickt, doch sie ist an diesen Männern gebrandet. Aber aufgeben wollte er noch nicht. Auch wenn die Welle gestoppt wurde, so brodelte der Ozean noch immer. Und Peter war mittendrin. Er griff nach rechts und links, formte erneut Wellen und ließ sie vor sich über den Köpfen der Männer zusammenbrechen. Drückte ihren Geist mit einem Schlag zu Boden. Zwang sie unter Wasser. Dort, wo sie nicht mehr atmen konnten.

Der Gesang begann zu stocken. Peter spürte einen Druck, der sein Meer verdrängte und versuchte, den Geist dieser Wesen zurück an die Oberfläche zu bringen. Doch Peter ließ es nicht zu. Dies waren keine Menschen. Dies waren Anti-Menschen. Sie hatten nichts in seiner Welt zu suchen. In seiner Seifenblase. Er schickte neue Wellen, schichtete den Ozean über sie. Drückte sie tiefer und tiefer. Und dort hielt er sie fest, bis die leuchtenden Kugeln ihres Geistes verflossen und im Ozean aufgingen, wie Farbkleckse im Regen.

Die Männer und das Brautpaar sackten zusammen. Auch Peter sackte zusammen. Die Flut war vorbei, der Ozean versiegte zu einem Rinnsal und verschwand. Zurück blieben eine entsetzte Stille und das Knistern des Feuers, welches diesen abscheulichen Platz in flackerndes Licht tauchte.

Die Frau, welche im Zentrum des Kreises gefesselt war, begann hysterisch zu lachen.

Männer kamen herbei und halfen Peter auf die Beine. Sie schnitten die Frauen von den Bäumen los. Die Frau in der Mitte wehrte sich dagegen und begann um sich zu schlagen.

»Bringt mich ins Licht!«, schrie sie. »Ihr habt es versprochen!«

Diese Stimme ...

Peter drückte die stützenden Hände beiseite und taumelte zu dem Baum, welcher hinter dem zusammengebrochenen Hochzeitspaar stand.

»Nehmt ihr die Maske ab.«, keuchte er. Der Mann neben ihm sah ihn noch immer ängstlich an, doch er gab die Anweisung an seine Kollegen weiter, welche die Frau gerade vom Baum losbanden. Sie gehorchten.

Unter der Maske erschien ein Gesicht, welches sie wild mit großen Augen anstarrte. Ihre Gesichtszüge zuckten wie bei einer Besessenen. Sie schrie und schimpfte. Doch das Gesicht ...

Dieses Gesicht ...

Es war ihm vertraut. So verdammt vertraut wie sein eigenes.

Peter wurde schwindelig und er sank auf die Knie.

»Mutter?«, keuchte er. Dann versank die Welt im Dunkel.

Nicht jede Verschwörung ist bloße Theorie.

Vergesst niemals nach der Wahrheit zu suchen,

sonst verlernt ihr das Denken.

{X}

Dieses Buch ist inspiriert von wahren Gegebenheiten, Theorien und Verschwörungen. Alle Personen, Namen und Ereignisse sind jedoch fiktiv.

Hintergründe findet ihr auf der Webseite zum Buch:

www.buch-17.de

Danksagung

Zuerst möchte ich allen Therapeuten danken, welche aufopferungsvoll Betroffenen von ritueller Gewalt helfen. In diesem Zusammenhang danke ich auch allen Betroffenen, welche den Mut finden, ihre Welt mit der Öffentlichkeit zu teilen. Eure erschütternden Geschichten waren Anlass und Inspiration für die Buchreihe 17.

Ich danke Larissa für ihre wundervollen Zeichnungen, sowie meinen Lektorinnen Peggy, Patricia und Ines. Ohne euch und eure Inspiration wäre dieses Buch nicht das geworden, was es heute ist.

Und natürlich danke ich meiner wundervollen Familie. Die Zeit, welche ich brauchte, um meine Gedanken auf Papier zu bekommen, habt ihr mir geschenkt.